FELIX EVER AFTER

Titre original : *Felix Ever After*
Édition originale publiée aux USA en 2020 par Balzer + Bray,
une marque de Harper Collins Publishers.
L'autorisation pour cette édition a été gérée par l'intermédiaire de
Gallt and Zacker Literary Agency, LLC.

Slalom, un département d'Édi8
92 avenue de France, 75013 Paris
www.slalom-editions.fr
Correction : Agathe Camus

Loi n° 49-956 du 16 juillet 1949 sur les publications destinées
à la jeunesse, modifiée par la loi n° 2011-525 du 17 mai 2011.
ISBN : 978-2-37554-300-9
Achevé d'imprimer en France en juillet 2021
par Normandie Roto Impression s.a.s. (2103097)
Dépôt légal : août 2021

Kacen Callender

FELIX EVER AFTER

Traduit de l'anglais par
Manu Causse

Relecture sensible par
Anakin Pochon
activiste des minorités et artiste

Slalom

Pour les jeunes trans et non-binaires.
Vous êtes belles, vous êtes beaux,
vous êtes important·es, vous êtes valides.
Vous êtes parfait·es.

UN

On pousse la porte vitrée de l'immeuble et nous voilà dehors, sous le soleil jaune, un peu trop gai et éclatant. Il fait chaud comme dans un four – le genre de chaleur qui colle à la peau, aux cheveux, qui fait même transpirer les yeux.

— La vache ! grogne Ezra. Tu me rappelles pourquoi on a signé pour ça ? C'est beaucoup trop tôt. Dire que je pourrais être encore dans mon lit.

— Excuse-moi mais, techniquement, onze heures du matin, c'est pas si tôt, tu vois. C'est limite le milieu de la journée.

Pour toute réponse, Ezra sort un reste de joint d'une de ses poches et me le tend. On le finit au calme en marchant. On entend du reggaeton venu d'un pique-nique dans le parc, et l'odeur de fumée et de grillades nous parvient en même temps que les cris et les rires des gosses. On traverse la rue – un type à vélo avec Biggie à fond dans son enceinte nous coupe la route, mais ça passe – et on descend les vieilles marches moussues de la station Bedford-Nostrand, sur la ligne G. On passe les tourniquets pile au moment où la rame s'arrête à quai.

Les portes se referment derrière nous. C'est un train à l'ancienne, avec des chewing-gums noirâtres incrustés dans le lino et des graffitis au feutre sur les vitres. « R+J FOREVER ».

Ma première réaction, c'est de rigoler, mais, pour être tout à fait honnête, je prends aussi un gros coup de jalousie dans le ventre. Ça fait quoi d'aimer quelqu'un si fort qu'on est prêt à l'écrire partout, à exposer son cœur au marqueur noir ? Ça fait quoi d'aimer, tout court ? Je m'appelle Felix Love, mais je n'ai jamais été amoureux. Franchement, des fois, cette ironie me dépasse.

On s'installe sur des sièges en plastique orange. Ezra se frotte le visage et bâille, il s'appuie sur mon épaule. Depuis mon anniversaire, la semaine dernière, on est sur un faux rythme : on se couche vers trois heures et on passe la journée au pieu. J'ai désormais dix-sept ans, et je confirme que ça ne fait quasiment aucune différence. C'est un âge entre deux, pas plus marquant que ça, coincé entre le cap des seize et la majorité. Comme un jeudi dans la semaine.

En face de nous, un vieux type pique du nez. Une femme est debout, appuyée à une poussette remplie de sacs de courses. Un hipster roux et barbu s'accroche à son vélo. La clim est à fond, j'ai un peu froid. Ezra s'en rend compte, il passe son bras sur mes épaules. C'est mon meilleur pote – le seul, en fait, depuis que je suis entré à Sainte-Catherine, il y a trois ans. On n'est pas ensemble, même pas en rêve, mais tout le monde s'imagine que si. Tout à coup, le vieux se réveille comme s'il avait une alarme antigay dans la tête. Il nous dévisage ouvertement, même quand je lui renvoie un regard noir. Le hipster nous adresse un sourire rassurant. Deux mecs en train de se faire un câlin en plein Brooklyn, ça ne devrait pas déclencher une émeute, mais voilà, apparemment, aujourd'hui, ça risque...

C'est peut-être l'herbe, ou le fait que je sois quasiment un adulte désormais, mais j'ai une soudaine envie de provoc. Je glisse à Ezra :

— On fait le show, ça te dit ? C'est pour lui...

Et je désigne le type qui ne nous quitte pas des yeux. Ezra se marre et se met à me caresser le bras. En même temps, je me love contre lui, la tête sur son épaule. Il embraie à la vitesse de la lumière, m'embrasse dans le cou. OK, j'avoue, je ne suis pas super habitué à ce genre de trucs (pour être clair, personne ne m'a jamais embrassé), et rien que sa bouche à cet endroit-là, ça me rend dingue. Je laisse échapper un genre de petit cri ridicule, et Ezra explose de rire – ses lèvres toujours posées sur *ce point précis*.

Je relève la tête et découvre notre public, les yeux exorbités, l'air complètement scandalisé. J'adresse au vieux un petit signe de la main, histoire de couronner le spectacle. Il doit le prendre pour une invitation, parce qu'il me lance :

— Vous savez, mon petit-fils est gay.

J'échange un coup d'œil surpris avec Ezra. Je réponds :

— Ah. Super.

Le type hoche la tête.

— Je vous assure. On n'était absolument pas au courant, et voilà qu'un jour, il vient nous voir, moi et ma femme Betsy, quand elle était encore de ce monde. Et là, il nous annonce qu'il est gay. Il dit qu'il le sait depuis des années, mais qu'il ne nous en a jamais parlé parce qu'il avait peur de notre réaction. Je le comprends, avec tout ce qu'on entend. Et son père... Ça m'a brisé le cœur. On s'imagine que les parents aiment leurs enfants quoi qu'il arrive, non ?

Il interrompt un instant son monologue. Le train ralentit. Il se lève et, au moment où les portes s'ouvrent, il lance :

— Bon, voilà. Je descends là. Je pense que vous aimeriez bien mon petit-fils. Vous avez l'air de bons petits, gays ou pas.

Et là-dessus, il quitte la rame, suivi par la femme à la poussette.

On se regarde, Ezra et moi, et j'éclate de rire. Il secoue la tête.

— Le genre de trucs qui n'arrive qu'à New York, mec, je te jure. Rien qu'à New York.

On descend à Lorimer / Metropolitan. On prend l'escalier qui descend, puis celui qui remonte, pour rejoindre la ligne L. On est le premier juin – premier jour du mois des fiertés ici – et les murs du métro sont décorés de banderoles arc-en-ciel et d'autocollants « Non à l'intolérance ». Le quai est bondé de hipsters de Williamsburg à la peau toute rose, et on attend la rame une éternité.

— Merde, lâche Ezra, on va être en retard.

— Y a des chances, oui.

— Declan va péter un câble.

Perso, je m'en tape un peu. Declan est un connard.

— C'est pas comme si on y pouvait quelque chose...

Quand le métro arrive enfin, c'est la ruée vers les rames, et on se retrouve serrés comme des sardines, moi collé contre Ezra, le tout dans des effluves de bière et de dessous de bras. Le métro nous secoue tant qu'il peut, à croire qu'il a envie qu'on se casse la figure, jusqu'à ce qu'on arrive enfin à Union Square.

C'est un milieu de journée comme un autre en ville, il y a du monde dans tous les sens. C'est ce que je déteste le plus dans Manhattan : la foule. Au moins, à Brooklyn, on peut marcher sur le trottoir sans se faire bousculer vingt fois à coups d'épaule ou de sac à main. Au moins, à Brooklyn, ma peau marron ne pose pas problème. Parfois, je m'amuse à marcher derrière un Blanc : comme tout le monde s'écarte de son chemin pour ne pas le toucher, je profite de l'aspiration...

On se faufile comme on peut entre les gens. On traverse le marché bio, où l'odeur de poisson nous agresse. On est habillés plus ou moins comme d'habitude – été ou pas, Ezra porte un T-shirt noir aux manches relevées pour exhiber son tatouage, une reproduction de *Judith et Holopherne*, le tableau de Klimt. Son jean noir slim est coupé court, laissant voir, au-dessus de ses Converse tachées, des chaussettes montantes à l'effigie d'Andy Warhol. Il porte un piercing doré dans le nez, et ses cheveux noirs bouclés, rasés sur les côtés, sont noués en chignon.

Quand je me balade en sa compagnie, les regards ont tendance à me traverser – pour se poser sur lui. J'ai les cheveux frisés moi aussi, un short en jean, et un débardeur sous lequel on devine les cicatrices qui se détachent sur mon torse, sombres sur la peau café au lait. Je me suis fait faire plusieurs petits tatouages, plus ou moins au hasard, pour vingt dollars, du côté d'Astor Place. Papa a un peu flippé la première fois qu'il les a vus, mais il s'est habitué, maintenant. Côté chaussures, je porte de vieilles baskets que j'ai customisées au marqueur – je les ai ruinées, selon Ezra, qui revendique en permanence le « pur respect de l'intention du designer ».

On continue à se frayer un chemin parmi les badauds qui déambulent entre les stands de confiture bio, de pain maison et de fleurs multicolores ; des types en costard-cravate nous frôlent, pressés, et on doit faire gaffe à ne pas trébucher sur un chien en laisse ou un môme en tricycle. Quand, enfin, on quitte le marché, on débouche sur la pelouse où quelques couples ont étalé leurs couvertures. Des gamins se la pètent sur leur skate. Sur les bancs, derrière leurs lunettes de soleil, des filles en robes d'été font semblant de bouquiner.

— Pourquoi on a accepté d'aller aux cours d'été, déjà ? me demande Ezra.

— Parce que ça compte vachement pour entrer à la fac.

— Je t'ai déjà dit que je n'irai pas à la fac.

— Ah ? Alors, je n'ai pas la moindre idée de ce que tu fais ici.

Il me lance un petit sourire. Il sait comme moi qu'après le bac, il va sans doute se contenter de vivre sur son argent de poche. Ezra est moitié noir, moitié bengali – et ses parents sont riches à vomir. Riches au point de lui avoir payé un appart dans Bed-Stuy (qui doit coûter un million de dollars au bas mot) rien que pour qu'il suive le programme d'été du lycée. Les Patel sont l'exemple même de la haute société de Manhattan : champagne à gogo, galas de charité, soirées mondaines, et pas une minute pour leur fils – il a été élevé par trois nounous différentes. C'est moche, j'avoue, mais je suis jaloux. Tout son avenir lui est offert sur un plateau d'argent. Moi, il va falloir que je me batte bec et ongles pour obtenir ce que je veux.

J'ai toujours rêvé d'entrer à l'université Brown, mais mes notes ne sont pas franchement au top ; j'ai plus ou moins foiré mes examens blancs et il y a seulement neuf admis pour cent candidatures. J'ai fait de mon mieux, pourtant. J'ai bossé comme un malade, et en classe, je note absolument tout ce que disent les profs – ça m'évite de penser à autre chose. Comme dit mon père, c'est juste que mon cerveau est câblé différemment.

Le fait est que je n'entrerai sans doute pas à Brown et, parfois, je me dis que ça ne vaut même pas le coup d'essayer. Sauf qu'il arrive qu'ils prennent des gens qui ont des moyennes pourries, et je me défends carrément sur le côté artistique. J'ai du talent, je le sais. Pour les élèves qui visent ce genre de cursus, ce qui compte, c'est le book. En plus, le programme d'été que propose Sainte-Catherine rapporte un bonus. Bref, j'ai une toute petite chance de remonter ma moyenne au-dessus de B et d'entrer à Brown.

Leah, Marisol et Declan sont déjà installés sur les marches d'Union Square. Le lycée Sainte-Cath ne suit pas tout à fait le même rythme scolaire que les autres établissements de New York : les cours d'été, plus ou moins facultatifs, ont commencé il y a quelques jours. On nous encourage à monter des projets de groupe, pour rencontrer les élèves des autres sections. Ezra et moi avons choisi de participer à un shooting de mode, à partir de certaines de ses créations. Leah – crinière rousse, peau de pêche, toute en courbes, vêtue d'un débardeur et d'un short un poil trop moulant – brandit son appareil photo. Le mannequin, bien sûr, c'est Marisol. Aussi grande qu'Ezra, elle a la peau cuivrée, une chevelure brune et des sourcils à la Cara Delevingne. Rien qu'en la voyant, j'ai les nerfs qui palpitent dans ma poitrine. Elle arbore une coiffure en forme de nid géant, et on lui a

collé des plumes vertes aux cils pour aller avec son rouge à lèvres. Elle porte la quatrième tenue prévue dans le plan de tournage : une robe pailletée à l'effigie de Rihanna.
Declan Keane est à la direction artistique, et ça me fout bien les boules. Il n'a aucune expérience dans ce domaine mais, comme toujours, il s'est débrouillé pour se placer. Pour ne rien arranger, il a visiblement décidé que sa mission dans la vie, c'était de nous traiter comme des merdes, Ezra et moi. Il nous pourrit chaque fois qu'il en a l'occasion, surtout dans notre dos. Il nous déteste, et il tient clairement à ce que le reste du monde nous déteste aussi.
Il est en train de parler à Marisol quand il nous aperçoit. Ses yeux lancent des éclairs et on dirait qu'il va mordre.
— Ça fait trop plaisir de vous voir ! braille-t-il, faisant se retourner quelques têtes parmi les gens sur les marches. Ezra, merci d'avoir daigné venir !
— Je t'avais dit qu'il allait péter un câble, marmonne Ezra derrière moi.
Declan continue son numéro, applaudissant lentement.
— Non, franchement, c'est top – honorer de ta présence ton propre défilé de mode…
Ezra lève un poing et, avec l'autre, mime une manivelle qui fait se dresser son majeur. Declan le fusille du regard jusqu'à ce que nous arrivions à sa hauteur. Et là…
— Vous avez fumé ?
Ez détourne les yeux.
— Tu déconnes, ou quoi ? Ça fait une heure qu'on poireaute, et vous étiez en train de fumer ?
Je tente d'intervenir.
— Mais détends-toi…

Il ne me regarde même pas, me lance juste :

— Va te faire mettre, Felix. Sérieux.

OK. Pas la peine d'expliquer que notre métro était à la bourre.

— T'as raison, lance Ezra avant de saluer Leah et Marisol qui observent la scène depuis le haut des marches. On est désolés, on a oublié l'heure.

Declan lève les yeux au ciel et murmure pour lui-même :

— C'est vraiment n'importe quoi...

Comme s'il n'avait jamais été en retard de sa vie. À un moment – avant qu'il décide qu'on n'était pas assez bien pour lui –, on se pointait à chaque cours avec une demi-heure de retard, tous les trois complètement défoncés. Maintenant, il se la joue sainte nitouche... J'en peux plus, de ce mec.

— De toute façon, on a presque fini, lance-t-il en passant une main dans ses bouclettes, pour faire genre « Je me fous que vous soyez là ou non ».

C'est un métis – sa mère est portoricaine et noire, son père un Irlandais bon teint – avec une peau plus claire que la mienne, de grands yeux sombres et des cheveux ondulés aux reflets roux. Il est aussi plus costaud et large d'épaules, un peu genre rugbyman, mais fringué Gap : T-shirt rose à motif, jean baggy délavé et tongs.

Il nous tourne le dos.

— Bon, on se magne de finir, j'ai pas envie de passer la journée ici. Felix, va prendre ce réflecteur, là-bas.

Je ne bouge pas. J'ai beau y mettre du mien, je n'arrive pas à lui obéir. Pas quand il me parle sur ce ton.

— Vas-y, Felix, me chuchote Ezra. Qu'on puisse avancer.

Je hausse les épaules et je vais récupérer le réflecteur au milieu du matériel, en haut des marches. Declan n'a toujours pas daigné m'accorder un coup d'œil. Il lance :
— Allez, on s'y remet. Marisol, je crois qu'il vaut mieux que tu ne souries pas, sur celle-là. Une expression sérieuse avec le portrait de Rihanna, ça marche, comme juxtaposition, tu vois ?
Je débranche quasi immédiatement. La plupart du temps, Declan parle pour le plaisir d'entendre sa propre voix. Le shooting continue. Leah tourne autour de Marisol, qui prend des poses, les yeux vers le ciel (tant mieux, ça m'évite de croiser son regard), jusqu'au moment où on passe à la tenue suivante. C'est moi qu'on charge de tenir un drap autour de Marisol – jamais je n'ai maté mes pieds avec autant d'intensité – pendant qu'Ezra l'aide à se changer et à enfiler une autre robe de sa création, celle avec des cases du manga *L'Attaque des titans.* Quand elle est prête, Declan recommence à aboyer ses ordres :
— Leah, place-toi un peu plus à droite. Felix, essaie de tenir ce réflecteur sans bouger !
— En évitant de me coller la lumière dans les yeux, s'il te plaît... ajoute Marisol.
On est sortis ensemble, elle et moi. Enfin, on s'est vus, quoi. Deux semaines, rien de vraiment sérieux. N'empêche, je crois que je lui en veux encore, même si ça fait des mois. Et pour retourner le couteau dans la plaie, elle fait comme si elle avait tout oublié – surtout sa façon de me jeter...
Declan m'interpelle d'un claquement de doigts. Vraiment. Il *claque des doigts.*
— Sans bouger, j'ai dit ! Fais un peu gaffe, quoi.

Je soulève un peu plus le panneau réfléchissant en étouffant un : « De la merde, oui. »
— Pardon, tu as dit quoi ?
Je n'ai pas dû étouffer tant que ça, parce que tout le monde me fixe. Leah se mord les lèvres, Marisol fait la grimace. À l'autre bout du plateau, Ezra articule silencieusement : « Non, Felix, s'il te plaît ! » Ça aussi, d'une certaine façon, ça me met hors de moi. Non, mais expliquez-moi : Declan a le droit de nous traiter comme des moins que rien, et on est censés subir ça sans rien dire ? Alors, ignorant Ezra, je regarde Declan droit dans les yeux et je répète, bien fort cette fois :
— De. La. Merde.
Il croise les bras sur son torse, incline la tête. Avec un petit sourire, il lâche :
— Qu'est-ce qui est de la merde ?
Je hausse les épaules, montrant le réflecteur.
— Ça. Et toi, aussi.
Son sourire se transforme en un rire incrédule.
— Moi, je suis de la merde ?
J'ouvre les vannes :
— Tu n'y connais rien en shooting. C'est juste que tu es pété de thunes et que ton père lâche des ronds pour l'école. Tu n'as rien fait pour mériter d'être ici.
Je vois Ezra baisser la tête, et j'éprouve immédiatement un pincement de culpabilité. Declan, lui, n'a rien vu. Il se contente de continuer à sourire, parce qu'il sait que ça m'agace encore plus.
— Tu es juste jaloux parce que ce n'est pas toi le DA, et que tu ne peux pas le mettre dans ton dossier pour Brown.

« Assistant lumière », ça sonne moins bien que « directeur artistique », non ?

Le pire, c'est qu'il a raison – j'ai vraiment les boules de ne pas pouvoir mentionner dans mon dossier que j'ai dirigé ce tournage. Declan, lui, va ajouter ça à ses moyennes impeccables, à ses résultats d'examens presque parfaits et au pedigree de sa famille... parce que, bien sûr, il postule aussi à Brown. C'est même son premier vœu. Je suis bien placé pour le savoir : à l'époque où on traînait ensemble, on se disait qu'on irait tous les deux et qu'on ferait un double cursus au RISD, l'école de design de Rhode Island. Ezra intervenait toujours à ce moment-là pour dire qu'il viendrait vivre avec nous, genre tous les trois en coloc. Un plan qui n'a pas duré bien longtemps.

Et, par-dessus tout, on est en concurrence pour la bourse d'étude complète que Brown accorde traditionnellement à un élève issu de Sainte-Catherine. Je ne peux pas payer la fac – mon père n'a pas les moyens. Ce qui veut dire que je suis bon pour prendre une tonne de crédits, quitte à m'endetter pour le reste de ma vie, si je veux devenir illustrateur. D'un autre côté, je ne vois personne qui mérite moins cet argent (ou qui en ait moins besoin) que ce putain de Declan Keane. Quand je l'imagine obtenir cette bourse, j'ai envie de me crever les yeux à coups de crayon à papier.

— Alors quoi ? T'as rien à répondre ? me lance-t-il avec son sourire agaçant.

— Laisse tomber, me souffle Ezra.

Sauf que je ne peux pas laisser tomber. Les gens comme Declan ont trop l'habitude qu'on fasse tout à leur manière. Ils se la jouent comme s'ils étaient meilleurs que tout le monde, plus importants. C'est comme ça qu'il me traite, et qu'il traite Ezra. Ez, lui, fait comme s'il s'en foutait. Moi, je pique une crise chaque fois que je vois Declan et que je me souviens de son comportement. De sa trahison.

— Tu sais quoi ? Va te faire foutre. Tu te la pètes, tu crois que t'es au-dessus des autres, mais c'est un mytho, mec. T'es qu'un imposteur.

Ezra secoue la tête. On dirait qu'il m'en veut à moi de réagir, alors qu'il sait comme moi que Declan est un trou de balle. Leah et Marisol se tortillent, mal à l'aise, attendant de voir ce qu'il va faire ou répondre. Les dents serrées, il crache :

— C'est moi, l'imposteur ?

— Tu arrêtes tout de suite ! intervient Ezra, furieux.

Declan lève les yeux au ciel.

— Tu rigoles ? Je parlais même pas de ça...

Mais le coup a porté, l'insinuation plane, bien fielleuse. Declan lâche un gros soupir et détourne les yeux. Je sais que j'ai gagné la bataille – une parmi les innombrables qui nous opposent lui et moi. N'empêche que ses mots me vrillent le ventre. J'ai gagné et, à n'importe quelle autre occasion, je resterais là pour profiter de la victoire. Sauf que Marisol et Leah évitent mon regard, et Ezra a son air inquiet. Je sais que si je reste, il va demander toutes les cinq minutes comment je vais.

Alors, je repose le réflecteur et je lâche :

— C'est bon, je me casse.

Je suis déjà au milieu des escaliers quand j'entends Declan, derrière moi, lancer que ça ne le surprend pas, que c'est toujours les mêmes conneries avec moi. Je lève le majeur et je me barre sans me retourner.

DEUX

Le trajet depuis Union Square est moins pourri que depuis Bed-Stuy, mais il me faut presque une heure pour arriver à la 145e Rue. Ça ne fait que six mois que j'habite Harlem. Avant, avec mon père, on vivait dans Tompkins, pas loin de l'appart d'Ezra. Brooklyn me manque grave mais, quand le proprio a décidé d'augmenter le loyer, mon père n'a pas pu suivre. Il travaille pratiquement toutes les nuits comme concierge dans un immeuble de luxe de Lower Manhattan, et il n'hésite pas à prendre d'autres petits boulots, comme livreur ou dog-sitter. J'ai beau avoir obtenu une bourse au mérite pour entrer à Sainte-Cath, c'est mes études et moi qui lui coûtons le plus cher – tout son salaire passe dans ma passion pour l'art. J'ai bien la pression... pour avoir de bonnes notes, pour élaborer un book vraiment classe, pour réussir mes exams, bref, pour être admis à Brown. Parfois, ça me stresse tellement que j'ai du mal à respirer.

Papa me répète que tout va bien. Il ajoute :

— En plus, j'ai toujours voulu vivre à Harlem.

Je ne sais pas si c'est juste un mensonge pour me remonter le moral, mais le quartier a vraiment quelque chose. Langston Hughes, Claude McKay, et tous les autres poètes black queers de la Renaissance de Harlem ont vécu et écrit ici. Peut-être que l'ambiance va finir par m'inspirer, par briser mon foutu blocage et me permettre de créer des œuvres époustouflantes pour mon dossier d'entrée à Brown – pas juste pour être pris, mais aussi pour avoir la bourse. Ce serait vraiment génial, un gigantesque doigt d'honneur à tous les Declan Keane de la planète – celles et ceux qui, d'un seul regard, décident que je ne suis pas assez bien.

Les écouteurs collés aux oreilles – ma playlist Fleetwood Mac sur Spotify –, je descends la colline en longeant le parc. Je n'y mets plus les pieds depuis la nuit où un rat a tenté de grimper sur ma jambe pendant que je coupais par les pelouses. Je dépasse le Starbucks – le signe ultime de la gentrification d'un quartier, où qu'on se trouve –, le « Tout à un dollar », le club de gym et le stand de fruits sur le trottoir. Sur l'étal, des citrons, des raisins, des fraises, et les mangues les plus éclatantes que j'aie jamais vues, de vrais soleils en miniature. Je sors mon portable et je fais une photo pour Insta, même si je ne suis pas vraiment du genre #foodporn.

Le vendeur me regarde de travers.

— Vous m'achetez un truc ?

Je hausse les épaules.

— Euh... non ?

— Alors barrez-vous, bordel.

Je remonte le boulevard, passant devant le chinois et le KFC, avec les gamins qui font des roues arrières sur leurs vélos en pleine rue et le bruit des sirènes de pompiers à quelques blocs de là. Je croise un type torse nu qui promène son Shih Tzu sans laisse. L'immeuble où mon père a trouvé son appart est un vieux bâtiment en brique rouge. Quelques types glandent sur le perron. J'entre dans le hall avec son carrelage marron et ses plantes vertes. Une fille est en grande conversation au téléphone dans l'escalier. Je prends l'ascenseur jusqu'au cinquième, je débouche dans le couloir qui me fait toujours penser à l'hôtel de *Shining*, je mets la clé dans la serrure et j'entre en lançant :

— C'est moi !

Je ne sais même pas si mon père est là. Captain, qui a dû m'entendre arriver, m'attend devant la porte. Elle se frotte à ma jambe, ronronne et s'étire en remuant la queue. Je l'ai trouvée toute petite dans la rue à Brooklyn, un jour d'hiver où je rentrais à Bed-Stuy avec Ezra. Elle était si minuscule et fragile, j'ai eu peur qu'elle meure si on la laissait là, alors je l'ai ramenée à la maison. Papa n'était pas ravi, mais il m'a laissé la réchauffer et lui donner du lait, « juste pour aujourd'hui » s'est transformé en « juste pour cette semaine » et, au bout de quelques mois, il a été bien forcé d'avouer qu'il l'adorait aussi. Je me penche pour la prendre dans mes bras, mais elle m'échappe, vive comme l'éclair, et fonce vers la cuisine.

Notre nouvel appartement est plus petit que celui de Bed-Stuy. Les murs sont couleur crème, le parquet chêne clair est ancien et usé, et la seule fenêtre du salon est à moitié bouchée par la clim. Techniquement, c'est un T2, mais avec une sorte d'alcôve aveugle censée être le coin bureau, et qui est devenue ma chambre. Il y a tout juste la place pour mon lit double, une table de chevet et une commode coincée contre le mur. J'ai dit à mon père que je me sentais comme Harry Potter quand il dort dans le placard à balais sous l'escalier. Je blaguais, bien sûr, mais quand c'est sorti je me suis senti nul. Mon père se casse vraiment le c... pour moi, c'est clair – et, franchement, vu tous ses efforts, c'était vraiment moyen de ma part de me plaindre.

Les lattes du couloir craquent sous mes pas. Dans la cuisine, je découvre un emballage de plats à emporter, de chez Jacob, le meilleur et le moins cher des traiteurs du quartier : ragoût de bœuf, riz-haricots, patates douces, gratin de macaroni. Donc, Papa est là – pas étonnant, vu qu'il part au boulot dans quelques heures. Il se trouve toujours des boulots bizarres. Une fois, il m'a dit que c'était parce que ce qui l'intéressait, c'était sa famille, pas sa carrière. Il aurait adoré être père au foyer. Maman bossait à l'hôpital comme infirmière, et c'était elle qui rapportait l'argent à la maison. Ça aurait pu marcher, je suppose. Mais, quand elle est partie, tout s'est cassé la gueule. Du coup, mon père se bat pour me payer un lycée farci de gosses de riches, juste pour que je puisse réaliser mon rêve et entrer dans une école d'art cotée – le tout sans jamais avouer à quel point il galère. La voix de Declan Keane résonne à nouveau dans ma tête. Un imposteur. Le pire, c'est qu'il n'a pas tout à fait tort.

Je me débarrasse de mes baskets pour me poser dans le salon. Je récupère mon ordinateur portable sur la table basse et je m'allonge sur le canapé. Trois secondes plus tard, comme toujours, je suis en train de consulter mes brouillons de mail.

Il y en a 472, tous adressés à la même personne : Lorraine Anders. Son nom de famille, maintenant qu'elle et papa ont divorcé et qu'elle refuse de s'appeler Love.

Je clique sur « rédiger ». En guise de titre, je tape *Encore moi.*

Salut maman,

Ceci est le 473e mail que je tente de t'écrire.

Ça fait beaucoup.

C'est bizarre, non ? Tu me prendrais sans doute pour un taré, si tu savais tout ce que je t'écris et que je garde précieusement. Bon, c'est clair, je ne t'enverrai pas celui-ci non plus, je le sais déjà. Mais un jour, j'espère, je finirai par trouver le courage de faire un mail que je t'enverrai vraiment, et que tu liras peut-être. Puis je resterai là, devant ma boîte de réception, à guetter la réponse en appuyant toutes les trois minutes sur la touche « rafraîchir ». Qu'est-ce que je pourrais te dire, aujourd'hui ? « Comment ça va ? Ça te plaît, la Floride ? Comment vont ma belle-sœur et mon beau-père ? Est-ce que tu penses à moi parfois ? Est-ce que tu m'aimes toujours ? » Sinon, tu sais que j'ai commencé le programme d'été au lycée, on participe à un projet collectif. Pour faire court, Declan Keane y est aussi – je t'ai déjà parlé de lui. Comme toujours, il m'a fait péter les plombs. Mais le pire, en fait, c'est qu'Ezra m'en a voulu de lui rentrer dedans. Tu vois le bordel ? Marisol était là aussi. Je suis trop mal à l'aise avec elle, j'aimerais vraiment lui montrer… je ne sais pas, qu'elle s'est trompée sur moi. D'accord, on ne peut pas forcer les gens à faire ce qu'ils ne veulent pas mais, quand elle me snobe, quand elle me traite comme la dernière des merdes, j'ai vraiment envie de lui dire à quel point ça me blesse. Avec elle, je me sens… ben, un peu comme avec toi. Sauf que toi, c'est 10 000 fois pire, vu que, voilà, tu es ma mère.

Bon, j'ai eu ma dose d'auto-apitoiement pour aujourd'hui. Un jour, peut-être, j'irai jusqu'au bout et j'appuierai sur « tout envoyer », rien que pour le plaisir d'inonder ta boîte mail. Mais d'ici là…

Ton fils,

Felix

La porte du salon s'ouvre et mon père se pointe, les yeux gonflés de sommeil. Je me dépêche de refermer l'écran de mon ordi, avant de me rendre compte que, du coup, on dirait que j'étais en train de mater du porno ou un truc dans le genre. Mais papa s'en fiche. Il porte sa chemise blanche impeccable et sa cravate, sa veste pliée sur le bras. Sa chevelure grisonnante est de plus en plus clairsemée, et j'ai l'impression qu'il maigrit davantage chaque année.

— Salut, trésor, dit-il – il a encore du mal avec mon prénom.

Ça fait trois jours qu'on ne s'est pas vus. Le programme d'été, c'est un peu l'équivalent d'une colonie de vacances, sauf qu'il se déroule en ville, pas dans les bois. La plupart des autres participants sont logés sur le campus, « pour une expérience créative immersive », comme c'est écrit sur la brochure de Sainte-Cath. Vu que les cours se déroulent à deux pas de l'appart d'Ezra, je squatte son canapé le plus souvent possible. Mais mon père insiste pour qu'on passe du temps ensemble. Je lui ai sorti que c'était important pour moi d'acquérir de l'autonomie avant la fac, de me préparer à vivre seul – rien de fondamentalement faux, d'ailleurs –, alors on a trouvé un compromis : je partage mon temps entre ici et chez Ezra. Le rêve, quoi : je suis un des rares ados à être indépendant *avant* la fac.

— Tu as mangé un truc ? me demande-t-il en se dirigeant vers la cuisine.

— Non.

Je rouvre mon ordi et me connecte sur Insta, pour voir combien de likes a récoltés mon #foodporn avec la mangue. Deux, donc : un d'Ezra, l'autre de son compte anonyme.

— Tout se passe comme tu veux ? enchaîne papa, la bouche à moitié pleine de gratin de macaronis. Ezra est en forme ? Vous mangez bien, vous ne vous couchez pas trop tard ?

J'hésite. Je pense qu'il n'a aucune envie de savoir qu'on ne s'endort jamais avant trois heures du mat', qu'on enchaîne les joints et que j'ai de plus en plus l'impression de perdre pied. Il continue, imperturbable :

— Je te fais confiance pour te conduire de façon responsable, tu sais ?

Et puis :

— Ah, merde, la chatte a encore pissé partout...

Je lui file un coup de main pour nettoyer. Il grommelle un truc comme quoi il faudrait amener Captain chez le véto, et je réponds que c'est sans doute juste de l'anxiété. Elle ne s'habitue pas à son nouvel espace – la fenêtre ne s'ouvre pas, il n'y a ni balcon ni escalier de secours où elle pourrait se dégourdir les pattes. Je la comprends, moi aussi je me sens enfermé dans cet appartement.

Et, là, mon père tend la main vers le rouleau de sopalin que je tiens. Comme je ne réagis pas assez vite, il m'interpelle – sauf que ce n'est pas avec mon vrai prénom, mais avec l'autre, l'ancien. Celui avec lequel je suis né, qu'ils m'ont donné, lui et ma mère. C'est pas un nom si moche que ça, d'accord, mais le fait qu'il le prononce à haute voix pour me parler, ça me fait toujours comme un coup de poignard dans la poitrine, et j'ai l'impression que quelque chose chavire dans mon ventre. Je fais semblant de ne pas avoir entendu jusqu'à ce qu'il comprenne sa boulette. Il y a quelques secondes de silence, puis il murmure des excuses hâtives.

On n'en parle pas. Du fait qu'il ne dise jamais « Felix ». Du fait qu'il se trompe souvent de pronom, sans se reprendre. Que certains soirs, quand il a pris une bière ou un whisky de trop, il me lâche que je resterai toujours sa petite fille.

Je repose le sopalin et je fais les dix pas qui me séparent de ma chambre. Je referme la porte derrière moi en douceur.

— Trésor... me lance mon père.

Mais je ne le calcule pas. Je m'allonge sur mon lit, les yeux sur l'ampoule chancelante du plafonnier. Surgie de nulle part, Captain me saute sur les genoux et frotte sa tête contre ma main, alors j'essaie de ne pas pleurer parce que, aussi furieux que je sois contre mon père, je ne veux pas qu'il m'entende pleurer.

Lunettes noires sur les yeux pour me protéger du soleil estival, j'attends Ezra devant chez lui, un immeuble gris de verre et d'acier. Il est sept heures du matin et l'air a gardé la fraîcheur de la nuit. Ez arrive en dévalant les escaliers, pousse la porte vitrée. Lui aussi a mis ses lunettes. Je trouve qu'on devient limite prévisibles, et ça me saoule. En me voyant, il lance :

— Qu'est-ce qui ne va pas ?

Ses cheveux sont détachés mais, apparemment, il n'a même pas pris la peine de se donner un coup de peigne – des boucles emmêlées lui tombent devant les yeux. Il capte à tous les coups quand je suis mal ou en colère. Il prétend qu'il est doué d'empathie. À mon avis, il est surtout doué pour raconter des conneries.

— Rien.

Il continue à me fixer tout en marchant. Je finis par craquer :

— C'est juste mon père. Il m'a encore deadnamé.

— Merde. Désolé, marmonne Ez.

Je hausse les épaules. J'ai envie de lui dire que ça va, mais en vrai, non. Il y a des personnes trans qui ont toujours su qui ils ou elles étaient, qui connaissaient leur genre et leur pronom au berceau ou presque, et qui ont toujours su réclamer les vêtements ou les jouets qui leur correspondaient. Moi, il m'a fallu du temps pour découvrir mon identité. Dès le début, je détestais porter des robes ou jouer à la poupée. Sauf que le vrai problème, ce n'étaient pas les robes ou les poupées, mais le fait que les unes et les autres soient assignées aux filles par la société. Et même avant de savoir ce que signifiait le mot « trans », ça me foutait hors de moi qu'on me force à jouer un rôle de fille. Chaque fois que les profs nous séparaient en deux groupes, j'essayais d'aller dans celui des garçons. Je traînais avec eux dans la cour de récré. Ça m'énervait qu'ils m'ignorent et qu'ils me rejettent. Parfois, je faisais ces rêves bizarres où je me retrouvais dans un autre corps – ce que la société appelle un corps d'homme. Ils me rendaient carrément euphorique. Manque de pot, au réveil, rien n'avait changé. Je me souviens avoir pensé : « Si je me réincarne, faites que ce soit en garçon... »

Et puis, à douze ans passés – il y a presque cinq ans, donc –, j'ai lu ce roman avec un personnage trans. Ça s'appelait *I am J*, de Cris Beam, et, en le lisant, comment dire ? C'était comme si une lumière s'allumait tout à coup dans ma tête. Et pas juste une ampoule – on aurait dit que le soleil venait de se lever pour chasser des nuages qui avaient toujours été là, et tout en moi s'est mis à vibrer à cette découverte : j'étais un mec.

Un putain de mec.
J'ai passé plusieurs mois à tourner autour de cette idée, à me demander si oui ou non j'étais trans. Et plusieurs mois, ensuite, à calculer comment l'annoncer à mes parents. J'ai commencé par mon père. C'était dans le salon de notre ancien appart de Bedford-Stuyvesant. Je l'ai fait asseoir, avec l'impression que j'allais dégueuler d'une seconde à l'autre. J'étais tellement tendu que tout ce qui est sorti, c'est :
— Papa, j'ai un truc à te dire.
Puis, direct :
— Je suis trans.
Il n'a rien répondu. Il avait une drôle d'expression, genre paumé. Puis il a murmuré :
— OK.
Mais clairement, ce n'était pas si simple pour lui, cette histoire de coming out. Il a ajouté qu'il était crevé et qu'il allait se coucher. Fin de la conversation. Le lendemain, j'ai écrit un mail à ma mère, vu qu'elle vit en Floride avec mon beau-père et sa fille depuis mes dix ans. Elle n'a jamais répondu. Ça a été la première et la dernière fois que j'ai cliqué sur le bouton « envoi » d'un message que je lui destinais.
Pendant presque un an, j'ai tanné mon père pour qu'il me laisse consulter un médecin qui me prescrive des hormones. Il a fini par accepter. J'ai eu de la chance. Ce n'est pas toujours facile d'entamer un traitement. À peu près au même moment, je me suis découvert un vrai don pour les arts, si bien qu'il a décidé de m'inscrire à Sainte-Catherine. Ça tombait pile-poil : plus besoin de fréquenter des gens qui m'avaient connu avant. De toute façon, je n'avais pas

vraiment de potes dans mon ancien lycée. Il m'a encore fallu argumenter un bon bout de temps, avec le soutien de mon médecin, mais il y a presque un an, papa a même fini par m'aider pour la chirurgie du torse. Je sais que j'ai une chance folle. D'abord, ça coûte très cher, tout le monde ne peut pas se payer ça. En plus, il a dû se farcir une tonne de paperasse pour l'administration et le reste, en particulier pour que mon assurance prenne l'opération en charge – même s'il a dû en payer une bonne partie de sa poche. OK, il y a des jours où il me tape sur le système, mais c'est clair que, sans lui, je n'aurais pas pu démarrer ma transition physique. C'est peut-être ce qui me perturbe le plus, d'ailleurs : pourquoi accepter de casquer pour mes hormones, mon opération, mon suivi médical et tout le reste, si c'est pour refuser de m'appeler par mon vrai prénom ?

J'ai rencontré Ezra pile au début de ma transition. On était assis à côté en classe, et on partageait le goût des vannes bien senties. Très vite, on est devenus inséparables – en fait, on ne se quitte jamais. Comme tous les autres, il ne connaît pas mon deadname. J'ai fait de mon mieux pour effacer les traces de ma vie d'avant : les photos et les vidéos avec les cheveux longs, celles où je porte des robes ou n'importe quoi qui me relie à ce que la société attribue aux filles. Ce n'est plus moi, tout simplement, si ça l'a jamais été. C'est marrant. D'une certaine façon, j'ai connu la réincarnation. J'ai commencé une nouvelle vie, sous une autre forme physique. Mon vœu s'est réalisé.

Mon père m'a demandé de garder quelques clichés – « Pour les souvenirs, on ne sait jamais, si un jour tu veux revoir ce que tu as été... » Mais ce n'était pas vraiment pour moi.

Ça se voyait trop qu'il les voulait pour lui, ces photos, comme pour s'accrocher encore à ce que j'étais – et que je suis peut-être encore selon lui. Rien que ça suffirait à me donner envie de les effacer jusqu'à la dernière. Elles sont là, sur Insta, et, une fois ou deux, j'ai vraiment failli le faire. Quand j'en vois une par hasard sur mon profil, ça me donne la nausée. N'empêche que je les ai encore. Chelou. Il m'énerve, mais ça reste mon père. Je ne devrais sans doute pas me sentir redevable parce qu'il m'aide à transitionner, sauf que si. C'est comme ça. D'une certaine façon, on s'en fout. Les photos ne sont pas publiques, évidemment, je suis le seul à pouvoir y accéder. Bref, ça ne mange pas de pain de les avoir là, au moins jusqu'à ce qu'il m'accepte enfin tel que je suis.

En fait, il y a surtout ce sentiment que j'éprouve, encore et toujours, même depuis mon coming out, et malgré mon début de transition. L'impression que quelque chose ne va pas. Des questions remontent à la surface sous la forme d'une pelote de laine et, si je tire sur le fil, toutes mes angoisses pourraient se dérouler d'un seul coup et m'éclater au visage. C'est peut-être pour ça que je déteste plus que tout que papa me deadname. Chaque fois, je me demande si je suis vraiment ce *Felix* dont je clame le nom haut et fort...

TROIS

Sainte-Catherine est à cinq minutes à pied de l'appartement d'Ezra. En slalomant entre les crottes de chien sur le trottoir défoncé, on longe des terrains de basket et de tennis, puis le parc, où des mecs font des tractions sur les barres de la cage à poules. Des gamins se poursuivent en piaillant sous la surveillance de leurs mères assises sur les bancs. Un nouveau magasin vient d'ouvrir au coin de la rue, le genre qui ne vend que du café, avec déco en bois brut – la gentrification, encore, même si ce n'est pas tout à fait un Starbucks. Je regarde Ezra. D'accord, il n'est pas blanc, mais il possède un appartement à un million dans le quartier. Et moi ? Au fond, même si on est fauchés comme les blés, mon père et moi, on fait comme les autres : on embourgeoise Harlem...

Les immeubles deviennent moins imposants, et on arrive du côté des petits bars et des bodegas dont les vitrines arborent le drapeau arc-en-ciel, avant de déboucher sur le campus de l'école, ceint d'une grille. Sainte-Catherine fait partie d'un groupe d'enseignement privé spécialisé dans les beaux-arts, dont les bâtiments s'étendent sur un immense parc, avec des haies et des bosquets. Notre bâtiment se trouve à l'angle, près du parking. Il accueille une centaine d'étudiants, sélectionnés pour leur talent, ou leur argent – parfois les deux. La plupart d'entre eux s'inscrivent au programme d'été, au cours duquel on prépare l'admission aux grandes écoles d'art, et en particulier le dossier artistique qui est demandé partout. Et, franchement, j'ai bien besoin de ça, parce que mon book, je ne sais même pas encore ce que je vais y présenter, alors que tous les autres l'ont presque terminé. Je vise Brown, un des établissements les plus sélects du pays et, en plus, il me faudrait – non, il me *faut* – décrocher une bourse pour y entrer. Bon, ce n'est pas la seule école d'art, et je postule ailleurs, mais... Je ne sais pas. Je crois que j'ai envie de démontrer que je suis assez bon pour Brown.

La prépa Sainte-Cath est dans un vieux bâtiment de brique rouge, avec des fenêtres modernes en alu noir. Avec Ezra, on se dirige vers le parking, où plusieurs élèves sont assis à l'ombre des arbres. Automatiquement, on s'approche de Marisol, en grande conversation avec Leah. Appuyée au mur, elle fume une cigarette sous le panneau « zone non-fumeurs ». Comme d'habitude, elle ne me calcule pas – bonjour l'accueil. Regard glacé, coiffure / ongles / maquillage au top, petit sourire hautain sur les lèvres. Il y a des gens comme ça qui contrôlent à fond l'image qu'ils renvoient. Je sais que sa personnalité ne se résume pas à ça, qu'elle a sans doute de bons côtés. Juste, elle ne me les montre pas.

— J'en peux plus, j'ai besoin de sommeil, au moins cinq heures de plus, lance-t-elle en tendant sa clope à Ezra. Ils sont tarés de nous faire commencer si tôt, non ?

— Complètement, répond-il en faisant tomber la cendre. Je me demande pourquoi on est là, déjà.

— J'ai lu un article là-dessus, intervient Leah. Il disait que c'est mauvais pour la santé des jeunes de se lever à sept heures du matin. Ça perturbe notre horloge biologique ou un truc comme ça.
— On devrait porter plainte, suggère Ezra. Ou lancer une grève.
— C'est ça, approuve-t-elle. Un sit-in pour que les cours commencent à midi.
Marisol ricane, sans cesser de jouer avec ses boucles.
— Je vois le plan... Faites-moi signe si ça marche.
Ils continuent à discuter, mais peu à peu, j'arrête d'écouter, perdu dans mes pensées. La première fois que j'ai rencontré Marisol, en cours, elle m'a impressionné, et même intimidé. Comment dire ? Elle rayonnait de confiance en elle, littéralement. Elle est belle, intelligente, pleine de talent, et elle le sait. Elle ne doute jamais d'elle, de l'amour et du respect qu'on lui doit. Quand je lui ai proposé de sortir avec moi, l'été dernier – soit deux ou trois mois après ma mastectomie –, j'étais encore en train de m'habituer à mon nouveau corps. Le moindre regard me mettait mal à l'aise, parce que je voyais bien que les gens se posaient des questions sur mon genre... J'aurais aimé, j'imagine, capter un peu de sa confiance, comme par capillarité.
Elle a haussé les épaules et elle a dit « OK », comme si ça n'avait pas d'importance – et c'était peut-être le cas, pour elle. Elle avait l'habitude des rencards, c'était mon premier. Les trois fois où on est allés boire un verre ensemble, c'était carrément nul. On était trop gênés, incapables de trouver un sujet de conversation en l'absence d'Ezra. Je sentais bien qu'elle s'ennuyait, rien qu'à la façon dont son regard se

vidait quand je lui parlais de mon travail sur la peinture acrylique. Franchement, je ne lui en veux pas – je devais être hyper chiant, sur les nerfs, à raconter n'importe quoi pour meubler le silence. La troisième fois qu'on est sortis ensemble, on est allés au Starbucks, et tout à coup elle m'a sorti :

— Tu vois, ça fait un bout de temps que je me demande pourquoi je ne te kiffe pas vraiment. Mais je crois que j'ai trouvé. Au bout du compte, je pense que je ne peux pas sortir avec quelqu'un de misogyne.

J'ai flippé grave – est-ce que j'avais fait ou dit quelque chose de sexiste sans m'en rendre compte ? Le cœur battant, j'ai répondu automatiquement :

— Je suis désolé.

Puis :

— En quoi je suis misogyne ?

— Ben, le fait que tu décides d'être un mec plutôt qu'une fille, je trouve ça misogyne en soi. Tu ne peux pas te dire féministe si tu arrêtes d'être une femme.

La peur a laissé place à l'étonnement, puis à la colère, et enfin à la honte. J'ai lâché un « D'accord », parce que je ne trouvais rien d'autre. On s'est dit au revoir et, depuis ce jour, on ne s'adresse quasiment plus la parole. Je n'en ai parlé à personne, trop la honte. D'autant plus qu'une partie de moi, comme une pique dans le cœur, continue à se demander si elle n'avait pas raison. C'est drôle, limite. Je voulais sortir avec elle pour me prouver que j'étais digne d'être aimé, et elle a réussi au contraire à renforcer l'impression, tenace et croissante, que ce n'est pas le cas.

Je lance :

— Bon, je m'avance.

Mais Ezra n'entend pas, toujours en grande discussion avec Marisol – maintenant, ça tourne autour de la question « Est-ce que Hazel et James se chopent dans la réserve ? » (Leah en est certaine). Ezra adore les potins et, vu qu'il ignore ce que Marisol m'a balancé, il est tout le temps avec elle.

Je franchis les portes automatiques de l'école, accueilli par un air glacé (pourquoi, en été, toutes les clims sont réglées sur « froid polaire » ?). Je fais trois pas sur le carrelage blanc, pas un de plus, avant de lever la tête.

Il y a une expo sur les murs du hall. Rien d'étonnant à ça – c'est là où les étudiants montrent leurs œuvres et leurs installations. Ce qui me choque, c'est les images. Des clichés carrés, en 16x16.

Des photos de mon Insta.

Des photos de ce que j'étais avant.

Les cheveux longs. Les robes. Le sourire forcé sur mon visage. Ces expressions qui montrent comment j'étais mal, en permanence – la douleur, physique, se lit sur chacun de mes traits.

Une douleur sans commune mesure avec celle que j'éprouve en cet instant.

J'étouffe, putain.

Je m'approche de la première, au ralenti, clignant des yeux pour être sûr que je vois bien, que ce n'est pas un cauchemar. Sous la photo, un cartouche avec mon deadname et l'année où elle a été prise. Mais bordel, qu'est-ce qui se passe ? C'est quoi, ces conneries ? Les photos sont en privé sur mon profil Instagram. Qui a fait ça ? Qui a piraté mon compte ?

Je tends une main tremblante vers le cadre suspendu devant moi. Je n'arrive pas à le regarder, pas sans que mon ventre se torde. Je sens de grosses larmes brûlantes me monter aux yeux, la honte – mais je suis trop petit pour décrocher la photo. Et il y en a sept autres.

Les portes s'ouvrent, et par-dessus mon épaule je vois quelques élèves entrer et rester là, les yeux ronds, avant de bouger – Dieu merci...

— Felix ?

Je me retourne, et Ezra est là. Il regarde autour de lui en articulant « Putain de merde » en silence, avant de me demander :

— C'est... C'est toi ?

— Non, bordel, c'est pas moi.

J'ai parlé trop fort. Il me fixe, prend conscience de sa boulette.

— Ah, merde, pardon. Je sais que c'est pas toi.

Puis il s'approche, tend le bras au-dessus de moi, prend le cadre, le décroche et fonce vers le suivant pendant que je m'effondre à même le sol, dos contre le mur. Je le regarde faire. D'autres élèves se pointent – de la section sculpture, je crois –, leurs yeux vont des photos à moi.

— Bougez, putain, aboie Ezra.

Ils sursautent et se barrent. Mon ami sprinte littéralement dans le hall pour décrocher les dernières images. Empilant les cadres sur ses bras, il cherche des yeux un endroit où les balancer, finit par les cacher derrière le comptoir d'accueil déserté – l'été, le gardien n'est pas là. Ce qui veut dire que celui ou celle qui a accroché cette expo a attendu son moment.

Je ferme les yeux, genoux contre le torse. Je sens Ezra qui s'assied à côté de moi, son T-shirt qui frotte sur mon bras – puis sa main, hésitante, sur mon épaule. Il me souffle à l'oreille :

— Ça va ?

Je secoue la tête.

— Je crois que je vais gerber...

— Je t'emmène aux toilettes.

— Non. Attends, ne dis rien. Laisse-moi cinq minutes.

On reste assis là je ne sais pas combien de temps. J'entends les portes s'ouvrir à plusieurs reprises, des voix, des pas. Quelqu'un demande à Ezra si je vais bien. Il ne répond pas, mais à la façon dont il bouge, je pense qu'il leur fait signe de nous foutre la paix. En me caressant l'épaule, il me glisse :

— Tu sais, je pense que presque personne ne les a vues.

Je me plie en deux – pas à cause de la nausée, mais d'une vague de douleur. J'ai envie de hurler. Il me masse le dos. La cloche sonne, et on ne bouge pas d'un pouce.

J'ouvre les yeux, je respire un grand coup, pose la tête contre le mur. Ezra me fixe, sourcils froncés, visage inquiet. Quand, enfin, j'ai l'impression de pouvoir parler à nouveau, je lui sors :

— Je veux savoir qui a fait ça.

Il secoue la tête.

— Mais, déjà, qui pouvait être au courant ?

Pas mal de gens, en fait. Je ne fais pas de secret. Je ne dissimule pas les cicatrices de ma torsoplastie, et il m'arrive de mentionner ce que je suis. Bref, tout le monde doit le savoir... sauf que ça n'a jamais posé problème. En fait, j'ai toujours cru que les gens ici s'en foutaient.

— Que je sois trans, c'est pas un mystère, Ezra.
— Non, c'est pas ça. Qui peut être au courant de ton... ancien prénom ? Et qui peut avoir déniché ces photos ?
Pas la moindre idée. Même lui ne connaissait pas mon deadname – je m'en rends compte à cet instant, et ça relance la douleur. Je me plie en deux à nouveau, mais il me retient, les mains sur mes épaules.
— Regarde-moi, Felix. Je suis là. On va trouver le trou de balle qui a fait ça, et on le fera virer de Sainte-Cath, d'accord ?
Je hoche la tête, en essayant de ne pas pleurer. Il me prend dans ses bras, me serre à m'en faire mal, et il me retient comme ça dix bonnes secondes. Quand il me lâche enfin, je m'essuie les yeux.
— Tu veux qu'on fasse quoi ? demande-t-il. On en parle à un prof ?
Je soupire.
— Qu'est-ce qu'il y ferait ?
— Tu veux qu'on aille chez moi ?
— Non. Je ne veux pas que celui ou celle qui a fait ça croie que ça m'a blessé.
Qui que ce soit, je l'imagine en classe, content·e de son coup, et certain·e que je vais me barrer de l'école en chialant.
Ezra hoche la tête, se relève et m'aide à faire de même. Petit détour par les toilettes pour me passer le visage sous l'eau et attendre que mes yeux soient un peu moins rouges, puis on se dirige vers le cours d'acrylique. Dans le couloir, je lâche :
— En fait, ça peut être n'importe qui...
— Non, mais tu imagines ? Je ne vois même pas comment on a pu autoriser cette expo !

— Ça m'étonnerait qu'elle l'ait été. Le gardien est en vacances, les profs ne sont pas encore arrivés... L'accrochage a dû avoir lieu ce matin à l'aube.

— Mais ça lui sert à quoi de se donner tant de mal ?

— Putain, mais je sais pas, Ezra !

— Pardon, Felix. C'est juste... Comment te dire ? Je n'imagine pas que quelqu'un puisse t'en vouloir à ce point. Qu'est-ce qui lui a pris ? C'est dégueulasse...

— C'est peut-être un acte transphobe. Ou juste quelqu'un qui me déteste.

J'essaie de garder une voix calme, comme si ça m'était égal, au fond, mais en vrai je suis à deux doigts d'éclater en sanglots encore une fois. Je sais, je suis encore tout jeune, et j'ai plutôt de la chance pour un type de dix-sept ans. D'accord, il y a des fois où mon père me les brise avec ses conneries, et ça me fout un peu en l'air que ma mère nous ait plaqués, lui et moi, pour fonder une nouvelle famille – mais au fond, j'ai un toit au-dessus de la tête et à manger tous les jours. Je fréquente une prépa cotée et j'ai une chance d'intégrer la meilleure école d'art du pays. En fait, je n'ai jamais vraiment souffert.

En tout cas, jamais autant qu'aujourd'hui.

J'ai l'impression qu'on m'a agressé physiquement. C'est comme si quelqu'un avait pris le contrôle de mon identité – qu'on m'avait volé ce droit-là.

Ezra a peut-être raison, au final. Il vaudrait mieux que je rentre chez lui.

Pourtant, on continue vers le TP d'acrylique. Il se déroule dans une grande salle, séparée en petits espaces par des cloisons en liège. Chacun travaille dans son coin, mais le cours commence toujours par un topo de la prof. Celle-ci – elle tient à ce qu'on l'appelle par son prénom, Jill, pour montrer qu'elle est cool et à l'écoute – s'installe sur le vieux canapé en cuir rose constellé de taches de peinture, et on l'écoute, perchés sur nos tabourets autour des tables métalliques regroupées face à elle. Marisol est assise au fond avec Hazel et Leah et, en général, on est avec elles. Declan et ses connards de potes sont assis de l'autre côté, à la table d'en face.

Quand on arrive, Jill est en plein milieu d'une phrase :

— Le but, artistiquement, c'est de maîtriser la technique, et de vous en servir comme un outil pour vous dépasser.

Nous voyant sur le seuil, elle s'interrompt pour nous inviter d'un geste et lancer :

— Merci de nous rejoindre !

— De rien, répond Ezra.

Il me tient la main pendant que nous traversons la salle sous les regards et les murmures. De quoi parlent-ils ? J'ai ma petite idée... On s'assied à notre place habituelle. Leah se penche vers nous pour souffler :

— On m'a raconté ce qui s'est passé. Dans le hall, je veux dire.

— Stop, fait Ezra.

— Tu sais, je suis vraiment désolée pour toi, Felix.

— Leah, arrête, je t'ai dit !

Elle se rassied sur son tabouret et se tait.

Jill nous adresse un sourire éclatant. Comme artiste, elle est douée, mais elle a un physique de petite souris. En plus, elle est jeune, pour une prof, peut-être vingt-cinq ans ; je suis sûr que c'est son premier boulot, et elle a toujours besoin de prouver qu'elle maîtrise son cours.

— Vous souhaitez peut-être justifier votre retard ? nous demande-t-elle.

Et, bien entendu, Declan décide de s'en mêler. Les mains derrière la nuque, il se laisse aller en arrière sur son siège et lance :

— Justifier ? Ils ne savent même pas ce que ça veut dire, ces deux-là. On a de la chance qu'ils aient daigné venir, en fait.

Je ne suis pas d'humeur. Vraiment, *vraiment* pas. Ezra serre ma main dans la sienne.

Visiblement, Declan n'a pas digéré ce qui s'est passé hier. Il se redresse.

— Vous savez, madame Brody...

— Jill.

— Oui, pardon. Je trouve ça nul. En fait, ils se pointent comme ça, quand ça leur chante, et personne ne leur dit rien. C'est injuste par rapport à ceux qui font des efforts pour être à l'heure ou pour rendre leur travail dans les temps.

OK. Il a fini son numéro, il va peut-être se calmer ? Mais non. Il continue.

— D'autant plus injuste quand on est en concurrence pour les admissions en écoles d'art ou les bourses...

— Pas faux, lâche Ezra. Pareil avec les trous du cul qui se mêlent des affaires des autres : on est obligés de se taper leurs conneries sans rien dire...

Ça lui vaut quelques rires. Visiblement, Jill ne sait pas comment réagir, alors elle se contente de nous mettre en garde pour la prochaine fois avant de reprendre son speech

– tout au long duquel Declan nous fusille du regard, Ezra et moi.
Sous la table, j'allume mon portable et j'ouvre Insta. L'une après l'autre, je sélectionne les photos qui étaient exposées dans le hall et je les supprime. J'espérais un peu que ça me soulagerait, que chaque cliché envoyé à la corbeille diminuerait la nausée, mais que dalle. Au contraire, je m'en veux encore plus de ne pas l'avoir fait plus tôt – avant que quelqu'un ne pirate mon compte pour me les voler.
Je déconnecte. J'adore l'acrylique, c'est ma technique préférée, mais pas moyen de me concentrer, pas en ce moment. À la place, j'observe les autres élèves. Nasira fait des bulles avec son chewing-gum, les yeux dans le vague. Austin, à côté d'elle, tape des SMS sous la table. Tyler dort carrément, la tête entre les bras. En face de moi, Elliott et Harper se murmurent des trucs à l'oreille. Harper me mate furtivement par-dessus son épaule avant de se détourner. Des tas de gens ont pu matériellement monter cette putain d'exposition, mais la question qui me ronge, maintenant, c'est de savoir si la ou le responsable est ici, dans cette salle. Et mon regard se pose sur Declan. Il s'en rend compte, lève les yeux au ciel. Son pote James se penche vers moi.
— Dis, murmure-t-il, du coup, ton nom, c'est...
Et là, il me balance mon deadname. C'est comme un coup de poing dans le ventre. Ezra commence à se lever ; je sens qu'il pourrait le frapper, alors je le prends par le bras et je fais non de la tête. Ça ne vaut pas le coup. Il se ferait virer de Sainte-Cath, qui applique une politique de tolérance zéro en matière de violences.

James lâche un ricanement avant de se retourner. Declan continue à me fixer, avec toujours ce sourire en coin… Declan. Ce putain de Declan Keane.

Comme par hasard, il me traite de mytho et, pile le lendemain, il y a une expo de mes vieilles photos avec mon deadname ? Ça ne m'étonnerait qu'à moitié que lui et ses potes de merde aient trouvé comment pirater mes réseaux, pour développer mes images et les exposer dans le hall…

Jill finit son speech et nous invite à nous mettre au boulot. Je m'installe près d'Ezra, face à un mur, devant une toile vierge. Je lui murmure :

— C'était Declan.

Il me regarde, choqué.

— Quoi ? Comment tu le sais ?

— À sa façon de me mater, là, tout de suite. Et puis, tu te souviens ? Hier, il m'a traité d'imposteur.

— D'accord, mais…

Il se tait un moment, retourne à sa toile et commence à la badigeonner de noir – évidemment – pendant que je secoue des tubes d'acrylique rouge, orange et jaune pour faire des points sur la mienne.

— C'est pas pour le défendre ou quoi, reprend-il enfin, son pinceau à la main, mais côté preuve, c'est plutôt léger, non ? Tu imagines, si c'est pas lui ?

Il a raison, je sais. Sauf qu'il y a cette sensation inexplicable dans ma poitrine, aussi forte et profonde que la douleur qui semble y avoir fait son nid, et qui ne me quittera peut-être plus, ni dans vingt ans ni jamais. C'est un coup de Declan Keane. Il n'y a pas d'autre explication. Je secoue la tête et, fermement, je réponds :

— C'est lui. Je le sais. Qui d'autre serait capable d'un truc pareil ?

Ezra grimace :

— Je ne suis pas sûr, mais...

Je sais déjà ce qu'il va dire. Que je fais une fixette sur Declan parce que je dois canaliser la colère qui m'envahit sur quelque chose. Voilà ce qu'il pense, c'est clair. Je le coupe :

— C'était lui.

— D'accord, répond-il patiemment. Disons que c'était lui. Qu'est-ce que tu comptes faire ? En parler à Jill ? Aller voir la directrice ?

À sa voix, on dirait qu'il s'adresse à un gosse qui fait un caprice, et ça m'énerve encore plus. Au même moment, Jill se pointe pour observer ce que nous sommes en train de peindre – rien du tout, du coup.

— On discute un peu moins et on s'y met ? lance-t-elle avec un sourire nonchalant, avant de continuer son inspection.

Ezra se retourne vers moi.

— Bon, tu vas faire quoi, alors ?

C'est pourtant clair, non ?

— Le détruire. Voilà ce que je vais faire.

Il hausse les épaules, un petit sourire taquin sur les lèvres. Tout en appliquant de vigoureux coups de pinceau, il murmure :

— J'avoue, j'aimerais bien voir ça, que ce soit lui ou pas. C'est quoi, le plan ?

QUATRE

Perso, je ne me sens pas du tout d'aller parler de l'expo sauvage à la principale mais, apparemment, l'info a circulé parmi les profs, parce que juste à la fin du TP d'acrylique un type se pointe dans la classe pour me dire que je suis convoqué dans son bureau. Avec son afro impeccable et sa mèche de cheveux blancs, Mme Fletcher est une dure, une vraie badass en tailleur et talons aiguilles. Son bureau – panneaux d'acajou partout, meubles en chêne et fenêtre panoramique – est d'un minimalisme étonnant, surtout pour une école d'art. Elle me fait signe d'entrer et m'invite à prendre place sur la chaise, face à elle. Elle embraie direct sur l'exposition.

— Savez-vous qui peut en être à l'origine ?

— Non.

— Quelqu'un s'est-il permis de vous harceler ou de faire des remarques sur votre identité ?

— Non.

J'ai juste envie de bouger... La principale croise les mains.

— C'était parfaitement inacceptable et, bien entendu, personne dans cette école n'a autorisé un tel événement.

Ah, d'accord. C'est pour ça qu'elle m'a convoqué, en fait. Pour se couvrir. Elle a peur que je leur fasse un procès, ou un truc dans le genre.

— Je suis désolée de ce qui vous est arrivé, Felix. Souhaitez-vous un entretien avec le conseiller scolaire ?

Je refuse, peut-être un peu trop vite. À tous les coups, ça va dériver sur le côté « abandon maternel » et, clairement, je n'ai pas du tout envie de parler de ça. Je répète :

— Non, merci.

La principale se tait un instant, on dirait qu'elle se demande si elle doit me forcer à consulter quelqu'un, mais à la fin elle se contente de hocher la tête.

— Nous allons mener notre enquête.

Tu parles. Ils vont interroger deux ou trois élèves pour savoir s'ils ont vu quelque chose, et comme la réponse sera non, ça s'arrêtera là.

— Si vous entendez quoi que ce soit, venez m'en parler immédiatement, conclut Mme Fletcher. Notre école ne tolère en aucun cas ce genre de comportements haineux.

OK, je suis dégoûté et je sais que l'école ne fera que dalle pour trouver le ou la coupable, mais c'est quand même bon à entendre.

Au bout du quatrième « Felix, ça craint trop, désolé » et après la troisième question sur mon deadname, je finis par accepter la proposition d'Ezra : on sèche les cours qui restent pour aller se poser chez lui. On s'arrête au chinois du coin – qui, curieusement, propose le meilleur poulet-frites du quartier – et on repart avec nos deux boîtes en carton. Au passage, grâce à la fausse pièce d'identité d'Ezra, on achète à la caviste juste à côté deux bouteilles de chardonnay pas trop cher – « Parce qu'il faut ce qu'il faut », claironne mon pote. La gérante louche un peu sur la carte d'identité qu'il lui tend, elle voit bien que c'est du mytho, mais ça ne l'empêche pas de prendre son argent et de nous raconter comment, à seize ans, elle se bourrait la gueule dans un bistro à Paris. On prend ça comme une invitation à continuer et on repart chez Ezra avec nos wings et notre alcool illicite.

Sur le trottoir d'en face, une bande de mecs musclés en marcels blancs s'interpellent avec un accent créole dans le bruit des moteurs de leurs voitures, au son d'un vieux morceau des Dixie Chicks. Ezra pousse la porte vitrée de son immeuble et nous pénétrons dans le hall, carrelage gris sombre et murs blancs à la peinture écaillée. D'un pas lourd, on monte jusqu'au troisième, et Ezra prie pour que ses voisins ne soient pas là – « Je sais pas ce qu'ils foutent, on dirait qu'ils se roulent par terre et qu'ils cognent sur le sol. Personne ne baise comme ça à trois heures du matin ! » Puis, on arrive à son appartement. Il est plutôt sympa : murs en briques apparentes, parquet ciré, super cuisine équipée avec un plan de travail en pierre, frigo en alu brossé et gazinière – et à part ça, il est carrément vide. Ça fait un mois qu'Ezra habite ici mais, malgré le fric que ses parents lui balancent, il ne s'est pas donné la peine d'acheter des meubles. Pour l'instant, il se contente d'un matelas posé par terre dans le salon, et d'un meuble télé avec un minuscule écran douze pouces. Il n'a même pas d'ampoules. La nuit, on s'en tient à la lumière des réverbères dehors, ou on allume Netflix. Pour l'heure, un soleil radieux éclaire l'appartement. Il y a trois plantes en pot devant la fenêtre – un pied de menthe, un pied de basilic et un de cannabis. Deux sur trois sont plutôt pour la déco.

Ezra pose les bouteilles et les boîtes par terre avant de se laisser tomber sur le matelas, puis balance ses chaussures.

— Tu crois qu'ils vont nous emmerder parce qu'on sèche la moitié de la journée ?

Je récupère le poulet et je m'assieds à côté de lui.
— Euh... ça m'étonnerait.
En fait, Jill est carrément la seule prof de l'école à nous avoir fait des remarques sur nos retards.
— Bon, tu sais que je le déteste, continue Ezra, mais je me demande si Declan n'avait pas un peu raison, tu vois ?
Je m'étouffe à moitié avec mes frites.
— Par rapport aux absences ? Tu rigoles !
— T'es sûr ? On pourrait quand même avoir des problèmes. Genre, se faire virer, tu crois pas ?
— Mais tout le monde est toujours en retard, dans ce bahut, Ez ! Declan nous a juste cassés parce que c'est un gros con.
En vrai, j'essaie de ne pas penser à ce picotement derrière ma nuque, qui ressemble à de la peur – pas parce qu'on pourrait se faire virer, mais parce que, sur un point au moins, Declan a vu juste : en ce moment, je déconne. Si je n'en fous pas une, si je n'ai même pas attaqué mon book, c'est que j'ai trop la trouille de m'y mettre. La trouille de ne pas y arriver, de merder, de ne pas être accepté à Brown. Ça fait trois ans que je trime pour que les sacrifices de mon père servent à quelque chose... mais si, au final, ça ne changeait rien ?
Ezra attrape une bouteille, dévisse le bouchon métallique.
— On sort les tasses ou pas ?
— Pas la peine.
J'ai un peu les boules qu'il ait mentionné Declan. Declan, à qui je dois cette putain d'expo. La douleur s'est un peu atténuée depuis tout à l'heure, mais elle est toujours là, à résonner en moi.
Ezra pose la tête sur mon genou, un peu comme un chien qui a envie d'un câlin. Comme s'il lisait dans mes pensées

– en fait, c'est peut-être vrai, cette histoire d'empathie –, il lâche :

— Désolé, je n'aurais pas dû parler de lui.

— Ça va, c'est bon.

— Tu veux qu'on arrête de prononcer son nom ? Je trouve que ce serait cool de l'appeler, je sais pas, Connard Denfoiré. Grotta Demerde.

Il boit une gorgée à la bouteille, se rallonge. Ajoute :

— Capitaine Tête-de-nœud.

Appuyé contre le mur, je secoue la tête :

— Non, ça ne me gêne pas qu'on dise son nom. Du moment que je le pourris.

— Tu le démolis.

— Je ruine sa vie.

— Bien fait pour sa gueule.

— Exactement.

On a lancé ça pour déconner, mais je sens que ça devient sérieux, peu à peu.

— Quand j'en aurai fini avec lui, il ne se reconnaîtra plus dans la glace.

— Mec, tu es tellement Serpentard...

Je chope l'autre bouteille de chardonnay.

— À fond. Mais tu aimes ça, non ?

— J'adore !

Il se redresse, pioche un morceau de poulet, mais le lâche tout de suite en piaillant que c'est trop chaud. Puis :

— T'as un peu réfléchi à comment tu allais faire ?

— Je pense au truc qu'a dit Jill, sur la technique.

— Quoi, se servir de la technique pour libérer sa créativité ?

Je hoche la tête.

— C'est ça. La technique, là, c'est Instagram. Declan a piraté mon compte et il a trouvé mes photos. Je suppose qu'il a lu mon ancien nom dans les tags ou un truc comme ça. Ces images, je les ai prises et postées bien avant l'idée même de transition – à une époque où je devais encore mentir sur mon âge pour m'inscrire sur un réseau.
— OK, fait Ezra, songeur. Du coup, tu la jouerais comment ?
Je secoue la tête.
— Je sais pas trop. J'aurais envie de... de lui faire la même chose, quoi.
Bon, évidemment, ce ne serait pas « la même chose », avec les photos et le deadname. Mais si je pouvais apprendre un secret sur Declan et m'en servir contre lui – le révéler à tout le monde, le blesser comme il m'a blessé... Ouais, ce serait un bon début. Je continue à réfléchir à voix haute :
— Il faudrait que je lui tende un piège, pour qu'il me révèle un truc sur lui que personne ne sait.
Pas mal, ça. Quels peuvent être les secrets inavouables d'un type comme Declan Keane ? Il faudrait que ça soit si moche que ça l'oblige à renoncer à Brown. Comme ça, je serais quasiment sûr d'être admis ! On est les deux seuls élèves de Sainte-Catherine à postuler pour la bourse...
La question qu'a posée Ezra tout à l'heure me revient en tête. « Et si c'était pas lui ? » Conneries. C'est lui, j'en suis sûr. Et même dans le cas contraire, il mérite carrément ce qui va lui arriver.
— Un piège... répète Ezra. Genre quoi ? Un truc sur les réseaux ?
Je claque des doigts.

— Exactement ! Je pourrais me créer un faux compte Insta. Il poste tout le temps... Je lâche quelques commentaires, on discute, on devient potes, et je gagne sa confiance !

Ezra hésite.

— OK, sur le papier, ça marche. Sauf qu'il est vraiment méfiant, ce mec. Je veux dire... il était toujours partant pour les trucs physiques, tu vois ? Tant que c'était pour se rouler des pelles et tout, ça allait. Mais dès que je lui posais des questions sur sa vie, ou ce qu'il ressentait, il se refermait. Tu te souviens ? Un vrai mur.

J'oublie toujours qu'Ezra et Declan sont sortis ensemble. C'était en première année, et ça a duré sept mois. Le couple star du lycée. Declan est carrément tombé dans les bras d'Ezra dès qu'il a commencé à le draguer. Ils étaient inséparables, toujours collés l'un à l'autre, à se bécoter. Moi, je tenais la chandelle – en vrai, ça ne me gênait pas. Pas vraiment. Pour moi, Declan était aussi un pote. On traînait ensemble. On parlait de l'avenir, de nos projets. Ils ont été les deux premiers de Sainte-Cath à qui j'ai révélé ma transidentité. Je crois que ça résume à quel point j'ai pu faire confiance à Declan Keane. Et puis soudain – sérieux, comme ça, tout à coup –, Declan a rompu et s'est transformé en un immense connard. Un jour, on était là, tous les trois, au calme, et le lendemain il casse avec Ezra par SMS. Ezra n'a pas pleuré, il n'a rien montré du tout, mais je sentais toute sa peine et ses questions, comme des vagues qui le secouaient. Même aujourd'hui, il ne sait toujours pas pourquoi ça s'est terminé aussi brutalement. Mais bon, on est quand même assez évolués pour continuer à fréquenter nos ex, non ? C'est ce qu'on pensait, Ez et moi, quand on s'est pointés à Sainte-Cath le lendemain. On a vu

Declan qui traînait avec James et Marc, les deux plus gros machos de la prépa. On est allés vers lui… et, quand on lui a dit bonjour, il ne nous a même pas calculés, comme si on ne se connaissait pas.

Ezra a voulu lui demander s'il avait fait quelque chose de mal – pour s'excuser, pour réparer peut-être –, alors il a dit :

— On peut se voir cinq minutes ?

Je me souviens de l'expression dégoûtée de Declan quand il a répondu :

— Non, je préfère pas.

Et James et Marc qui se foutaient de notre gueule… Ez était mal, je le sentais, mais il a juste hoché la tête et il a sorti :

— Bon, je te laisse tranquille, alors.

C'est ce qu'il a fait. Ça aurait dû suffire à Declan, non ? Eh bien non. Depuis, chaque fois qu'Ezra ou moi prenons la parole en classe, il lève les yeux au ciel comme si on ne racontait que des conneries ; il nous balance aux profs quand on est en retard, et il parle dans notre dos à toute occasion. Clairement, il nous méprise et il nous évite, sans jamais nous avoir dit pourquoi. Pas la moindre explication, rien.

Ezra fait genre tout va bien, je ne souffre pas, on passe à autre chose. Mais, perso, depuis, je me sens comme une merde face à Declan. Et je pense que c'est pareil pour Ezra. Je ne le lui ai pas pardonné et je crois que ça n'arrivera jamais.

Il pioche une autre aile de poulet et poursuit :

— Je lui posais des questions, des fois, sur sa famille, sur le coin où il a grandi, à la campagne. Mais il esquivait à chaque fois. Tu as raison, il faudrait lui tirer les vers du nez… sauf que ça m'étonnerait qu'il se lâche avec quelqu'un qu'il a rencontré en ligne !

Merde, il a raison... Je lâche :

— Oui, mais je n'ai pas d'autre idée ! Il faut que j'essaie.

Ezra hausse les épaules.

— Vas-y...

Ça sonne comme un « bonne chance ». Je sors mon téléphone pendant qu'il dévore son aile de poulet.

— Qu'est-ce que je prends, comme pseudo ?

— Putain, il est trop bon, ce poulet !

— Un peu long, non ?

Il se marre, réfléchit un peu.

— Felix, c'est un truc dans *Harry Potter*, non ?

Je me creuse les méninges pour me rappeler exactement – ça fait un bout de temps que j'ai lu la série.

— Oui, attends... C'est le nom d'une potion que Ron croit avoir prise pour gagner au Quidditch.

En latin, « *Felix* » veut dire « chanceux ». C'est pour ça que j'ai choisi ce nom. Quand j'ai compris que je n'étais pas une fille, et que j'ai commencé à faire ce qu'il fallait pour changer ça, j'ai pensé que c'était une chance.

— Quelque chose comme Chance, ça te plairait ? propose Ezra, inspiré.

— Tu sais quoi ? Je pense à Chance.

— C'est moi qui l'ai dit en premier, merde ! proteste-t-il.

Je tape « chance » sur mon téléphone, en essayant de trouver un identifiant qui ne soit pas pris. Au bout de plusieurs essais, je tombe sur « Chanceliquide95 ».

— C'est un peu chaud, non ? dit Ezra avec un petit sourire en coin.

— Arrête tes conneries...

Le profil créé, je vais dans la barre de recherches. Je sais que ça craint, mais il se trouve que je n'ai pas oublié le nom du compte de Declan. Je tape « Lekeane123 » (en vrai, avec un pseudo pareil, on aurait quand même dû sentir le truc dès le début, Ez et moi) et je me retrouve sur son profil – des selfies en noir et blanc, avec des éclairages prétentieux à base de vieilles lampes et de rideaux, de la bouffe, des immeubles avec des reflets du soleil, James et lui devant un graffiti, Marc et lui au Yankee Stadium.

Mais, surtout, il poste ses illus.

Je déteste Declan Keane. Je le hais vraiment, putain. Mais je dois quand même avouer qu'il a du talent, ce con. Vraiment. Un truc qui ne s'apprend pas, qu'on ne peut pas imiter.

Perso, je suis davantage branché portraits à l'acrylique, et je sais que je me défends bien. Mais ses créations à lui sont... indescriptibles. Inclassables. Du collage, peut-être ? Il mélange plein de techniques – parfois du fusain, parfois du pastel, ou juste du crayon ou de l'encre. Mais ce qui marche vraiment, c'est son utilisation de l'espace vide. Au début, ça paraît simple mais, ensuite, c'est le truc qui me pousse à regarder autrement, à lever la tête pour voir comment le ciel se dessine derrière les branches des arbres, ou de quelle façon la peau apparaît sous une dentelle délicate. Il choisit toujours des thèmes intéressants : un oiseau à l'aile brisée, une femme avec un collier ancien et des boucles d'oreilles modernes, une main toute bête. Mais encore une fois, c'est la façon dont il construit l'espace vide autour des objets, dont il les travaille avec ses dessins et ses éléments collés – coupures de journaux, feuilles mortes ou tissus froissés, bref, tout ce qu'il ramasse par terre, on dirait –, qui distingue son travail de tous les autres.

Et qui le rend meilleur que le mien, en vrai.

Je suis dégoûté de l'avouer, mais y a pas moyen de faire autrement. En tant qu'artiste, Declan me surclasse.

Entre ses créations, son parcours scolaire et ses bulletins de notes parfaits, bien sûr qu'il va être pris à Brown. Et on va lui attribuer la bourse, même s'il n'en a pas besoin. Même si c'est un salopard qui ne la mérite pas.

Je scrolle sur son profil et je like des photos au hasard. Sur l'une, je commente : *Super utilisation de l'espace négatif !* Sur une autre : *T'as fait ça avec quelles matières ?*

Ezra a descendu ses frites et sa portion de wings, il s'attaque maintenant à la mienne ; je me dépêche de récupérer une aile avant de lancer :

— Dis, ça te va si je dors ici ? J'ai pas trop envie de me taper mon père aujourd'hui...

Je l'imagine me deadnamer encore une fois. Avec le coup de l'expo ce matin, je crois que ça me ferait péter définitivement les plombs.

— Tu me demandes ça à chaque fois, s'amuse Ezra. Et chaque fois, je dis oui.

— Ben, je ne veux pas m'incruster. On sait jamais, si tu attends ton boyfriend secret ou quoi...

Il explose de rire.

— Un boyfriend ? Felix, on est ensemble 24/24. D'où j'aurais le temps d'avoir un mec, hein ?

Je hausse les épaules.

— OK, mais si t'en as marre de moi et que tu n'oses pas me le dire...

Ezra lève les yeux au ciel, me pique mon téléphone et lance Spotify. C'est toujours la playlist Fleetwood Mac, et Norman Greenbaum chante « *Spirit in the Sky* ». En l'entendant, Ez se lève et se met à bondir dans l'appartement, enchaînant les pas et les arabesques – il fait de la danse classique depuis ses cinq ans. De mon côté, je prends deux-trois têtes de weed, les feuilles à côté de la télé, et je roule un joint pendant qu'Ezra fait de grands battements en rythme, pointe tendue et tout le reste. Le briquet se trouve sur le plan de travail de la cuisine. *Clic, clic, clic,* j'allume, le papier grésille et un nuage de fumée s'élève. Ez s'approche et je lui colle le joint entre les lèvres. Puis j'ouvre la fenêtre qui donne sur une ruelle déserte, et on se glisse dehors, sur l'escalier de secours, les jambes dans le vide. Le soleil est déjà en train de descendre vers l'horizon, le ciel est plus sombre, avec des teintes mauves.

Ezra lève la tête, les yeux plissés.

— Ça t'arrive de te demander ce qu'on fait ici ?

Merde. Ses trips métaphysiques sont les pires...

— Il n'y a pas de raison. On existe, c'est tout. Rien d'autre. Point barre.

— Mais non, crétin, je ne te parle pas de ça ! Pourquoi on est ici, à Brooklyn ? Pourquoi on s'est inscrits à ce programme d'été ? Pourquoi on fait de l'art ?

— Euh...

Il continue, presque agressif :

— À quoi ça sert, hein ? Pourquoi on n'a pas fait des sciences ou de l'éco – n'importe quoi d'autre, en fait ?

— Excuse, mais t'es pas un peu jeune pour une crise de la cinquantaine ?

— Tu crois ? Mais justement, si c'était maintenant, le milieu de ma vie ? Imagine, je meurs pile dans dix-sept ans. J'ai gâché tout mon temps à ça, l'art, la peinture, la mode, toutes ces conneries créatives, parce que j'ai *cru* que c'était ma passion... mais si, en fait, j'étais destiné à quelque chose d'autre ?

Une étincelle de frustration s'allume dans ma poitrine. Franchement, s'il peut se payer une crise existentielle à son âge, c'est parce que sa famille est gavée de thune. C'est un privilégié. Moi, j'ai pas ce choix. Je dois me fixer un objectif et tout donner pour l'atteindre, en tout cas si je veux quelque chose qui ressemble à un avenir. Contrairement à Ezra, rien ne m'est donné d'entrée. J'essaie quand même de repousser ce sentiment – manque de bol, peut-être à cause de l'herbe, je me laisse gagner par le flip d'Ezra. Je veux dire, et si mon vrai destin, c'était d'être astrophysicien ? Ou le prochain Bach ? Je lâche :

— Je pense aux gens qui se font renverser par une voiture, ou frapper par la foudre – bref, ils sortent du coma, et tout à coup ils deviennent des génies dans une matière qu'ils n'avaient jamais essayée. Tu vois ?

Ezra regarde le ciel.

— Absolument pas.

Ça va pas être facile...

— Non, mais si, quoi. On dit la même chose.

Il se tourne vers moi.

— OK. Donc, tu veux que je te renverse en voiture ?

— T'es con.

— Mais sérieux, je peux le faire. Si ça te fait plaisir.

J'essaie de ne pas exploser de rire.

— T'as même pas de caisse, merde !

— Ah non, mais j'en pique une pour te renverser avec.

Je lui flanque un coup dans l'épaule et il me sourit. Mais il n'a pas tort...

— En fait, c'est peut-être une bonne idée. Au moins, en me réveillant, je serais doué pour un truc !

Il pousse un grognement, se penche vers moi.

— C'est quoi, le délire ? T'es super doué.

— Non. Non, je ne crois pas. Mettons que j'ai un mini brin de talent en peinture, et que j'ai décidé tout petit que je voulais en faire mon métier. Alors, j'ai bossé comme un con pendant dix ans pour en arriver où je suis maintenant... c'est-à-dire nulle part, par rapport à d'autres.

— Par rapport à qui, s'il te plaît ?

— À toi, par exemple.

Ses œuvres sont toujours fantastiques. En fait, Ez est un génie, qui transforme tout ce qu'il touche en or. La première année, c'était l'aquarelle ; la suivante, la sculpture. Maintenant, il se passionne pour la mode, si bien qu'il a appris tout seul à coudre et à dessiner des patrons *en deux mois*. Il est tellement bon qu'il n'a même pas choisi le stylisme au programme d'été. Il a préféré prendre acrylique, comme moi, pour qu'on soit ensemble en cours.

— À mouâââ ? répète-t-il, faussement vaniteux.

J'hésite une seconde.

— C'est ça. Et aussi à des gens comme Declan Keane.

Il pousse un soupir.

— Sérieux, on recommence à parler de lui ?

— Non, d'accord. N'empêche, tous les deux, vous avez ce don inné, et on dirait que... Je sais pas, des fois, je me demande si le talent, ça vient vraiment avec l'expérience.

— Franchement, Felix, répond Ez en me passant le joint, tu te prends trop la tête. Détends-toi. Tu doutes de toi en permanence. Ce que tu fais, c'est bon.
— T'es obligé de dire ça, vu qu'on est potes.
— Pas du tout. En tant que pote, je dois te dire la vérité. Par exemple, ton T-shirt, là... Déjà, t'écoutes vraiment les Beatles ?
Je baisse les yeux sur mon débardeur, avec le portrait des quatre musiciens, avant de répondre :
— Ben oui, ça m'arrive.
Il reprend le joint, aspire une longue taffe en regardant la ruelle en bas. Je commence :
— Je n'ai jamais...
OK, c'est la honte, mais maintenant que je suis lancé, je continue :
— Je n'ai jamais été amoureux. C'est drôle, hein ? Avec mon nom et tout...
Il renifle sans répondre.
— Je *veux* tomber amoureux ! Je n'ai jamais ressenti la passion dont parlent les grands artistes, tu vois. Et c'est ce que je veux ! Je veux cette intensité. C'est pas le délire de tout le monde, mais voilà, moi, j'ai envie d'être fou amoureux, et puis de me planter, d'être brisé, de souffrir, puis de retomber amoureux encore et encore. Mais rien ! J'ai jamais vécu ça. Je fais toujours les mêmes trucs, jamais rien de neuf, d'excitant.
Pendant un long moment, Ezra reste silencieux. Enfin, il se tourne vers moi avec des yeux de cocker, me pousse avec la tête.
— Je suis pas excitant, moi ?
— Ta gueule.

— Tu t'ennuies avec moi, c'est ça ?
— Fais pas chier, Ez, j'essaie d'être sérieux, là.
— Ah ouais ? Ben moi aussi.
Il se redresse, regarde droit devant lui. Reprend :
— Je suppose que ça viendra, à un moment ou à un autre. Sauf qu'en attendant, ça t'empêche d'être ici, avec moi – et tant pis pour toi, parce que je suis pas mal du tout.
Je lève les yeux au ciel. Spotify est en train de passer « *Come Together* ».
— T'entends ? Les Beatles. Ça prouve que je les aime bien.
— Bravo, alors.
— Merci.
Il me décoche un petit sourire, puis pose la tête sur mon épaule. Ça doit lui faire mal au cou, vu que je suis beaucoup plus petit que lui, mais ça n'a pas l'air de le déranger.
— Alors, Lekeane a répondu ?
Je vérifie mon téléphone.
— Non.
— Je t'avais prévenu.
Je hausse les épaules. Quand il s'agit de détruire mes ennemis, je sais me montrer patient.
C'est plus tard, pendant qu'on nettoie les restes du repas avant d'aller au lit, que j'entends une notification. Je ressors mon portable et j'ouvre Insta en retenant mon souffle – c'est peut-être Declan... Sauf que ça vient de mon vrai profil, pas de l'autre. Intrigué, j'accepte la demande de message privé. C'est un compte anonyme, Grandequeen69, qui m'envoie juste ces mots :

Tu as kiffé l'expo ?

CINQ

Salut maman,

Un truc que je ne t'ai jamais dit : même si je t'ai parlé de ma transidentité par mail – tu sais, celui auquel tu n'as jamais répondu ? –, je ne suis pas certain, au fond, d'être un mec. C'est difficile à expliquer, j'ai… je ne sais pas, cette impression, cette sensation dans mon ventre que quelque chose ne va pas vraiment. Je suis certain de ne pas être une fille. Mais ça s'arrête là.

J'ai fait des recherches de définitions, de mots, d'étiquettes. Il y a des gens qui disent qu'on n'en a pas besoin, qu'il ne faut pas chercher à rentrer dans des cases. Mais je ne suis pas sûr. Moi, ça me fait du bien, ça me donne l'impression de ne pas être seul. Que quelqu'un d'autre a déjà ressenti et vécu ce que je traverse. Ça me valide.

Mais ça me gêne aussi. Je me suis tellement battu pour qu'on me considère comme un garçon, et maintenant, quoi, je change d'avis, c'est ça ? Ou bien est-ce mon identité qui évolue ? Il m'est arrivé un truc vraiment moche. À l'école, quelqu'un a exposé de vieilles photos de moi, avec mon ancien nom – et ensuite, j'ai reçu sur Insta un message anonyme qui se foutait de ma gueule. Au début, ça m'a blessé qu'on s'en prenne à moi comme ça, gratuitement ; mais maintenant, ce n'est plus de la peine, c'est de la colère. De la rage. Je suis furieux, au point de vouloir casser la gueule à celui ou celle qui me fait ça. Et je suis pratiquement sûr que c'est Declan Keane.

Je n'ai même pas parlé du message à Ezra. Ça l'aurait fait flipper. Je suppose que c'est aussi un coup de Declan, mais ça n'a pas d'importance – je vais me le faire, de toute façon.

C'est presque drôle de t'écrire pour parler de tout ça, quand on pense que c'est toi qui m'as le plus blessé – oui, plus que l'expo ou le message sur Insta, plus que les trucs qu'on voit tous les jours à la télé sur les personnes trans qui doivent se battre pour leurs droits, pour exister. C'est difficile à admettre, je sais, mais voilà, j'en suis là. Apparemment, je passe ma vie à essayer de me prouver que je mérite d'être aimé – et comment je le pourrais, vu que ma propre mère ne m'aime pas ?

Ton fils... ?

Felix

Ma vengeance repose sur le timing ; j'arrête donc de commenter les posts de Declan. Deux réponses sans réaction de sa part, ça suffit, je ne dois pas l'effrayer. En revanche, je travaille mon profil. Dans les jours qui suivent, je poste deux photos – un gros plan du mur de brique dans l'appart d'Ezra, et les trois pots alignés sur sa fenêtre : herbe, basilic et menthe. Je laisse aussi des likes et des commentaires ailleurs, pour ne pas donner l'impression de faire une fixette sur Declan. Ezra exige que je like tous ses posts, et je visite l'Insta de Marisol, en tâchant de ne pas psychoter sur les photos où on la voit sortir avec d'autres élèves de Sainte-Cath. Franchement, quand Marisol m'a dit qu'être trans, c'était être misogyne, j'aurais dû l'envoyer se faire foutre. Mais elle est dans la même bande qu'Ezra et moi, et c'était impossible de la virer de ma vie. Et puis... j'ai carrément envie de lui prouver qu'elle a tort.

On passe tout le week-end en mode Insta / chicken wings / chardonnay. Le lundi, en cours, je reçois un texto de mon père.

Tt va bi1 ?

Je réponds : *Oui, j'étais avec Ezra.*

Et lui : *Top. À ce soir.*

Je devine qu'il est en rogne. Je ne l'ai pas appelé. Pourtant, j'avais promis d'aller chez lui la moitié du temps. Papa est plutôt facile à vivre, en particulier par rapport à maman – avant qu'elle nous abandonne pour fonder une meilleure famille. Je me souviens qu'elle était plutôt stricte. Je devais m'habiller comme elle le décidait – les putains de robes en dentelles et les chaussures vernies, les boucles d'oreilles en perles, les nœuds et les barrettes dans les cheveux... Mon père lui laissait gérer la discipline. Après son départ, il n'a jamais vraiment fixé de règles ou d'interdictions.

Je me recentre sur mon projet. On est en culture G, entre la pause déjeuner et la fin des cours à quatorze heures. C'est une matière qui rassemble un peu toutes les disciplines ; pour les dernières années qui veulent passer des concours, comme Declan et moi, c'est surtout l'occasion de peaufiner nos books. Il s'est installé dans un coin de la salle avec ses collages étalés sur *deux* tables (le niveau de narcissisme chez ce mec !). Moi, je me retrouve devant une toile blanche, avec mes tubes d'acrylique à côté de moi.

On est installés à une longue table – Ezra, Marisol, Leah, Austin, Hazel et Tyler. Plus exactement, Ezra s'est assis là et les autres l'ont rejoint. Leah pianote sur son ordinateur, retouchant des images pour son book. Si j'ai bien compris, elle veut devenir reporter, du coup elle se concentre à mort sur la photo. Elle était dégoûtée quand l'école lui a annoncé que, vu qu'elle avait déjà validé tous ses examens en photo, elle était obligée de choisir une autre matière (la peinture acrylique, donc) pour le programme d'été. Elle est la seule à travailler en silence. Tous les autres bavardent à mi-voix.

— L'astrologie, c'est bidon, lâche Hazel – peau noire, cheveux violets, piercings et tatouages – c'est comme les maisons de Poudlard.

— Pardon, mais les maisons de Poudlard, c'est réel ! s'insurge Ezra.

— J'ai toujours pas lu... fait Marisol en se laissant aller sur sa chaise.

— Sérieux ? demande Austin, sans lever les yeux du paysage qu'il est en train de peindre. Pourtant, c'est, je ne sais pas, un phénomène culturel majeur.

Austin a les cheveux blonds et les yeux bleus, une fossette au menton quand il sourit, et je le soupçonne d'être du genre à porter un pull autour du cou sans second degré.

— En fait, j'aime pas lire, répond Marisol.

— Ceci explique cela, marmonne Hazel.

Marisol la fusille du regard. OK, on dirait que la rupture ne se passe pas super bien.

— L'astrologie, ça marche ! insiste Tyler. Réfléchis. La lune contrôle les marées, non ? Et le corps humain est composé en majeure partie d'eau. Donc, c'est logique que la lune influe sur nous aussi...

— Tyler, tu sais que personne ne capte ton délire ? lâche Hazel.

Marisol rigole. Tyler rougit et se met à bouder.

— Non, mais moi, j'y crois aussi, intervient Austin, s'attirant un sourire de Tyler. On s'entend toujours mieux avec des gens du même signe, non ? Je ne crois pas que ce soit une coïncidence. Et certains signes s'attirent, c'est connu. Moi, par exemple, je suis Balance, et je craque pour les Lions, à chaque fois.

— C'est marrant, réagit Ezra. Moi, je suis Lion.

Austin rosit légèrement. Sans lever les yeux de son ordinateur, Leah lâche :

— Il est au courant.

Je hausse les sourcils et j'échange un regard avec Ez. Petit sourire surpris. OK. Bizarre, le moment.

Visiblement agacée par cette minidrague, Hazel revient à la charge :

— C'est ça, oui. Et tu crois aussi au destin, aux âmes sœurs et à ce genre de trucs débiles ?

Austin hésite un peu avant de hocher la tête.

— Oui, en fait.

— Moi aussi ! s'écrie Tyler.

— Arrêtez vos conneries, fait Hazel. Franchement, ça va pas bien. On est au XXIe siècle, ou quoi ?

— On se calme, intervient Ezra. On discute, c'est tout.

— Il a raison, lâche Marisol. Qu'est-ce qui t'énerve autant ?

Au ton de sa voix, c'est clair qu'elle ne dit ça que pour agacer Hazel encore plus – et visiblement, ça fonctionne super bien. Mais Austin continue :

— Je sais pas, mais des fois, j'ai l'impression que tout est lié, non ? Je me dis qu'on est sur Terre dans un but précis, qu'on a peut-être quelque chose d'important à réussir. J'y pense tout le temps. C'est quoi, mon destin ? Est-ce que je ne suis pas en train de rater ce que je suis censé accomplir ?

— OK, mais si ton destin, c'est justement de rater ton destin ? fait Marisol.

— Euh... ce serait les boules, admet Austin.

Il n'a pas tort, je trouve. Est-ce que je fais vraiment ce que je suis censé faire dans cette vie ? Plus j'y pense plus cette idée me terrifie. Déjà que j'avais du mal à me concentrer...

Je reste là, à fixer la toile blanche devant moi. J'ai toujours été doué pour les portraits, mais ça ne suffit pas. Un book ne peut pas être juste une suite de tableaux. Il faut un thème, mais lequel ? Un sujet particulier ? Une couleur ? Qu'est-ce que j'essaie de dire avec mes images ? Quelle histoire mes portraits racontent-ils ?

Putain, mais comment je peux convaincre Brown que je suis assez bon ?

Cette question me pétrifie. J'ai des idées mais, tout à coup, j'ai l'impression qu'elles ne mènent nulle part. C'est comme si toutes ces années de boulot, avec pour unique résultat une moyenne carrément faible et des examens plutôt nuls, n'avaient servi à rien. Que j'avais perdu mon temps. Mon père sera déçu. Bien sûr, il sourira et il dira qu'il est fier de moi, mais en vrai, comment ce serait possible ? Il a tout sacrifié pour moi, pour mes études, pour que j'aille loin dans la vie – et me voilà comme un con devant ma toile blanche.

Je récupère les tubes d'acrylique pour aller les ranger dans le placard des fournitures.

— Où tu vas ? demande Ezra, levant à peine la tête des croquis de robes posés devant lui.

Les autres me jettent un coup d'œil.

— Je rentre. J'ai rien qui vient.

— Tu rentres ? Chez moi, tu veux dire ?

— Non. Mon père veut que je sois chez lui ce soir.

— Super, sourit Ezra. Je vais pouvoir inviter mon boyfriend secret, alors.

— À plus, mec.

— Ouais, à plus.

Il a l'air presque un peu triste.

Je me dirige vers la porte, sans prêter attention au cinéma de Declan, qui lève les yeux au ciel et se penche par-dessus ses *deux* tables pour murmurer quelque chose à James. Au lycée, ça va un peu mieux. Je ne sais pas si Ezra en a fait sa mission perso ou quoi mais, apparemment, tout le monde a compris que je ne voulais *pas* parler de l'expo, et que le plus simple, c'était d'agir comme si rien ne s'était passé. Et ça fonctionne. Du coup, j'ai pu reprendre les cours de façon presque normale, même si ma gorge se serre chaque fois que je passe dans le hall ou que je lance Insta – j'ai toujours peur d'y trouver un nouveau message. Pour être honnête, le seul truc qui me motive, c'est penser à la façon dont je vais niquer la vie de Declan Keane. Je ne peux pas m'en empêcher. C'est devenu limite obsessionnel.

Pour une fois, il n'y a pas de problème avec les transports, et il me faut moins de deux heures pour arriver chez mon père. Il est en train de cuisiner – de la friture, vu l'odeur. L'appartement est rempli de fumée qui pique les yeux. La télé est allumée sur *The Real Housewives of New York.* Il est complètement accro à la téléréalité.

Je traverse le salon pour me poser à l'aise dans le fauteuil. Captain ronronne sur le meuble télé, juste devant l'écran. Elle me regarde intensément.

— Tiens donc, le retour du fils prodigue ! s'écrie mon père en me voyant.

Légèrement passif-agressif, quoi. Je retiens un soupir. Pourquoi, tout à coup, ça l'emmerde que je sois chez Ezra ? OK, à ses yeux, je suis encore un gamin, mais au final, c'est quand même une chance pour moi – je teste ce que ce sera l'année prochaine, quand je vivrai seul, comme un adulte ou presque. On s'était mis d'accord là-dessus. C'est vraiment frustrant qu'il réagisse comme ça.

Je lui dis que j'ai besoin de récupérer des affaires propres. Je prends mon sac à dos et je vais dans ma chambre, où je vide mon linge sale dans le panier. J'ai un côté un peu maniaque, et pas assez de place quoi qu'il en soit pour ne pas ranger, donc tout est en ordre, le parquet impeccable, le lit fait, *Akira* sur ma table de nuit. J'ouvre ma commode pour y piocher quelques débardeurs et T-shirts, des shorts en jean et des caleçons, que je fourre dans mon sac avant d'éteindre la lumière et de retourner dans le salon. Mon père met le couvert sur la table qu'il a poussée contre le mur.

— Dis, trésor, lance-t-il quand je m'installe, faudrait peut-être voir à laisser Ezra respirer.

— Qu'est-ce que tu veux dire ?

— Je veux dire que ce serait sympa de te voir ici un peu plus qu'un ou deux soirs par semaine.

Je baisse la tête sur mon assiette, où je sépare les petits pois du reste.

— Je croyais que j'avais le droit de rester chez lui ?

— Ouais, bien sûr. De temps en temps. Je voyais plutôt ça comme deux ou trois fois par mois.

— Papa, le programme d'été finit en août ! Deux ou trois fois par mois, ça n'a pas de sens.

— En revanche, ne pas habiter avec ton père, ça a du sens ? Ça commence bien...

— C'est bon, quoi ! C'est pas la première fois que je dors chez lui, quand même.

— Franchement, je ne suis pas super à l'aise de savoir que tu passes tout ce temps avec un garçon.

Je me fige. C'est le genre de phrase qu'il aurait pu sortir avant qu'il sache que j'étais un homme. Le côté « papa protège sa petite fille » – un stéréotype qui me foutait les boules avant, et qui me les fout encore plus aujourd'hui.

— C'est ça, ton problème ? Tu m'en veux de dormir chez Ezra parce que c'est un mec ?

Mon père hésite.

— Ses parents ne sont pas là et...

— T'es conscient que j'en suis un aussi ?

Silence.

— Ça te poserait autant problème si j'étais né avec un pénis ?

— Ne me fais pas dire ce que je n'ai pas dit. Et ce serait la même chose. Vous êtes tous les deux dans un appartement, sans adulte pour vous surveiller.

— Mais on a dix-sept ans ! On va à la fac l'année prochaine. On n'est pas des gamins.

— Je n'ai jamais prétendu ça, répond mon père en secouant la tête.

Et on se tait pendant un bon moment, tous les deux. On n'entend que le bruit des couteaux sur les assiettes et le tintement des verres sur la table. Puis il reprend :

— De toute façon, c'est pas parce que vous êtes deux garçons que ça ne peut pas être... inconvenant entre vous.

— On est copains, Ezra et moi. Juste copains, rien d'autre.

Mon père évite mon regard. Je devrais m'arrêter, mais cette conversation me met hors de moi, pour des tas de raisons. Alors j'enchaîne :

— Et si je me sens bien chez lui, c'est parce que lui au moins, j'ai toujours l'impression qu'il me respecte.

Papa fronce les sourcils.

— Qu'est-ce que ça veut dire, ça ?

— Ça veut dire qu'il sait que je suis un garçon !

J'ai un petit pincement au cœur et presque honte parce que, justement, je n'en suis plus si sûr. Pourtant, je continue :

— Je n'ai jamais eu besoin de l'en convaincre. Il m'appelle par mon vrai prénom. Felix !

— Écoute, répond mon père, c'est juste pas facile de changer de point de vue, tu comprends ? Pendant des années, tu as été ma f...

Je le coupe avant qu'il ne puisse prononcer le mot.

— Je ne l'ai jamais été. C'était juste ta façon de me voir.

Il se tait. Sur l'écran du téléviseur, une femme pleure, et ses larmes creusent des rigoles sur son bronzage artificiel orange vif. Enfin, mon père brise le silence :

— Je fais de mon mieux, dit-il. Je te l'ai montré. Je te l'ai prouvé, même. Je ne réussis pas toujours, mais j'essaie de comprendre. J'y arrive parfois.

Sauf que ça ne suffit pas. J'ai l'impression d'être un fils indigne quand je m'engueule avec lui alors qu'il m'a payé les hormones, les visites chez le docteur, l'opération, tout – mais, en même temps, je dois me battre en permanence pour lui prouver que je suis bien qui je dis. Ça me fout les boules qu'il n'arrive pas à l'accepter, tout simplement. Qu'il lui faille d'abord *comprendre* quelque chose.

— Tu sais, continue-t-il, j'ai besoin que tu sois patient avec moi. J'ai vécu pendant douze ans avec une certaine idée de toi. C'est long...

Il hésite encore, et je sens qu'une nouvelle fois, il a failli m'appeler par mon ancien nom.

Il ne me regarde pas. J'ai l'impression qu'il n'y arrive plus. Du coup, il ne peut pas voir qui je suis vraiment – juste ce qu'il voudrait que je sois. C'est sans doute complètement con, mais d'une certaine façon, ce que j'attends le plus, c'est son approbation. J'ai besoin de sa validation plus que de celle de quiconque.

Et ça, je ne suis pas sûr qu'il puisse me l'offrir un jour.

Je me lève. Ma chaise racle sur le parquet. Je prends mon sac à dos et je traverse le salon.

— Où tu vas ? me lance mon père.

Je sors sans lui répondre, claquant la porte derrière moi.

SIX

Je sonne chez Ezra. Rien. Soit il dort, soit il n'est pas chez lui. Vu qu'il ne répond pas non plus à son téléphone, je m'installe sur les marches en béton devant son immeuble, genoux serrés contre mon torse, tête entre les bras. D'accord, j'ai peut-être réagi de façon un peu trop dramatique en me barrant de chez mon père, et je commence à m'en vouloir. Je sais que ça va craindre quand j'y retournerai.

Il est possible que je me sois endormi comme ça, recroquevillé contre la rampe d'acier rouillé, parce que lorsque j'ouvre les paupières, il y a une main posée sur mon épaule. Je cligne des yeux embués pour découvrir Ezra penché sur moi, dans la lumière orange des lampadaires.

— Ben qu'est-ce que tu fais là ?

Encore à moitié endormi, je marmonne :

— Je me suis disputé avec mon père.

Il s'assied à côté de moi et je m'appuie contre lui plutôt qu'à la rampe. Il demande :

— Ça va ?

Je hausse les épaules.

— T'étais où, Ez ? Chez ton boyfriend secret ?

— Non, répond-il en se lovant contre moi. Je n'arrivais pas à dormir, alors je suis allé me balader.

— Encore une insomnie ?

— Ou c'est juste qu'on a pris l'habitude de dormir super tard.

Il m'aide à me relever et à entrer. On grimpe les étages jusque chez lui. Il ouvre la porte, me laisse passer en premier. L'horloge de la cuisine indique 23 h 03. Je me dirige directement vers le matelas, où je rêve de m'effondrer. Il a raison : lui et moi, quand on est ensemble, on ne se couche jamais avant trois heures du mat. Mais là, après m'être disputé avec mon père, je suis crevé.

Avant que je sombre, il s'assied sur le lit pour se débarrasser de ses vieilles Converse et me lance par-dessus l'épaule :

— Je sais ce qui va te faire du bien !

— Mfff ?

— Une teuf !

Je le regarde. Son sourire est éclatant.

— Pardon ?

— Une teuf. On fait une fête. J'invite des gens.

— Tu déconnes ?

— Pourquoi ? J'ai une tête à déconner ?

— Mais parce qu'il est onze heures et qu'on est lundi soir !

— Fais pas ton vieux, merde ! s'écrie-t-il. De toute façon, une vraie fête d'été de Sainte-Cath, ça ne commence pas avant minuit.

Qu'est-ce que j'en sais ? Je ne suis pas vraiment du genre à faire la teuf.

— Les dortoirs du campus sont juste à côté. Les gens devraient pouvoir venir rapidement. Je leur dis d'apporter à boire.

Il est déjà en train de passer en revue les contacts de son téléphone. Je tente de le lui piquer mais il s'écarte.

— Hé, si tu veux pas faire la teuf, pas de problème ! lâche-t-il en tapant à toute vitesse – une invitation, sans doute. Mais c'est mon appart, alors tu attendras dehors qu'on ait fini.

Avec un gémissement, je me roule en boule sur le lit.

— J'espère que t'invites pas Declan et sa bande de connards...

— Non, mais tu me prends pour qui, mec ?

Il se relève et se met à ranger l'appartement, jetant tout ce qui traîne dans son unique poubelle, au coin de la cuisine. J'ai l'impression qu'il ne s'est pas écoulé plus d'une minute quand l'interphone retentit. Avec un grand sourire à mon intention, Ezra appuie sur le bouton d'ouverture. On entend des pas dans l'escalier, suivis d'une série de coups impatients à la porte.

Il ouvre en grand. Marisol se pointe comme une fleur, ultra maquillée, robe moulante et bottes militaires. C'est clair qu'elle était déjà de sortie. Un pack de six à la main, elle regarde autour d'elle sans me calculer, surprise.

— Mais ils sont où, les gens ?

— T'es la première.

— Super... lâche-t-elle en traversant le salon pour poser les bières dans la cuisine. C'est la pire soirée de ma vie Ezra !

— Détends-toi, répond-il en prenant une bière qu'il décapsule à la main à travers son T-shirt. Ça va décoller très vite.

Il a raison. En quelques minutes, une douzaine d'invités débarquent, essentiellement des élèves de Sainte-Cath, mais aussi des gens que je n'ai jamais vus de ma vie. Ezra a demandé à Leah d'apporter ses enceintes. Quelqu'un branche un iPhone, qui se met à cracher un mash-up de Hayley Kiyoko et BTS. Comme Ezra n'a toujours pas d'ampoules, l'appartement n'est éclairé que par la lueur de la télé, les réverbères dehors et les écrans des téléphones portables. Tout le monde s'en fout, apparemment – et même, à en juger par les bruits mouillés et les petits gémissements, certains en profitent. Ça danse, ça rit, ça crie et un type gueule pour qu'on lui passe l'herbe. Quelqu'un, va savoir pourquoi, a pris une guirlande de Noël blanche, et la moitié de l'assistance décide tout à coup de décorer l'appartement d'Ezra de LED clignotantes.

Marisol danse avec Hazel – bouche contre bouche, mains sous les T-shirts. Austin est là, penché sur Ezra ; il lui chuchote à l'oreille, la main sur sa cuisse. Leah et Tyler sautent partout sur un vieux morceau de Lizzo, elles se gueulent les paroles face à face. Je suis là, sur le matelas, dos contre le mur, entouré de shorts, de jupes, de baskets, de chaussures à talons compensés, et j'observe.

Observer. Observer. Observer. Des fois, j'ai l'impression que je ne fais que ça. Je regarde les gens qui dansent, ceux qui s'embrassent. Marisol a été la première personne – et la dernière – à qui j'ai osé demander de sortir avec moi. On ne s'est pas embrassés. C'est à peine si on s'est touchés. Comment ça s'appelle, quelqu'un qui n'a jamais roulé une pelle ? Un puceau des lèvres ? Voilà, c'est ça, je suis puceau des lèvres.

Pourquoi c'est toujours moi, celui qui attend et qui regarde ? Qu'est-ce que j'ai que personne n'aime, que personne ne veut ? On dirait que je suis juste trop pour les autres – avec ma peau noire, mon côté queer, plus le fait que je sois trans... Ou alors ça m'arrange de croire ça au lieu de me lancer, de prendre le risque d'être rejeté et blessé. Sans doute un peu des deux.

Je prends mon téléphone et je règle l'appareil photo en exposition longue. Je shoote, laisse s'écouler quelques secondes, puis je regarde le résultat : des traînées de lumière, le blanc de la guirlande et les écrans des portables, un magma de jambes et de chaussures étirées.
J'ouvre Instagram, mais j'hésite à poster l'image. Même s'il ne m'a pas recontacté depuis, le salopard qui m'a envoyé un message (Declan, j'en suis certain, *via* un profil bidon) risque de réagir à cette photo. C'est moche, mais j'en suis à ce point : je flippe d'utiliser mon propre Insta !
Et puis, il y a autre chose. Je ne me sens pas de montrer ça. Cette vulnérabilité, cette solitude, c'est trop, je trouve. Les gens qui sont là pourraient la voir sur leur téléphone, ce serait vraiment chelou.
Sauf que. Sauf que j'ai envie – non, j'ai *besoin* – que cette photo sorte, qu'elle soit visible par le monde, l'univers. Comme si, à l'instant où elle sera publique, je me mettrai à exister vraiment. Alors je me connecte au compte Chanceliquide95 et je la poste, avec le titre *Le Voyeur*. Parfait.
Ça tambourine à la porte. Ezra va ouvrir et se fait engueuler par le voisin du dessus, qui hurle qu'il est une heure du matin, qu'il y a des gens qui bossent demain, que si ça continue il appelle les flics. La totale. Perso, je m'en foutrais – c'est un gros connard –, mais Ez n'est pas aussi mesquin que moi. Il répond qu'on va baisser la musique et que, de toute façon, c'est quasiment fini. Effectivement, peu à peu, l'appartement se vide. On se quitte en se disant, morts de rire, qu'on se voit demain matin en cours ; les bruits de pas et les voix s'éloignent dans la cage d'escalier. Et puis

on se retrouve juste en petit comité – Ezra, Marisol, Leah, Austin et moi.

Ez et Austin fument un joint à la fenêtre. Ils se parlent à l'oreille avec de petits rires, les yeux brillants, comme aimantés l'un par l'autre. Ça me gêne presque de les regarder ; j'ai l'impression d'être le témoin de quelque chose d'intime, d'interdit. Leah et Marisol sont allongées sur le parquet, bras et jambes tendus comme pour faire des anges dans la neige.

Trois rencards. On a eu trois rencards, Marisol et moi. Et c'est après ça qu'un matin, avant les cours, elle a annoncé à tout le monde que, désormais, elle ne sortirait qu'avec des filles. J'ai essayé de ne pas le prendre personnellement, mais ça donnait quand même l'impression qu'elle balançait ça pour m'enfoncer – genre, moi, je suis misogyne et elle pas du tout (vu qu'elle aime tellement les meufs qu'elle ne sort qu'avec elles). Et puis il y avait peut-être un autre sous-entendu, genre : « Je ne sors qu'avec des filles, c'est pour ça que j'ai eu une histoire avec Felix... » Je ne sais pas si c'est vrai, si elle essaie de me faire du mal – consciemment ou non – ou si je suis juste hypersensible... En fait, c'est difficile de savoir ce que Marisol pense vraiment, et je crois que c'est exactement ce qu'elle cherche. Le pire, c'est que je ne peux pas en parler à Ezra – pas sans lui révéler ce qu'elle m'a balancé.

Là, elle est en pleine tirade au sujet de Hazel.

— Nan, mais elle est trop compliquée, la meuf. À quoi elle a joué, ce soir ? Elle me balade, vous croyez ? Des fois, elle ne répond pas à mes messages pendant, genre, cinq heures d'affilée, et je sais pas si c'est qu'elle me calcule pas, ou juste parce qu'elle ne regarde pas son tél.

— C'est sans doute ça, répond Leah. Parce que n'importe qui rêverait de sortir avec toi.

J'ai l'impression qu'elle ne plaisante qu'à moitié.

— C'est pas faux ! rigole Marisol. Désolée que tu n'aies jamais eu ta chance, Felix.

À plat ventre, appuyé sur mes coudes, je sens mon cœur se serrer de honte.

— Heu... ouais, merci ?

Ezra, à la fenêtre, nous a entendus. Ça le fait marrer.

— C'est vrai, j'avais complètement zappé que vous étiez sortis ensemble. Ça a duré quoi, trois secondes ? Chelou...

— Déjà, va te faire foutre, on s'est vus pendant deux semaines, répond Marisol. Et puis...

Dans la lueur glauque de la télé, elle se redresse pour me regarder en face.

— ... et puis, c'est pas chelou, pour moi. C'est juste que ça ne l'a pas fait. Ça arrive. Et toi, Felix, tu trouves ça chelou ?

Elle a un petit sourire, comme pour me provoquer. J'hésite. Je n'ai jamais révélé à Ezra ce qu'elle m'a sorti. C'est trop gênant, voire humiliant et, franchement, je n'ai pas envie de casser l'ambiance. Parce qu'il va se mettre en colère et se prendre la tête avec elle, et ça fera un drame à Sainte-Cath. OK, elle a dit une grosse connerie, mais ça ne vaut pas le coup de gâcher mes dernières semaines pour ça. C'est bien moins grave que, un exemple au hasard, l'expo de merde de Declan Keane.

Conscient que tout le monde me regarde, je hausse les épaules :

— Non, non, pas chelou.

Leah se gratte la tête, et Austin se mord la lèvre. Ezra fait une sorte de sourire / grimace à la Chrissy Teigen.

— Ah ouais, quand même. Grave malaisant, donc.

Marisol secoue la tête.

— Franchement, Felix, je ne vois pas pourquoi ça te gêne. À la limite, on en reparlera, si tu veux.

Heu, carrément pas – surtout que, c'est clair, Marisol sous-entend que c'est moi qui ai un problème. Comme si ce n'était pas sa faute que je sois mal à l'aise avec elle. Comme si elle avait oublié qu'elle m'a traité de misogyne.

Ezra traverse la pièce et vient se laisser tomber à côté de moi sur le matelas. Austin éteint le joint et s'installe par terre en tailleur à côté de Leah.

— On en parle maintenant ! lance Ezra. Ça ressemble trop à un épisode de *Dr Phil*[1], non ?

— *Dr Phil* ? raille Marisol. T'as quoi, cinquante ans ?

— Une thérapie de groupe, ça pourrait nous faire du bien, répond-il en ignorant la pique.

Beurk. Pire que tout. Je secoue la tête.

— Euh, merci, mais je passe.

Leah m'adresse un sourire. Quand elle a un coup dans le nez, elle devient hyper rouge.

— Je peux te poser une question, Felix ?

Et sans attendre de réponse, elle enchaîne :

— Tu es sorti avec Marisol, mais tu es branché mecs, aussi, non ? Vu que tu es sorti avec Ezra, je veux dire.

1. Talk-show axé sur des sujets psychothérapeutiques, proposé et animé depuis 2002 par Phil Mc Graw, anciennement chroniqueur chez Oprah Winfrey (NdT).

Marisol se marre en douce. Ezra s'étrangle, et je la regarde sans comprendre.

— Pardon ?

— Ben quoi ? fait-elle, surprise. Vous étiez ensemble, non ?

— Non, pas du tout.

Le rire de Marisol devient de plus en plus fort.

— Ah ? s'étonne Leah. Je croyais que si, désolée. Je ne suis pas la seule, hein ?

Elle lance un regard interrogatif vers Austin et Marisol.

— Tout le monde l'a cru, oui, précise Ezra avec un petit sourire gêné.

Il n'ose même pas se tourner vers Austin, qui boit une gorgée de la bière de Leah. Malaise. Je réponds :

— Oui, je suis branché mecs aussi. Pourquoi ?

Leah réagit à toute vitesse.

— Je me demandais juste si tu te vois comme bi, pansexuel ou quoi. Moi, je croyais que j'étais bi, mais en fait, je me sentais un peu obligée. Genre, comme une habitude. Et puis un jour, je me suis dit : « Mais pourquoi je prétends que j'aime les mecs alors que le dernier type que j'ai trouvé sexy, c'était Simba ? »

Silence. Marisol observe Leah en plissant les yeux.

— T'es au courant que c'est un lion, quand même ?

— Dans un dessin animé, ajoute Austin.

— Attends, il était super chaud, d'accord ? proteste Leah. La scène dans la jungle avec Nala ? Faites pas genre... Remarque, maintenant que j'y pense, je kiffais peut-être plutôt Nala...

— Moi, c'était Kovu, commente Ezra en s'appuyant contre le mur.

— Perso, je craquais pour la sœur de Lilo, avoue Marisol. J'adore les rondeurs...

— Et Zuko, continue Ez.

Leah se redresse.

— Oh, et Mulan ? Avec le côté bi de Li Shang, putain !

Je me souviens soudain que je kiffais grave *Mulan*, du moins jusqu'au moment où elle recommence à s'habiller en fille. En fait, j'étais hyper déçu qu'elle soit forcée de quitter l'armée et d'avouer qu'elle était une femme. C'est marrant, je n'y avais jamais vraiment pensé jusqu'à maintenant, mais c'est encore un indice, non ? Dans mes souvenirs, il y a plein de petits trucs comme ça qui prouvent que j'ai toujours été trans, même avant de connaître le mot. Parfois, je m'en veux un peu, d'ailleurs. Pourquoi est-ce que je ne l'ai pas senti tout de suite, comme certaines personnes le savent depuis la petite enfance ? J'ai gâché tellement de temps dans ce mensonge, tout ça parce que j'ignorais que je pouvais vivre ma vraie nature... Mais je suis heureux, aussi. Heureux d'avoir enfin compris, et tout seul.

— Non, mais en fait, continue Ezra, ici, on est queers, toutes et tous ?

— Ben ouais, répond Marisol. Perso, je ne traîne qu'avec des gays.

— Les hétéros, ils me fatiguent vraiment, ajoute Leah en entortillant une mèche de cheveux entre ses doigts.

— Est-ce que vous avez lu cet article, intervient Austin, où on se demande si une femme a une valeur quand elle n'est pas mariée et qu'elle n'a pas d'enfants ?

— Je vois au moins un truc par jour qui prouve que les straights sont vraiment graves...

— J'ai lu un autre truc qui disait que les émissions avec des gens queers encouragent l'homosexualité.

Leah hausse les épaules :

— J'ai jamais vu de personnes LGBT à la télé avant l'année dernière, et je suis pas hétéro pour autant…

— Ça ne rend pas les gens homos, explique Austin. Simplement, ils se rendent compte que c'est… je ne sais pas, possible. Qu'on nous lave le cerveau depuis tout petits pour nous faire croire qu'on doit être hétéros.

— Les hétéros prétendent que les gays rêvent de convertir tout le monde, s'exclame Marisol, mais ce sont les premiers à vouloir créer des couples partout – surtout quand ils voient deux gamins et qu'ils disent *ce serait tellement mignon s'ils se mariaient…* Sérieux !

J'entends ce que dit Austin. C'est comme la première fois où j'ai lu *I am J*, et où ça a fait tilt dans ma tête. Quelques années plus tôt, j'étais déjà passé par la case « remise en question de ma sexualité ». Il m'arrivait de craquer pour des filles ou des garçons, mais jamais les deux en même temps, presque selon des cycles. Pendant quelques mois, j'avais envie de certaines filles, puis c'étaient les mecs, puis ça changeait de nouveau. Et quand j'étais sur un garçon (je m'en rends compte maintenant), je n'aurais pas pu dire si j'avais vraiment envie de lui, ou si j'avais envie *d'être* lui – ou les deux. C'était une des périodes les plus compliquées de ma vie. Allez savoir pourquoi, j'avais l'impression que je devais trancher, décider qui m'attirait le plus – si j'étais gay ou pas. Un jour, quelques semaines après avoir rencontré Ezra – au moment où il a commencé à sortir avec Declan –, je lui ai confié que ça me rendait dingue.

— Je capte pas, m'a-t-il répondu, perplexe. Pourquoi tu devrais choisir ?

Et ça a été aussi simple que ça. Il m'a fallu un peu de temps, mais j'ai cessé de me poser la question et j'ai accepté les cycles – et, à partir de là, j'ai commencé à découvrir ce qui m'attire vraiment chez les gens, ce qui me plaît chez eux. La confiance. Cette étincelle en eux, comme s'ils savaient exactement qui ils sont, et que personne ne peut les faire douter.

— Et toi, Ezra, demande Leah, tu es bi, aussi ?

Quand il boit, Ez devient tout mou. Il sourit, l'air ailleurs.

— En vrai, les étiquettes, c'est pas trop mon truc. Je veux dire, je sais que ça compte pour plein de gens, et je comprends ça, je ne leur jette pas la pierre. Mais moi... je voudrais juste pouvoir exister sans me demander dans quelle catégorie j'entre. S'il n'y avait pas d'hétéros, pas de violence, pas d'insultes, pas d'homophobie, rien, on n'aurait pas besoin d'étiquettes, si ? On se contenterait d'exister. Mais des fois, je me demande si justement, ce ne sont pas les étiquettes qui nous en empêchent. Genre, si je me déclare hétéro à cent pour cent, est-ce que ça m'oblige à n'aimer que les filles ? Du coup, je m'interdis de tomber amoureux d'un gars ? Je ne sais pas...

Il hoche la tête lentement et ajoute :

— Mais je conçois que les étiquettes peuvent être importantes.

— Bien sûr, insiste Leah. Elles nous relient. Elles nous aident à nous sentir ensemble. Mais je vois ce que tu veux dire. Dans un monde parfait, t'as raison, on n'en aurait pas besoin. Mais le monde est loin d'être parfait, et les étiquettes peuvent être source de fierté – en particulier vu le tas de merde qu'on nous balance en permanence. Perso, je suis fière d'être lesbienne, putain !

— Oui, c'est cool, approuve Ezra. Je kiffe à fond. C'est juste que, moi, je préfère ne pas en avoir. Je me sens mieux sans.

— D'accord, fait Leah. C'est ton choix, je le respecte.

On se tait un moment. Il est tard. Tout le monde est crevé, ça se sent. Mes yeux commencent à se fermer. Soudain, mon portable se met à vibrer dans ma poche et me réveille. Je vois Marisol, toujours allongée par terre, en train de taper un message. La peur me saisit. Et si c'était encore un commentaire insultant sur Insta ? Je consulte l'écran. Effectivement, c'est une notification Instagram – mais, cette fois, pas sur mon vrai compte. Sur l'autre, Chanceliquide95. Ezra me donne un petit coup de genou.

— Ça va, mec ?

Je hoche la tête sans répondre, trop occupé avec mon téléphone. Mon image de la teuf – les jambes et les lumières floues – a reçu un like et un commentaire. Je me redresse, tout excité.

Lekeane123
Super photo. On plonge vraiment dedans.
Je trouve intéressant que « le voyeur »
désigne celui qui prend l'image, mais aussi,
au fond, celui qui la regarde.

La vache. Mon excitation s'évanouit d'un seul coup. Bien sûr. Declan Keane est un gros connard prétentieux, sur Insta comme dans la vie.

— Qu'est-ce qui se passe, Felix ? me demande Ezra.

Je lui tends le téléphone.
— Oh, bordel...
— Quoi ? fait Marisol en se penchant pour regarder à son tour.
Mais je jette un coup d'œil à Ez en faisant non de la tête. Il y a deux sortes de gens qui aiment les confidences : ceux qui, comme Ezra, savent écouter et garder un secret ; et ceux qui, comme Marisol, ne le font que pour en parler à tout le monde ensuite. Si elle découvre mon plan sur Declan, il sera au courant avant demain matin.
Elle me voit secouer la tête et elle se rembrunit.
— T'es sérieux ? lâche-t-elle, blessée.
— Désolé, fait Ezra avec une grimace d'excuse, mais c'est un peu trop perso, là.
— Super ! Bon, ben je vois qu'on n'a plus besoin de moi ici...
Elle se lève.
— À demain ! lance Ezra avec un petit geste de la main.
Elle répond en soufflant un baiser dans sa direction.
— Bonne nuit, mon amour !
— Je crois que je vais rentrer aussi, déclare Austin.
— Pareil, fait Leah en bondissant sur ses pieds.
Mais Austin traîne un peu, interroge Ezra du regard. Ezra, qui devrait sans doute se lever aussi, ne serait-ce que pour le raccompagner jusqu'à la porte – après tout, ils se sont mangé la bouche pendant une bonne heure. Sauf qu'il reste là, à côté de moi, et se contente d'un clin d'œil.
— On se capte par textos, OK ?
— D'accord, répond Austin avec un pauvre sourire.
Le trio s'en va, et la porte se referme sur eux. Ez me tend mon téléphone. Je suis trop curieux.

— Alors, comme ça... Austin ?

Il se mord les lèvres.

— Ouais. Je l'ai pas vu venir...

— Donc, ça pourrait être ton futur boyfriend secret ?

Il hausse les épaules. C'est clair qu'il n'a pas envie d'en parler. Tant pis. Je laisse tomber et je relis le commentaire de Declan, encore et encore, de plus en plus intrigué. Qu'est-ce que je réponds ? Il faut que je fasse gaffe à ne pas tout gâcher – c'est peut-être ma seule chance de le pousser à me parler vraiment, et de lui soutirer un secret dont je pourrai me servir contre lui.

— Qu'est-ce que tu vas faire ? demande Ezra.

— Pas la moindre idée.

— Mais tu vas quand même répondre, non ?

— Carrément. Sauf que je ne sais pas quoi.

On reste là à regarder l'écran, puis Ezra finit par lâcher :

— OK, je me couche, moi.

— Attends, tu rigoles ? Tu ne vas pas m'aider sur ce coup-là ?

— Désolé, répond-il en me tournant le dos, mais j'ai une conscience. Je n'ai pas le droit d'encourager tes travers de Serpentard.

Celle-là, je l'ai pas vue venir...

— Attends, on s'était mis d'accord pour le pourrir, non ?

Il se retourne pour me lancer, par-dessus son épaule :

— Pas faux. Mais c'était avant que je me rende compte qu'avec ce genre de trucs, on peut finir en taule... Tu sais quoi, Felix, je me demande si tu ne devrais pas laisser tomber.

C'est presque comme s'il me trahissait, et ça me met hors de moi.

— T'es sérieux ? Remarque, c'est facile, pour toi, d'oublier. C'est pas toi qui as été humilié par Declan.
— Non, tu as raison, approuve-t-il. Mais c'est là qu'il faut que *le lycée* intervienne. On doit aller voir la principale ou un truc comme ça, et pas se lancer dans ton plan de vengeance super compliqué, là... je crois que ça ne vaut pas le coup.
Ça me fait péter les plombs.
— Mais c'est à moi qu'il a fait ça, pas à toi ! C'est mon deadname qu'il a utilisé devant tout le monde, mes photos qu'il a affichées ! C'est moi qui reçois ses insultes. Alors, c'est *moi* qui décide si mon plan vaut le coup ou pas. Et, attention *spoiler* : à fond, qu'il vaut le coup !
— Okay, murmure, Ezra. Tu as raison. Je suis désolé.
On se tait pendant un bon moment. Je sens la colère qui gonfle dans ma poitrine, les yeux me piquent et j'ai du mal à respirer. OK, je n'en veux pas réellement à Ezra, je n'aurais pas dû m'en prendre à lui. Au même moment, le voisin du dessus, apparemment décidé à nous faire payer le coup de la fête, se met à pilonner son parquet et à balancer des trucs. Les murs de l'appart vibrent carrément. Une voiture passe dans la rue, hurlant le dernier tube de Drake. J'entends Ez avaler sa salive.
— Qu'est-ce que tu voulais dire par « insultes », Felix ?
Je ne voulais pas lui en parler, mais c'est trop tard, je suppose.
— Je sais pas. J'ai reçu un message d'un compte anonyme, Grandequeen69, qui disait... Bon, laisse tomber, j'ai pas envie d'en parler. Mais je suis quasiment sûr que c'est Declan.
— Putain, Felix, pourquoi tu me l'as pas dit ?
Je secoue la tête.

— Je sais pas. On s'en fout. Tout ce qui importe, c'est que je lui règle son compte.

Il fronce les sourcils, évite mon regard. C'est clair, il pense le même truc que depuis le début : rien ne prouve vraiment que ce soit Declan.

— C'est juste que... commence-t-il. Je ne veux pas que tout ça devienne une obsession.

— Une obsession ?

Il se tourne vers moi, appuyé sur un coude.

— Que tu ne penses qu'à ça quand tu pourrais investir ton énergie dans plein d'autres choses. Comme ton book, par exemple.

— Je vais bien, Ez.

Gros mytho. Mais je continue :

— Ne t'inquiète pas pour moi. Tout ce dont j'ai besoin, c'est de ton soutien, d'accord ?

Il s'allonge sur le dos, les yeux au plafond – le voisin du dessus se déchaîne de plus belle.

— D'accord...

Je respire un grand coup et je reprends mon téléphone. Dans la pénombre, je relis une nouvelle fois le commentaire de Declan. Avec Ez, on ne se dispute quasiment jamais, mais quand ça arrive, j'essaie de passer à autre chose le plus vite possible, et lui aussi.

— Putain, mais qu'est-ce que je peux répondre ?

Il ne me regarde pas. Peut-être qu'il m'en veut encore un peu. Mais il lâche :

— Tu pourrais contourner le problème avec une question, non ? Il adore parler de lui.

— Excellent, t'as raison !

Et la question me vient tout de suite. Mes doigts filent sur l'écran.

Chanceliquide95
Merci ! Tu aimes les photos en mode pose longue ?

Et je fixe le téléphone en attendant sa réponse.
— Felix, souffle Ez, tu en fais une obsession.
— Pas du tout.
— À cent pour cent.
Je lui tourne le dos et je continue à regarder l'écran et à attendre – et, voilà, une notification arrive.

Lekeane123
Pas tout le temps. Des fois, c'est un peu surfait.

Gros prétentieux...

Lekeane123
Mais toi, tu t'en sers hyper bien.

Je me mords les lèvres, pouces suspendus au-dessus du téléphone – je ne dois pas trop traîner à répondre, parce qu'il risque d'en avoir marre et de me zapper, mais je dois quand même faire gaffe à ce que j'écris...

Chanceliquide95
C'est quoi, ton médium préféré ?

Lekeane123
Ça dépend. Tout peut m'inspirer.
Je n'aime pas m'enfermer
dans des cases.

Prétentieux, encore. Mais bon, je comprends ce qu'il veut dire.

Chanceliquide95
Et les trucs qui t'inspirent, c'est quoi ?

Il ne répond pas. Je murmure un juron. Et j'attends, j'attends encore. Il est peut-être trop tard – déjà deux heures du matin – et il a fini par aller se coucher. Ou je l'ai juste saoulé avec mes questions. Mais je ne peux pas arrêter là. J'essaie un autre truc.

Chanceliquide95
Moi, j'ai encore du mal à le savoir.

À la respiration d'Ezra derrière moi, je sais qu'il s'est endormi.

Chanceliquide95
J'ai l'impression que… je n'ai pas assez vécu
pour créer ce dont j'ai vraiment envie. Comment
faire ressentir des trucs aux gens si je n'ai rien
ressenti moi-même, si je n'ai aucune expérience ?

Quelques secondes s'écoulent, puis :

Lekeane123
Ouais, je vois très bien ce que tu veux dire.

Alors là… D'où ça sort, ça ? Declan se la pète grave, tout le temps. En deux ans, c'est la première fois que je vois quelque chose qui ressemble à de la vulnérabilité chez lui.

Chanceliquide95
Quel type d'expériences tu aimerais vivre ?

Je n'ai pas pu me retenir. Je reste là, le souffle court. C'est pile avec ce genre de questions que je découvrirais ce que Declan cache à tout le monde – un secret que je pourrais utiliser contre lui. Mais ça risque aussi de le pousser à mettre un terme à la conversation. Pourquoi irait-il confier un truc pareil à un inconnu ? Pourtant, il répond presque tout de suite :

Lekeane123
Honnêtement, je ne sais pas. Mais je suppose
que ça fait partie du truc, ne pas savoir
– ne pas prévoir les expériences
qui vont vraiment nous inspirer.

Merde. C'est un gros connard, OK, mais sa réponse est carrément bien.

Lekeane123
Et toi ?

J'hésite, un peu anxieux – je sais très bien ce que j'ai envie de répondre, mais ça risque de tout faire basculer...
Et puis merde.

Chanceliquide95
Je voudrais tomber amoureux.

Je fixe l'écran sans ciller, swipant pour rafraîchir toutes les trois secondes – mais il ne répond pas.
C'est bon.
J'ai tout foiré.
Je peux tenter de sauver le coup, mais y a trois pour cent de chances qu'il réagisse. Je lui ai fait peur en parlant de moi.

Bordel de merde.

Je jette mon téléphone par terre et je me couche en poussant un grognement. Ez marmonne quelque chose dans son sommeil, puis il se tourne, passe le bras autour de ma taille et se colle contre moi, la tête sur mon épaule. Ses cheveux sentent la bière, et il fait trop chaud pour les câlins. Je le repousse en murmurant :

— Ezra...

Il ouvre un œil, où se reflètent les lumières clignotantes de la guirlande de Noël.

— Putain, Felix, mais qu'est-ce qui t'arrive ? Pourquoi tu dors pas ?

Je ferme les paupières.

— Je peux pas. J'ai merdé, je crois. Il a arrêté de répondre.

— Qui ça ?

Franchement, quand il est comme ça, Ezra ne sert à rien...

— Declan.

— Ah...

Pendant un long moment, il ne dit rien, au point que je pense qu'il s'est rendormi – et puis, il ajoute :

— Declan Keane ne te mérite pas.

Je me tourne vers lui, ébahi.

— Quoi ? Qu'est-ce que tu racontes, merde ?

— Je sais de quoi je parle, Felix. Je suis sorti avec lui pendant presque un an. Il ne mérite pas que tu t'y intéresses. Tu es trop bien pour lui.

D'accord. Donc, c'est soit le sommeil, soit la bière, soit la weed qui parle. Ou les trois à la fois.

— On fait un câlin ? demande-t-il.

— J'ai trop chaud, Ez...

Il ne répond pas. J'ai l'impression qu'il boude, mais il fait trop sombre pour en être sûr. Je soupire.

— Allez, c'est bon. Mais tu ne me montes pas dessus, t'es trop lourd...

Et de nouveau, il se colle à moi, mains sur ma taille, cheveux qui sentent la bière et me chatouillent la joue. Il se rendort en un clin d'œil. Pas moi. Trop d'idées dans la tête, trop de rêves avec Declan Keane et Instagram et cette expo de merde dans le hall de Sainte-Cath. Je comate plus ou moins, entre sommeil et veille, en sueur – il fait vraiment trop chaud et Ezra est carrément vautré sur moi, avec ses longues jambes qui enserrent les miennes.

Quand j'ouvre enfin les yeux, le soleil entre à flots par la fenêtre. J'ai la langue comme du papier de verre. J'attrape mon téléphone – 8 h 24. Merde. J'ai cinq minutes pour arriver en classe.

Je repousse Ezra et je me lève à toute vitesse – sauf que je me fige net en voyant la notification Insta. Mon cœur s'arrête pendant quelques secondes. Je balaie du pouce, et la conversation avec Declan s'ouvre.

Lekeane123 : *Moi aussi, j'aimerais tomber amoureux.*

SEPT

Declan Keane voudrait tomber amoureux.

Je n'arrive pas à penser à autre chose pendant tout le trajet jusqu'à Sainte-Cath. Ezra traîne les pieds, encore à moitié endormi, et il grogne qu'il veut sécher la matinée. Normalement, je serais à fond pour, comme chaque fois qu'on se couche à trois heures, mais là, j'ai trop envie de voir Declan. D'observer son visage, après ce qu'on s'est dit.

Declan Keane voudrait tomber amoureux.

Est-ce un secret suffisamment honteux pour que je le pourrisse avec ?

Non, sans doute pas. Mais ça reste intéressant.

— Dis donc, Ez ?

— Quoi ?

— Toi et Declan, vous étiez amoureux ?

Il fronce les sourcils et, malgré ses lunettes de soleil, je sens qu'il me fusille du regard. Il grogne :

— C'est quoi, cette question de merde ?

— Je veux juste savoir.

— Pourquoi ça ?

Je hausse les épaules.

— À cause du message qu'il m'a envoyé...

Je lui ai raconté ce qu'on s'était dit, bien sûr, mais Ezra le sent mal, clairement. Il pousse un gros soupir – il n'est pas du tout du matin.

— Amoureux, c'est pas le mot. Je sais pas. On s'aimait bien, quoi. Mais il ne m'a jamais dit clairement « Je t'aime ».

— Et toi ?

— T'es super curieux, aujourd'hui...

Je lance un « Désolé » – sur un ton qui montre clairement que je ne le suis pas du tout. Il reste longtemps silencieux, puis :

— Bon, à un moment, j'ai cru, peut-être...

— Vraiment ?

— Oui, vraiment. Je veux dire, c'est un connard, OK, mais c'était ma première vraie relation. Je ne sais pas, je me suis un peu monté la tête, quoi.

Il me fait un grand sourire mais, en dessous, rien qu'à sa façon dont ses lèvres tremblent et ses épaules s'affaissent, je sens qu'il a souffert, beaucoup. Je lui décoche un petit coup de coude.

— Tant pis pour lui, hein ?

— T'as raison.

Declan Keane voudrait tomber amoureux – et il l'a peut-être été d'Ezra, ou peut-être pas. C'est bizarre de savoir ça de lui. C'était plus simple de l'ignorer. Plus simple de ne pas le voir comme une personne qui a des sentiments, vu qu'il s'est comporté comme une merde en exposant mes vieilles photos, en outant mon deadname et en m'envoyant un message anonyme sur Insta pour bien remuer le couteau dans la plaie. Même à l'époque où je nous croyais amis – avant qu'il ne se mette soudain à nous snober, Ezra et moi –, il n'a jamais réellement parlé de lui. Pas comme ça.

Je l'observe à la dérobée. Comme toujours, il est assis à la table d'à côté, mais aujourd'hui, par hasard, nos tabourets sont tout proches l'un de l'autre – il ne restait pas d'autre place quand je suis arrivé. Jill est en plein dans son petit speech du matin, sur le thème « on aime l'art, pas l'artiste ».

— C'est important de se concentrer sur l'œuvre, pas sur son créateur, explique-t-elle. On n'a pas à le connaître. Est-ce que sa personnalité compte vraiment ? Est-ce que son identité a une véritable importance quand il s'agit de critiquer ou de recevoir son travail ?

Je me penche vers Ezra pour lui murmurer :

— Un peu, oui ! Surtout quand l'artiste est un gros connard.

Jill tourne brusquement la tête vers moi. Elle a une ouïe supersonique, ou quoi ?

— Tu peux répéter, s'il te plaît ? me demande-t-elle avec un sourire hyper engageant.

Forcément, pour une fois que quelqu'un exprime un avis dans son cours... Elle kiffe un peu trop ces débats du matin.

— J'ai dit : « Oui, ça compte quand l'artiste est un connard. »

— Pourquoi, je te prie ?

— Je ne sais pas, mais une œuvre d'art provient toujours de l'âme de son créateur, non ? Et si c'est un salaud, est-ce que, d'une certaine façon, on n'est pas influencés par son mauvais côté, par le mal en lui ?

Elle fait mine de réfléchir, des étincelles dans les yeux – sérieux, il est vachement trop tôt pour se prendre la tête comme ça.

— Peut-être, mais l'art, n'est-ce pas aussi l'endroit où quelqu'un exprime son point de vue grâce à la technique qu'il maîtrise ? La moralité de la personne a-t-elle un lien avec l'œuvre elle-même ?

Declan se balance sur son tabouret, au risque de se casser la figure – n'empêche qu'il réussit à rester en équilibre et à avoir l'air cool en même temps. Il lance :

— En plus, qui décide de ce qui est mal et de ce qui ne l'est pas ?

— Bien vu ! approuve Jill. Oui, bonne remarque. Est-ce qu'on ne devrait pas évacuer la question de la morale, en art ?

Declan me lance un sourire bien hypocrite. Je réagis.

— Mais la morale, fondamentalement, c'est ce qui définit l'humain ! Si on l'évacue de l'art, on en évacue l'humanité elle-même...

— Oui, fait Jill en hochant la tête. C'est intéressant aussi.

— Donc, toi, tu voudrais restreindre l'art ? me demande Declan. Le censurer, peut-être ?

Il désigne le tatouage sur le bras d'Ezra – *Judith et Holopherne*. Ez ne réagit pas, encore dans les vapes.

— Tiens, par exemple, c'est pas super moral de couper la tête de quelqu'un, si ? Donc Klimt n'aurait pas dû peindre ce tableau ?

Je secoue la tête.

— Rien à voir. Il y a des limites.

— Quelles limites ?

— Par exemple, on ne peut pas blesser les gens.

— Blesser ?

— Oui. Je pense à la propagande raciste, aux affiches qui représentaient certaines catégories d'humains comme inférieurs. L'art pour l'art, celui qui ne s'occupe pas de ce que ressentent les gens...

Je m'arrête un instant. Il y a trop d'émotion dans ma voix, et tout le monde s'est retourné vers moi pour me regarder. Même Ezra s'est réveillé ; il nous observe tour à tour, Declan et moi. Je conclus :

— Il faut un jugement moral dans la création.

Ça devrait s'arrêter là. Ce serait bien. Sauf qu'on parle de Declan Keane, là. Il n'a jamais su s'arrêter à temps. Il lance :

— Ah, OK, tu dis ça par rapport à l'expo sur toi...

Tout à coup, tout le monde se fige. Ezra se redresse.

— Ta gueule, Declan.

L'autre hausse les épaules.

— Non, mais si c'est de ça que tu veux parler, il faut le dire, c'est tout.

— Ta gueule, j'ai dit !

— OK, on ne sait pas qui est l'artiste, ni quelle est sa motivation, mais...

Ma jambe part avant même que mon cerveau ait eu le temps de penser. Elle balaie les pieds du tabouret de Declan, qui bascule en arrière et se ramasse en beauté. À notre table, Leah pousse un cri. Jill se précipite sur Declan, qui est en train de se relever, la main sur l'arrière du crâne. Il vérifie sa paume. Pas de sang, mais ça ne l'empêche pas de me fusiller du regard. Il hurle :

— Non, mais t'es taré ou quoi ?

— Bon, ça va aller, fait Jill en lui tendant la main.

Mais il la repousse et se relève tout seul. Merde, merde, merde...

— J'ai pas fait exprès.

— Conneries !
Declan s'avance vers moi, menaçant, mais Ezra s'interpose tout de suite.
— C'était un accident.
Jill secoue la tête. Putain.
Declan essaie de contourner Ez, pointant sur moi un index accusateur.
— T'as fait tomber mon tabouret ! J'aurais pu me faire super mal ! Tu as failli me tuer.
— Vas-y, sors les violons...
— Va te faire mettre, Felix !
— ÇA SUFFIT !
Jill a crié si fort que sa voix résonne dans la classe. Plus aucune trace d'enthousiasme chez elle. Tout le monde nous fixe ; ils n'en croient pas leurs yeux. Austin a la main plaquée sur sa bouche, et Hazel, en face, a sorti son téléphone pour nous filmer. Mon cœur chavire. La violence est absolument proscrite à Sainte-Cath, et Declan est vraiment la dernière personne avec qui déconner. Son père peut me faire expulser en trois secondes chrono – d'autant plus que, sans moi, Declan se retrouve seul à postuler pour Brown. Je peux dire adieu à la bourse et à l'école.
D'une voix rauque, dans le silence de la classe, je murmure :
— Je suis désolé. C'était un accident, je te jure.
Declan serre les poings. Et les mâchoires. Il ne semble pas sur le point de se calmer.
— Chez la principale, lance Jill. Tous les deux. Maintenant.
— Je me suis excusé...
— Pourquoi moi ? C'est lui qui...
— *Maintenant !* aboie la prof.

Ezra a l'air complètement flippé – et moi aussi. Je ramasse mon sac pour quitter la classe, Declan sur mes talons. *Putain.* J'ai agi sans réfléchir. Je ne voulais pas, c'était un pur réflexe. Il n'arrêtait pas de la ramener sur l'expo, avec son air hypocrite, pour bien se foutre de moi – pour bien me rappeler qu'il avait outé mes photos et mon deadname avant de me contacter sur Insta...

Les murs du lycée sont en brique, le parquet en chêne ancien. Il n'y a pas d'ascenseur, et on descend à pied les trois étages. Il fait si chaud que mon T-shirt me colle à la peau. Declan me suit, mais d'assez loin, comme s'il craignait de ne pas pouvoir se retenir de me pousser dans l'escalier sombre. On arrive au rez-de-chaussée, où se trouvent l'administration et le bureau de la principale. La secrétaire écoute la version ultra simplifiée de notre accrochage – « C'est Jill qui nous envoie » – avant de nous dire d'attendre sur la banquette métallique.

Elle nous laisse là. Je ferme les yeux, inspire profondément. Je dois entrer dans ce bureau avec la tête froide, sortir une version qui tient la route. C'était un accident. J'ai renversé son tabouret sans faire exprès. Mon pied a glissé. N'importe quoi.

Declan est à l'autre bout du banc, son genou n'arrête pas de tressauter. Il porte à nouveau la main derrière sa nuque, des fois que du sang serait apparu par magie depuis tout à l'heure. Il ne me regarde pas – j'ai moi-même du mal à poser les yeux sur lui.

— T'es un vrai con, grommelle-t-il, bras croisés.

— C'est l'hôpital, etc.

— Je suis un con parce que je ne suis pas d'accord avec toi sur la place de la morale en art ?

Là, il me dévisage. J'hésite. C'est drôle, mais d'un seul coup me reviennent nos échanges de cette nuit. Je me souviens que ce mec en face de moi est aussi celui qui m'a écrit. Je me mords les lèvres.

— Non, t'es un con parce que tu me traites toujours comme de la merde.

— Pardon ?

L'expo. Le message sur Insta. Je suis sur le point de tout sortir. Il attend, sans cesser de me dévisager, et je pourrais le faire – je pourrais révéler que je *sais* que c'est lui. Sauf que ça gâcherait mon plan de vengeance. Si je lui en parle, il comprendra sans doute que je suis son correspondant anonyme. OK, je pourrais me plaindre à la principale, mais qu'est-ce qu'il risque ? Une tape sur les doigts ? Il n'aura ce qu'il mérite que lorsque j'aurai déniché son plus sombre secret et que je m'en serai servi pour le détruire. Donc, non, je ne peux rien lui dire – pas encore.

— Qu'est-ce que je t'ai fait, exactement ? insiste-t-il.

— T'es sérieux ? Ça fait deux ans que tu nous pourris, Ezra et moi, sans raison.

Il lève les yeux au ciel.

— OK, avec Ezra, peut-être que je suis dur. Mais pas avec toi. Et j'ai mes raisons, crois-moi.

— Tu plaisantes, j'espère ?

Il soupire et détourne la tête, mais je ne vais pas lâcher l'affaire.

— À la moindre occasion, tu me prends de haut. Tu dis du mal dans notre dos, tu montes tout le temps les profs contre nous...

— T'as juste les boules parce qu'on vise tous les deux Brown, et tu sais que tu n'y arriveras pas.

— Va te faire foutre, Declan.

Il se redresse.

— Quoi ? se rebiffe-t-il. J'ai raison ou pas ? Tu sais que je vais être pris. Et que j'aurai peut-être la bourse, en plus. Toi, t'es largué. T'arrives jamais à l'heure, tu ne bosses jamais sur ton book. Ça craint pour toi, et c'est pour ça que tu t'en prends à moi.

Je secoue la tête, les yeux braqués sur la porte du bureau.

— Je ne suis pas largué.

Il a un reniflement méprisant.

— C'est ça, ouais.

Un long silence, puis je lâche :

— Cette bourse, t'en as même pas besoin...

— Je crois que c'est pas à toi de dire si j'en ai besoin ou pas, tu vois ?

— D'après ce que je sais, tu as les moyens de t'en passer. Pas comme moi.

Sa voix est calme, détachée, quand il rétorque :

— Tu ne sais rien sur moi. Absolument rien.

Avant que j'aie pu répondre, la porte s'ouvre et la principale, avec sa coupe afro aux reflets gris, nous fait signe de la suivre dans son bureau. On s'installe face à elle sur deux chaises. Elle nous observe un instant, les mains jointes.

— Alors, qu'est-ce qui s'est passé ? Madame Brody m'a signalé une bagarre.

Je fixe mes baskets décorées à la main, certain que Declan va sauter sur l'occasion. Mais il ne dit rien.

— Allons-y, insiste la principale. Je vous écoute.

— On s'est disputés, articule Declan.

— Et ? Tu es tombé, c'est ça ?

Il inspire longuement, sans me regarder.

— C'était un accident bête, je crois. Son pied a glissé. J'étais en équilibre...

Je me tourne vers lui, surpris. La principale nous dévisage tour à tour.

— Un accident ?

Declan ne dit plus rien, alors je hoche la tête.

— Oui, c'est ça. Un accident.

Elle nous dévisage encore un peu, suspicieuse – c'est clair qu'elle ne nous croit pas, mais qu'est-ce qu'elle peut faire si personne ne se plaint ? –, avant de conclure :

— D'accord. À l'avenir, je vous invite à régler vos différends en dehors des cours afin de ne pas les perturber. En attendant, serrez-vous la main pour faire la paix.

Non, mais ça va trop loin, là ! Declan lève les yeux au ciel – apparemment, il trouve aussi...

— Allons. Une poignée de main et des excuses. J'attends.

Nom d'un chien... Allez, qu'on en finisse ! Je pivote sur ma chaise et je tends la main à Declan. Il reste un instant les bras croisés avant de me tendre la sienne à contrecœur. Sa paume est plus large que la mienne, avec des taches de peinture – une vraie main d'artiste. Nos regards se croisent.

— Je m'excuse, fait-il en serrant un peu trop fort.

— Moi aussi.

On se lâche immédiatement. La principale recule son siège et se lève.

— C'est un bon début.

Declan sort le premier. Il marche loin devant moi dans le couloir, sans daigner se retourner. Je ne sais pas pourquoi, mais j'accélère le pas pour le rattraper.

— Pourquoi t'as sorti ça ?

Il regarde toujours droit devant lui.

— Sorti quoi ?

— Que c'était un accident ?

— Quoi, c'en n'était pas un ? Quelle surprise...

Je ne réponds rien, mais je continue à marcher à sa hauteur dans le couloir aux lambris sombres, jusqu'à ce qu'il ouvre la porte qui donne sur le hall. Ma gorge se serre et mon ventre chavire. Enfin, Declan s'arrête et se tourne vers moi.

— Écoute, je ne voulais pas te blesser en parlant de l'exposition. J'essayais juste de démontrer que...

— T'as pas le droit de te servir de ma souffrance pour démontrer quelque chose.

Son souffle se fige. Il reste là, un instant, avec la bouche qui s'ouvre et se ferme ; je le dévisage sans rien dire. J'attends, très conscient que je suis face à Declan Keane pile à l'endroit qu'il a choisi pour me faire du mal.

— J'ai dit que c'était un accident parce que je n'allais pas me taper quatre mois de procédure juste pour le plaisir de te faire virer.

Je hoche la tête, lentement.

— D'accord.

Il s'avance vers moi et continue :

— Et puis, je veux que tu saches un truc : quand je serai à Brown et pas toi, ce ne sera pas parce qu'on t'a exclu d'ici. Mais parce que je le mérite plus que toi.

Je le dévisage sans ciller.

— Je suis toujours impressionné par l'ampleur de ta connerie...

À ma grande surprise – et à la sienne aussi, apparemment –, l'ombre d'un sourire flotte un instant sur ses lèvres. Quoi, il rigole à une de mes blagues ? Declan Keane ? Mais non, il se reprend très vite, baisse les yeux sur le carrelage blanc.

— Bon, ben pardon, alors. Désolé d'avoir parlé de l'expo.

Puis il tourne les talons et me plante là, dans le hall, avec juste cette énorme sensation de « Putain, mais qu'est-ce qui vient de se passer, là ? ».

HUIT

Declan Keane ne s'est jamais excusé. Pas une fois, malgré tout ce qu'il nous a fait, à Ezra et moi.

— Peut-être qu'il n'est pas aussi pourri qu'on le pense, fait Ez, les yeux fermés.

Il a l'air d'en avoir marre, comme s'il avait assez parlé de Declan pour aujourd'hui. Bon, franchement, je crois qu'il en a marre depuis qu'ils ont rompu. C'est assez impressionnant, d'ailleurs. Ez a morflé, mais il a décidé de passer à autre chose, et il a réussi. Pas comme moi. Quand quelqu'un me fait du mal, ça m'obsède. J'essaie soit de lui prouver qu'il doit m'aimer, soit de trouver comment le blesser.

On est allongés sur la pelouse du parc, avec des cannettes de bière chaudes cachées dans nos sacs. Les cours sont terminés, c'est calme pour un mardi – pas de pique-nique, pas de chiens qui aboient ou d'enfants qui hurlent ; il n'y a que le murmure du vent et, au loin, un vieux couple qui discute sur un banc. Le téléphone d'Ezra joue du Solange, du SZA et du Mila J, qui chante qu'elle est en mode avion et qu'elle n'a pas besoin de drame, et tout est si calme, si détendu, avec le soleil qui me chauffe le visage, les épaules et les bras.

— Je veux dire, continue Ez, c'est difficile à admettre, mais on est tous des salauds à un moment ou un autre. Ça arrive à tout le monde de faire des conneries. L'essentiel, c'est d'apprendre et de progresser, non ?

— On dirait que tu as décidé de trouver des excuses à Declan...

Il fronce les sourcils, paupières toujours closes.

— Non. Je dis juste, comme ça, qu'on ne connaît sans doute pas toute l'histoire. Va savoir, il est peut-être moins salaud qu'on le pense. C'est facile d'étiqueter les gens. De décider que c'est un connard et point barre.

Je lui jette un coup d'œil surpris.

— T'es stone ou quoi ?

Il se tourne vers moi.

— Non, pourquoi ?

— T'as l'air, un peu.

— Je vais prendre ça pour un compliment.

— Ben ça n'en était pas un, mais tant mieux.

Il bascule et m'attrape par le cou, si bien que trois secondes plus tard on est en train de se bagarrer dans l'herbe. Il gagne, bien sûr, et me cloue au sol, tout fier de lui, puis il se laisse tomber sur moi en rigolant, et j'ai besoin de toutes mes forces pour le repousser. Enfin, il roule sur le côté. Le vieux couple nous regarde en souriant.

— N'empêche, je vois ce que tu veux dire, Ez. Se faire une idée de quelqu'un et ne pas pouvoir en démordre.

— Ah oui ?

Les mots me viennent d'eux-mêmes, comme s'ils n'avaient attendu que ça :

— Oui. Et je pense qu'on fonctionne aussi comme ça pour soi-même.

— Qu'est-ce que tu veux dire ?

Je ne suis pas vraiment sûr d'être prêt à parler de ça. C'est dur, limite impossible, d'exprimer les sentiments qui m'agitent – toutes ces questions sur mon identité. Mais je suis lancé, et Ezra est suspendu à mes lèvres. Au final, peut-être que tout déballer m'aidera à comprendre.

— Moi, par exemple. Je me suis mis cette idée dans la tête. Je suis un mec et, voilà, point final, sujet clos.

Il me regarde avec attention, menton entre les mains.

— Effectivement, pendant longtemps, j'ai pensé ça, sans me poser de question. Depuis mon coming out, et tout ce que j'ai fait subir à mon père.

— Euh, désolé de t'interrompre, intervient Ezra. Juste un truc : tu n'as rien fait « subir » à ton père. Mais vas-y, continue.

— Si tu veux. Donc, c'était super important pour moi d'affirmer ce que je suis, et maintenant...

— Maintenant ?

Je hausse les épaules, mal à l'aise. Je me sens coupable – j'ai honte, parce que je recommence à me poser des questions sur mon identité.

— Maintenant, il y a des moments où je suis sûr à cent pour cent d'être un homme. Et puis, d'autres fois...

Je pousse un long soupir, puis je lâche le morceau :

— D'autres fois, j'ai comme un doute.

— Un doute ?

— Oui. Une sensation bizarre, comme si quelque chose clochait, tu vois ? J'ai fait des recherches sur Internet pour essayer de comprendre, et...

Ezra hoche lentement la tête, mais je ne crois pas qu'il saisisse vraiment ; du coup, je suis encore plus mal à l'aise et, en plus de ça, je me sens complètement stupide.

— Laisse tomber.

Je m'allonge sur le ventre, la tête entre les bras.

— Attends ! s'écrie Ez. D'accord, je capte pas tout à fait ce que tu me dis, parce que moi, je n'ai jamais remis en question mon identité de genre. Mais ça ne veut pas dire que je ne t'écoute pas. Continuer à s'interroger, c'est normal, non ?

Il y a une fêlure dans ma voix quand je réponds :

— Peut-être, oui... Mais c'est un peu comme, par exemple, quand Declan m'a traité d'imposteur...

— Pardon, mais ça va pas, là. Tu n'as pas le droit de laisser ce connard te pourrir la tête avec ses idées.

— Je croyais que c'était pas un connard ?

— J'ai juste dit qu'il ne l'était peut-être pas autant qu'on le pensait. Pas qu'il n'en était pas un.

Il ponctue sa phrase d'une grimace rigolote, mais continue à me scruter attentivement.

— Sérieux. Ce qu'il pense, ce que les autres pensent, tu t'en fous. Fais ce qui est bien pour toi.

— Ouais. T'as peut-être raison.

— Comment ça, « peut-être » ?

— T'as tout à fait raison.

Il me sourit et pose sa grande main sur mes cheveux.

— Je t'aime, Felix, tu sais ?

Je me tourne vers lui, et il est là, à me regarder sans ciller, les yeux dans les yeux, comme s'il attendait quelque chose, une réaction. Mais qu'est-ce que tu veux répondre à ça ? Il ne m'a jamais dit « Je t'aime » comme ça. En théorie, c'est un truc qu'on peut se balancer entre amis, d'accord, mais... là, tout de suite, ça me touche trop. Ça me rend trop vulnérable. Timidement, je lâche un :

— Merci...

Il me pince la joue – je chasse sa main d'une pichenette.

— Bon, tu me préviendras juste si je dois changer de pronom quand je parle de toi.

Je hoche la tête.

— D'accord.

On sirote juste assez de bière pour être aimablement bourrés. L'arrosage automatique près des jeux d'enfants vient de s'allumer, et on se poursuit entre les jets jusqu'à ce qu'on soit complètement trempés. On se sèche au soleil sur les balançoires, en oscillant d'avant en arrière dans les grincements des chaînes métalliques.

— Je suis trop content que ce soit la Gay Pride ! déclare Ez. Il va y avoir plein de fêtes... et le défilé, bien sûr !

— Bien sûr.

— Tu viens avec moi, cette année ?

— Hors de question.

Ezra adore tout ce qui est lié au mois des fiertés LGBTQI+. Il participe au défilé dans Manhattan chaque année. Chaque. Putain. D'année. Il y reste du début jusqu'à la fin, ce qui me semble carrément impossible, vu que ça dure, combien, plus de dix heures ? N'empêche qu'il y arrive, et il me fait suivre la parade en direct par textos, photos et vidéos Insta. Pour moi, le défilé, c'est juste un peu trop... hystérique. Tous ces gens qui crient, qui pleurent, et ces chars où on *se marie et on danse ensemble devant tout le monde* – bon, je ne sais pas, mais c'est limite *too much* pour moi. Ezra, lui, kiffe grave. Il dit que la Gay Pride, c'est de la joie à l'état pur. Quoi que ça puisse signifier...

— Tant pis, fait-il. De toute façon, cette année, j'aurais peut-être quelqu'un pour m'accompagner.

Je fronce les sourcils.

— Qui ? Ton petit copain secret, c'est ça ?

Cette fois, il ne rit pas. Je réagis :

— Attends, t'es sérieux ? Vraiment ? C'est... Austin ?

Il hausse les épaules.

— Je sais pas. On discute pas mal par textos.

Pourquoi, tout à coup, je me sens aussi gêné ? Pourquoi, tout à coup, il détourne les yeux ?

— Ça se passe bien, alors ?

Nouveau haussement d'épaules.

— Je ne sais pas, en fait. Il m'a proposé qu'on se voie, cette semaine. Je me suis dit : pourquoi pas ?

Je lève la tête pour regarder le ciel. Je ne souris plus. Soudain, la journée me semble moins douce. Austin est en troisième année lui aussi, mais nous ne le fréquentons pas trop. Il traîne juste avec Leah et Marisol. Et voilà que, tout à coup, il pourrait devenir le *petit copain* d'Ezra ? Je suis content pour lui – enfin, je devrais. C'est son premier crush depuis Declan – plus de deux ans, maintenant. Mais je ne peux pas m'empêcher d'être un peu jaloux aussi. Apparemment, tout le monde tombe amoureux, sauf moi.

— Flippe pas, sourit Ezra. Tu restes mon numéro un.

— Arrête. Je flippe pas.

Il se marre. On reste silencieux un moment, mais ce n'est pas le genre de silence tranquille qu'on partage d'habitude. C'est plus un silence en mode « Ça carbure dans nos têtes et on a envie de se dire des trucs », mais rien, on la ferme. Limite malaisant.

Le mouvement des balançoires me colle doucement la nausée – peut-être à cause de la bière dans mon ventre vide ? On va se rallonger sur la pelouse. Le soleil est juste assez chaud, l'herbe juste assez douce pour que je pique plus ou moins du nez. Derrière mes paupières closes, des images me viennent, qui sont peut-être des rêves ou peut-être pas : des photos Insta où je vois Declan Keane m'acheter un tableau, Ezra me dire qu'il m'aime. Quand je me réveille enfin, le ciel violet est strié de longs nuages rouges et le soleil est en train de se coucher. Ezra est allongé sur le dos, avec son téléphone.

— Tu roupillais carrément ! lâche-t-il, moqueur.

Mais à sa voix enrouée, je sais qu'il faisait sans doute pareil, et qu'il vient juste d'ouvrir les yeux.

— Mouais...

Je roule sur le dos pour m'étirer.

— J'ai reçu un SMS de ma mère, m'annonce-t-il, sourcils froncés. Mon père et elle sont en ville ce soir, et ils veulent que j'aille chez eux pour un genre de dîner mondain.

— Ah bon ?

Il secoue la tête tandis que je m'assieds.

— Ça devrait me faire plaisir de voir mes parents, c'est ça que tu penses ?

— Je sais pas...

Je n'ai absolument pas à lui dire ce qui devrait lui faire plaisir ou pas. Avec un soupir, il se lève.

— Bon, ben j'y vais. Je dois être là-bas dans une heure.

— OK.

Il tend la main pour m'aider à me mettre debout à mon tour. Le rouge a disparu du crépuscule, laissant la place

à un bleu gris. Les réverbères s'allument en clignotant. Le parc ferme bientôt, et les gardiens ne vont pas tarder à nous virer.
Au moment où on sort, sur le trottoir, Ezra me lance, l'air soucieux :
— Euh, ça te dirait de venir ?
Pendant dix bonnes secondes, je crois que c'est une blague, mais son expression ne change pas.
— Au dîner de tes parents ?
— C'est un gala de charité, en fait.
Il grimace, comme s'il avait de la peine. J'hésite, baisse les yeux sur ma tenue – débardeur et short.
— Je ne suis pas vraiment fringué pour une soirée mondaine...
Sans compter que je n'ai jamais rencontré ses parents et que, vu ce qu'il m'en raconte, ils ont l'air terrifiants...
— Je dois avoir une chemise et une cravate à ta taille, rétorque-t-il.
Ça fait trois ans que je connais Ezra, et je n'ai jamais mis les pieds dans l'appartement où il a grandi, sur Park Avenue. Chaque fois qu'il le mentionne – toujours brièvement –, j'imagine un donjon de conte de fées, avec Ez dans le rôle de la princesse qui attend qu'on vienne la délivrer. Même avant que ses parents lui paient son appart à Brooklyn, il y passait le moins de temps possible. Pas exactement une vie d'ado moyen – mais Ezra est le contraire de l'ado moyen.
— Ça peut être marrant, insiste-t-il. On mange, on boit, on emmerde un peu la bourgeoisie de Manhattan...
Il me sourit, oui, mais je lis le désespoir dans ses yeux. Il ne veut pas y aller – pas tout seul. Parfois, je me demande

s'il y a un endroit au monde où il se sent... je ne sais pas, en sécurité ? Un endroit où il sait qu'il sera aimé et accepté en toutes circonstances. Moi, j'ai mon père ; OK, il est chiant, des fois, mais il m'aime, je le sais. Est-ce qu'Ez a ça quelque part ?

Franchement, on dirait qu'il va se mettre à genoux pour me supplier. Je ne suis peut-être pas super à l'aise avec le truc, mais je ne vais pas le laisser tomber.

— C'est bon. Je veux dire, on y va.

Son sourire est ma récompense.

— Merci, Felix.

Il passe son bras sur mon épaule et nous nous dirigeons ensemble vers le métro. En chemin, je tire doucement sur son T-shirt et je lève les yeux pour lui dire :

— Tu sais, ce que tu m'as dit tout à l'heure, pour Austin... Je suis content pour toi. Vraiment.

Il m'observe longtemps avant de me sourire.

— Merci.

NEUF

On prend la ligne G ensemble avant de changer pour la 7 à Court Square. On passe d'un train désert à une rame bondée, avec la clim à fond, où des hommes d'affaires bourrés vacillent dignement tandis que des touristes s'engueulent en italien en tentant de déchiffrer la carte du métro affichée près des portières. On descend sur la 42e Rue, au milieu d'une masse compacte de gens qui envahissent les rues chaudes et poisseuses aux relents de pisse et de sacs-poubelles. Les néons clignotants de Times Square parent la nuit d'un éclat blanc. Je suis Ezra qui traverse rues et boulevards, échappant à la foule, en direction de Park Avenue, jusqu'à un immeuble en pierre à l'architecture classique. Un portier nous salue, la main sur sa visière, tandis qu'une vieille dame passe près de nous en retenant son petit chien surexcité.

Le hall est en marbre – le sol, les murs *et* le plafond. Un immense lustre doré est suspendu au-dessus du comptoir du concierge, qui nous accueille en souriant.

— Bonsoir, monsieur Patel. Ravi de vous revoir.

Pendant qu'on se dirige vers les ascenseurs aux portes en verre, je chuchote :

— « Monsieur Patel » ? On est dans *Downton Abbey*, ou quoi ?

Je me retiens de tripoter mes cheveux ou de lisser les plis de mon débardeur pour ne pas montrer à quel point je suis mal. Le plus dingue, c'est de voir Ezra à l'aise avec tout ça. Il se tient droit, le regard plein d'ennui, et je comprends tout à coup ce que ça signifie d'avoir grandi dans un tel luxe – d'être, aujourd'hui encore, super riche. Je ressens comme un pincement de jalousie mêlé à de la culpabilité. C'est nul d'être jaloux, parce que je sais que c'est vraiment dur avec ses parents, mais voilà, je ne peux pas m'en empêcher. Qu'est-ce qu'on ferait, mon père et moi, avec ne serait-ce qu'un dixième d'une fortune pareille ? Déjà, à mon avis, on aurait gardé notre appart de Brooklyn. Je ne m'en voudrais pas d'être à Sainte-Cath, et j'imagine que j'aurais moins de stress et de pression. J'aurais sans doute de meilleurs résultats.

Le *ding* de l'ascenseur nous signale qu'on est arrivés au dernier étage. Les portes s'ouvrent sur l'entrée de l'appartement. J'en reste bouche bée, même si ça doit me donner l'air idiot. Le sol est en marbre étincelant, et les murs en verre – j'ai l'impression qu'ils font dix mètres de haut – offrent une vue imprenable sur la skyline étincelante de New York. C'est carrément *géant*. On logerait dix appartements comme le mien rien que dans le salon. Des serveurs circulent entre les tables où le champagne refroidit dans des seaux. Un homme en costume trois pièces, épaules carrées et bouc soigneusement taillé, les surveille depuis la porte, le dos très droit et les bras croisés. En apercevant Ezra, il les décroise et tend une énorme main. Ez la serre tandis que l'homme l'observe d'un œil critique, comme on jugerait un tableau.

— Tu as l'air en forme, lâche-t-il d'une voix bourrue. Malgré la tenue.

— Merci, répond mon copain sans relever. Je te présente Felix Love.

Son ton formel me surprend un peu. L'homme me salue de la tête, me tend la main à mon tour. J'ai du mal à comprendre qui c'est, jusqu'à ce que je le regarde mieux – Ezra a le même nez et les mêmes sourcils.

— Ta mère est quelque part dans les parages, reprend M. Patel, qui semble à la fois mort de fatigue et d'ennui. Va te changer avant qu'elle te voie dans cette tenue.

Ez hoche la tête et me fait signe de le suivre. En m'éloignant, j'observe son père à la dérobée. Si j'ai bonne mémoire, c'est la première fois qu'ils se voient depuis des mois. D'accord, je peux m'énerver contre mon père, mais je n'imagine pas qu'après un tel laps de temps, il pourrait limite m'ignorer, sans donner l'impression d'être heureux de me voir. Apparemment, ça ne choque pas Ezra, il fait comme si c'était normal. Et ça l'est peut-être, pour lui.

On traverse le salon et on suit le couloir vers une autre pièce où, clairement, va se dérouler le dîner : des tables rondes pour quatre personnes sont dressées, et j'aperçois même une petite scène près du mur. D'autres domestiques s'affairent autour d'une sculpture en glace, allumant les bougies et préparant des coupes de champagne sur des plateaux. Au milieu de tout ça trône une femme à la peau sombre et aux cheveux bouclés, en robe dorée et talons hauts.

— Merde, c'est ma mère ! chuchote Ezra.

On tente de s'esquiver, mais on n'a pas fait trois pas qu'elle l'interpelle.

— Bordel... marmonne-t-il avant de se tourner vers elle.

Je reste là, presque hypnotisé. Elle est carrément belle. C'est la plus belle femme que j'aie jamais vue. Elle a les mêmes grands yeux qu'Ezra, les mêmes longs cils, la même bouche, le même sourire. Elle fonce sur nous et embrasse Ez chaleureusement. Elle écarte les boucles de son visage.

— Ezra, mon Ezra ! Toujours aussi beau... lâche-t-elle avec un léger accent anglais.

Ses yeux étincellent, son sourire est si radieux que je ne peux pas m'empêcher de sourire à mon tour devant cet accueil. En même temps, je ressens comme un pincement : ma mère à moi ne m'a jamais regardé – et ne me regardera sans doute jamais – comme ça.

— Tu m'as tellement manqué, mon chéri...

Ez sourit à son tour, mais de façon formelle, tendue. Qu'est-ce qui se passe ? Il m'a toujours dit que ses parents le traitaient comme un toutou : ils le trouvent mignon tant qu'il s'agit de prendre des photos avec lui, mais sorti de là, ils s'en fichent... OK, maintenant que j'ai rencontré son père, j'imagine qu'il peut se comporter comme ça. Mais sa mère ? On ne dirait pas – elle a l'air de l'adorer.

Il s'arrache à son étreinte.

— Maman, je te présente mon copain Felix. Je l'ai invité à dîner.

Elle me jette un coup d'œil, et j'ai l'impression que mon cœur s'arrête. D'une voix tremblante, je sors :

— Ravi de faire votre connaissance, madame Patel.

Son sourire ne change pas d'un millimètre, mais je sens son regard qui s'attarde sur mon débardeur, mon short en jean et mes baskets décorées au marqueur. J'attends qu'elle parle, mais son attention est soudain attirée par quelque chose derrière nous – un serveur avec un plateau de hors-d'œuvre.

— Ça va dans la cuisine ! lui lance-t-elle avant de revenir à Ez. Bon, mon chéri, la soirée commence dans une heure. Va te préparer, ton père n'aimerait pas que tu sois en retard.

Et elle nous plante là pour aller donner d'autres instructions au personnel. Elle ne m'a carrément pas calculé.

Le sourire forcé d'Ezra a disparu. Je perçois sur son visage le reflet d'une douleur et d'une déception très anciennes – mais, désormais, son expression quasi neutre indique que c'est exactement ce à quoi il s'attendait de sa part.

— Allez viens, me murmure-t-il, on se planque dans ma chambre.

Sa chambre est sur deux étages. En bas, il y a une sorte de mini salon avec canapé, écran plat au mur, trois consoles de jeux différentes, salle de bains particulière et dressing ; au second, en soupente, trône un immense lit. C'est là qu'on s'installe – peut-être par habitude, parce qu'on traîne toujours sur son matelas dans l'appartement de Brooklyn. D'ailleurs, on n'allume pas non plus. La seule lumière provient de la ville, qui s'étend en miniature en dessous de nous, par la baie vitrée. Je crois que je comprends pourquoi il se prenait autrefois pour une princesse enfermée dans sa tour… Perso, tout ce verre, ça me donne l'impression d'être en cage, ou dans un aquarium. Ce qui ne m'empêche pas d'être piqué par la jalousie.

— Ta mère a l'air plutôt sympa…

— Tu trouves ? fait-il, les yeux au plafond. Attends que la soirée commence. Je te jure, elle se prend pour la star d'un spectacle, et tout le monde autour d'elle est le public. Je te parie qu'elle m'embrassera de nouveau, dès qu'il y aura assez de monde pour la regarder.

— Et ton père ?

— Lui, il se voit comme le metteur en scène. Assis en coulisse, en train d'observer son œuvre. Il avait un rôle pour moi, avant : le fils loyal, qui suit les pas de son père pour devenir PDG, entrepreneur, philanthrope... Le plus marrant, c'est qu'il ne s'est même pas mis en rogne quand je lui ai annoncé que je voulais faire de l'art et pas une école de commerce à Harvard ou Yale. Il a juste réécrit son histoire... sans moi !

Il lâche un rire sans joie avant de poursuivre :

— Je ne suis pas sûr, mais c'est peut-être pour ça que j'ai autant de mal à savoir ce que je veux faire dans la vie. Je me suis libéré de ce qu'il attendait de moi – mais maintenant, il y a tellement de choix, tellement de chemins possibles... Où est-ce que je dois aller ?

À ma jalousie se mêle une frustration – cinquante nuances d'amertume. C'est tellement facile pour lui. Sur un coup de tête, il peut décider qu'il refuse d'aller à Harvard ou Yale, parce qu'il est sûr que son père paiera pour tout. Il sait que, quel que soit son choix, ses parents assurent pour lui. Et il ose se plaindre...

— T'as vraiment trop de problèmes...

Il se tourne vers moi, perplexe.

— Ça veut dire quoi, ça ?

Je hausse les épaules.

— Excuse-moi, mais jette un coup d'oeil autour de toi. Tu baignes littéralement dans l'argent et les privilèges. Tu peux faire ce que tu veux. De quoi tu te plains ?

Il se redresse sur les draps blancs, bat des cils sans me regarder.

— T'es dur, là...

Je me mords les lèvres. Une petite voix dans ma tête me dit que je ferais mieux de la fermer, mais les mots sont là, et je n'arrive pas à les repousser.

— Je... Tu vois, ça me fait un peu chier de t'entendre te lamenter alors que tu pourrais faire exactement ce que tu veux pourvu que tu aies... je sais pas, la motivation de t'y mettre.

— C'est injuste.

— Ta mère t'aime. Ça se voit. Elle t'aime, même si elle ne le montre pas comme tu voudrais.

Il secoue la tête tandis que je continue sur ma lancée :

— Tu pourrais entrer dans n'importe quelle école, n'importe quelle fac, rien qu'avec le nom et la fortune de ta famille – et je ne parle même pas de ton talent, parce que tu assures dans tout ce que tu fais. Alors, ouais, ça me fout les boules de te voir gâcher tout ça. Et pourquoi ? Parce que tu as trop de privilèges et que tu ne sais pas quoi faire de ta vie ?

Les mots se bloquent dans ma gorge au moment où il lève les yeux sur moi. Son visage est déformé par la colère qui bouillonne en lui. C'est la première fois qu'il me regarde comme ça. OK, il fallait que ça sorte, mais je suis allé trop loin. Je le sais.

Et aussi furieux qu'il soit, il me répond d'une voix calme :

— Je crois que tu projettes.

— Quoi ?

— Tu m'engueules parce que je manque de motivation, mais regarde-toi. Tu n'as même pas commencé ton book...

Je lève les yeux au ciel, furieux à mon tour.
— C'est juste que...
Il reste là à me fixer et à attendre que je finisse ma phrase.
Le silence s'installe, et je n'arrive même plus à avaler ma salive – je sais qu'il a raison. La colère fond pour se muer en honte. Je murmure :
— Je suis désolé. Peut-être que je projette un peu, oui.
— C'est vrai, dit-il, j'ai de la chance. Je l'oublie parfois. Je m'excuse d'avoir l'air ingrat. Mais le fait est que je ne sais pas ce que je veux faire, que je refuse de suivre les traces de mon père et que ça me bouffe la tête. C'est réel, et j'ai le droit de ressentir ça.
Merde. Je répète :
— Je suis désolé. Je ne sais pas pourquoi je t'ai sorti tout ça. Je suis un connard.
— Tout le monde peut merder, Felix. C'est pas grave.
— À condition qu'on fasse mieux la fois d'après, hein ? Pardon. Ça doit être le stress, avec Brown et tout ça. Mais t'as raison. Je n'ai rien trouvé pour mon book, et si je ne m'y mets pas très vite, je n'aurai pas fini à temps.
Il me dévisage, soucieux.
— Felix, je voudrais te demander quelque chose.
— Vas-y.
— Tu ne te vexes pas, d'accord ?
— Crache le morceau, Ez !
— Pourquoi tu tiens tant que ça à aller à Brown ?
La question me prend de court.
— Ben, c'est évident, non ? C'est une fac super cotée, qui propose un double cursus avec l'école de design. J'ai toujours voulu y entrer.

À sa façon de me regarder, je sais qu'il ne va pas se contenter de ça. Il est capable d'attendre jusqu'à ce que je sois prêt à tout déballer. D'une voix hésitante, je poursuis :

— Et puis... je ne sais pas. Je crois que je veux juste démontrer que je peux le faire. Que je suis digne des meilleures écoles.

— Digne ? répète-t-il, sourcils froncés.

— Ben oui. Tu vois, quand les gens te regardent, ils ne se posent pas la question. Toi, tu es du genre grandes écoles. Et Declan, ou Marisol, pareil. Mais moi ?

J'ai le rouge aux joues et les mots se bousculent, mais je continue :

— Je veux juste prouver que je suis assez bon, moi aussi. Que je le mérite. C'est un peu comme si je montrais que... je ne sais pas, je mérite d'être respecté et aimé, même si personne n'est OK pour ça. Même si personne n'y croit.

Je me tais. Si seulement je m'étais arrêté, quoi, dix phrases plus tôt ? J'ai la gorge en feu et les yeux qui picotent.

— Bon, commence Ezra. D'abord, je ne suis pas sûr que tu aies besoin de prouver quoi que ce soit à qui que ce soit. Les facs comme Brown ou les autres grandes écoles, elles sont là pour te démonter. Elles te jugent sur des conneries. Tu n'es pas tes notes, Felix. Tu n'es ni tes résultats, ni la fac où tu es pris, et tu n'es même pas ton book.

J'ouvre la bouche pour lui répondre, mais il ne m'en laisse pas le temps.

— Ensuite, ce qu'ils pensent, on s'en fout. Tout ce qui compte, c'est ce que tu penses, toi. Est-ce que tu te crois digne de respect et d'amour ?

J'ai encore la bouche ouverte – sauf qu'aucun son n'en sort.

— Moi, oui, dit-il.

Il ne me quitte pas des yeux – il me dévisage carrément, sans se gêner. J'ai presque envie de lui demander comment il y arrive, parce que moi, de plus en plus fort, je sens ce truc dans ma poitrine, mon cou, mon visage, jusqu'au moment où je n'en peux plus, je détourne le regard. Je ne sais même pas ce que c'est – de la timidité ? De la honte ? Apparemment, Ez ne perçoit rien de tout ça. Du coin de l'œil, dans la pénombre, je vois qu'il ne m'a pas quitté des yeux.

Je cherche une vanne, n'importe quoi pour meubler ce silence, mais avant que j'aie trouvé, on frappe à la porte, en bas.

— Monsieur Ezra ? lance une voix. Votre mère vous demande.

Mon copain se laisse aller sur le lit et pousse un grognement, la tête entre les bras, avant de crier :

— On arrive !

Puis il se lève avec un soupir, et lance :

— Allez, on se change.

Et comme si de rien n'était, comme si on ne venait pas de déballer ce qu'on avait sur le cœur l'un et l'autre, il descend dans son dressing. Il en sort une chemise blanche, bien trop grande pour moi. Il m'aide à l'enfiler et à la rentrer dans mon short. J'ai l'air débile, mais il décide qu'il aime bien le style et, à son tour, enfile un short en jean et une chemise blanche.

Quand on sort de sa chambre, une centaine d'invités en robes de soirée et costumes sont apparus comme par magie. Notre look nous attire des regards, et je vois une femme tordre littéralement le nez en nous découvrant, mais quelque chose me dit que ça ne dérange pas Ezra, au contraire. Ça le fait marrer de choquer les snobinards de New York. C'est sa façon de se défendre. Moi, je n'aime pas ça. C'est un autre monde – où je ne me sens pas du tout à ma place. Je n'aime pas la façon dont ses parents et leurs invités me scrutent, ou l'affiche que je me tape quand, après un verre de champagne, j'éclate de rire trop fort. On se réfugie dans un coin pour se saouler tout à notre aise. Franchement, j'ai mal pour Ezra. Je ne sais pas comment il a tenu tout ce temps dans cet appartement de luxe, avec les dîners et les galas de charité. Et je m'en veux encore plus d'avoir été dur avec lui en vidant mon sac tout à l'heure. Le pire, c'est qu'il a l'air de ne plus y penser – on dirait qu'il est juste heureux qu'on soit ensemble, que ma présence suffit à lui faire oublier sa vie privilégiée et parfaitement pourrie. Il me propose de virer le DJ et de passer de la trap pour pouvoir danser un peu mais, pendant qu'on traverse la pièce, mon téléphone se met à vibrer. Au début, je crois que c'est mon père qui me demande où je suis, mais sur l'écran, je découvre une notification Instagram. J'ai un mauvais pressentiment, qui se confirme quand je lis le pseudo : Grandequeen69. Je ne devrais pas, mais j'ouvre la boîte de réception.

Pourquoi tu fais semblant d'être un garçon ?

Je regarde le message avec l'impression d'être traversé par un vent glacial, qui paralyse toutes mes pensées et mes émotions. À part l'exposition à Sainte-Catherine, jamais je n'ai eu à affronter ce genre de haine – pas directement. J'en vois à la télé, bien sûr. Tout ce que le gouvernement fait pour nous invisibiliser, les politiciens qui prétendent que les personnes trans n'existent pas, même si on a toujours été là et qu'on le sera toujours. Je lis des articles et les histoires de celles et ceux à qui on refuse l'accès aux soins, des étudiants que l'on force à utiliser les mauvaises toilettes, des jeunes de mon âge que leur famille met dehors, des adultes qui se font renvoyer de leur travail pour ce qu'ils sont, et de ceux qui se font agresser, parfois tuer, dans la rue – sans compter tous ceux qui mettent fin à leur jour parce qu'ils sont rejetés. En tant que personne trans de couleur, je suis conscient que mon espérance de vie ne dépasse pas le milieu de la trentaine, et ça, juste à cause de la violence que les gens comme moi subissent chaque jour. Je sais tout ça mais, d'une certaine façon, ça m'a toujours semblé lointain. Je peux fermer les articles en ligne, changer de chaîne de télé, rigoler avec Ezra dans le parc, manger des chicken wings, fumer de l'herbe et boire du chardonnay bas de gamme, et ne m'inquiéter que pour mon avenir et pour ce que je compte faire de ma vie. Je me sens en sécurité, même en dépit des gaffes de mon père, même si je suis à peu près persuadé que ma mère ne m'aime plus – si elle m'a jamais aimé, bien sûr. J'ai honte, mais, oui : ces messages me surprennent presque. Comme si, d'une certaine façon, j'avais toujours pensé que cette haine à l'égard des autres personnes trans, dont je suis témoin tous les jours, ne me concernait pas.

Ezra voit bien que ça ne va pas – il me pose carrément la question – mais je ne veux pas lui en parler. Une partie de moi a envie de fermer l'application et de faire comme si ce message n'existait pas… mais je ne suis pas certain de pouvoir l'ignorer. Alors, Ez prend ma main et fait pivoter mon téléphone pour y jeter un œil. Il sursaute.

— Oh, putain ! Felix, qu'est-ce que c'est que ce truc ?

Je ne réponds pas. Je regarde le message en me mordant les lèvres. Puis je commence à taper.

Qui t'es ? Pourquoi tu me trolles ?

Et comme Grandequeen69 ne répond pas, je continue :

Je ne fais pas semblant d'être un garçon.
Peut-être que t'es pas assez évolué·e pour
comprendre que l'identité de genre n'est pas
une question biologique, mais tu n'as pas
à me dire qui je suis et qui je ne suis pas.
Tu n'as pas ce pouvoir. Moi seul décide
de qui je suis.

Quand j'appuie sur « envoyer », même si je sais que je n'aurais pas dû, je me sens fier de m'être défendu. Sauf que ce sentiment de victoire ne dure pas – la colère et le malaise reviennent vite, et je redoute déjà la riposte de Grandequeen69.

DIX

Ezra aimerait que je reste et qu'on se pose dans sa chambre pour parler du message Instagram, mais j'ai trop envie de me barrer. Déjà que je me sentais mal dans cet appart de luxe... Les mots de Grandequeen69 me mangent carrément la tête. Un mélange de rage, de peur et d'angoisse m'électrise, mon ventre est si serré que j'en ai la nausée – tout à coup, c'est plus vraiment marrant de faire semblant de s'éclater au gala de charité des Patel. Je n'ai qu'une envie : rentrer chez moi, sortir mon téléphone et défoncer Declan Keane.

— Tu es sûr que ça va ? ne cesse de répéter Ezra – tellement qu'à force, je me pose moi-même la question.

Non, ça va pas, mais je dois faire comme si, pour lui, pour ne pas l'inquiéter. Et ça aussi, ça me pèse. Alors je hoche la tête, il m'embrasse sur le front et je le quitte pour prendre la ligne A jusqu'à la 145e Rue.

Mon père et moi, on ne s'est pas vraiment reparlé depuis notre engueulade. Je ne sais pas s'il m'en veut toujours. Après ce que j'ai vu des parents d'Ezra, j'éprouve des sentiments mitigés envers lui. D'un côté, il y a de la gratitude. Il est souvent relou, mais il fait l'effort d'être là, de dîner avec moi, de me demander comment s'est passée ma journée, de montrer qu'il apprécie ma présence – il ne m'abandonne pas dans un studio pendant qu'il voyage aux quatre coins du monde. Et, d'un autre côté, j'en ai marre de ses conneries, celles qu'il dit et celles qu'il commet. Il tient à me prouver qu'il essaie. D'accord, mais pas sûr que la question, ce soit juste d'essayer. S'il m'aime, il sait que je suis son fils, donc il doit utiliser les bons pronoms, même si parfois j'ai moi aussi mes doutes là-dessus. Il doit pouvoir prononcer mon prénom sans hésiter.

J'arrive devant notre immeuble, je prends l'ascenseur, je suis dans le couloir. J'ouvre la porte, la clim est à fond. Mon père est assis sur le canapé, les pieds sur la table basse, Captain allongée en équilibre sur l'accoudoir étroit.

Il me regarde entrer par-dessus son épaule, l'air contrarié.

— Salut, lance-t-il. Dix heures passées. Je ne pensais pas que tu rentrerais ce soir.

— Je te dérange ou quoi ?

Je rigole – plus ou moins – mais, apparemment, il ne me trouve pas drôle. Il fronce les sourcils avant de retourner à sa télé.

J'ôte mes chaussures et je pose mon sac avant de m'installer sur un fauteuil, un coussin sur les genoux. Je tripote nerveusement les franges, jusqu'à ce que, sans prévenir, Captain me saute dessus et se mette à s'étirer en griffant le tissu. Je m'immobilise pour ne pas l'effrayer. C'est rarissime qu'elle m'accorde cette faveur, autant en profiter.

— Ta journée s'est bien passée ? demande mon père, les yeux rivés sur son émission de cuisine.

Je réponds « Super », sans le regarder. Captain agite les oreilles et se met à son aise.

— Ezra va bien ?

Allez, je prends le risque : je tends la main pour caresser la chatte. Mais dès que je bouge le bras, elle saute sur le sol, queue dressée, et s'éloigne en trottinant. Zut, j'y étais presque.

— Ouais. Il est chez ses parents.

Papa hoche la tête. Fin de la conversation. On ne parle jamais de ce dont j'ai envie de parler. Je ne lui pose jamais – pas le courage – les questions qui me taraudent : pourquoi ne m'appelle-t-il pas par mon vrai nom ? Pourquoi, alors qu'il a tenu à m'aider pour ma transition, ne supporte-t-il pas l'idée d'avoir un fils ?

Je sors mon téléphone et j'ouvre quelques applis au hasard avant d'atterrir sur Insta. Désormais, rien qu'appuyer sur l'icône provoque en moi une décharge d'angoisse, mais je dois m'en tenir à mon plan si je veux me venger de Declan pour ce qu'il a fait – son message débile sous le pseudo Grandequeen69. Ce matin, il m'a regardé droit dans les yeux, et ce soir il m'envoie cette question transphobe. J'y crois pas. Comment peut-on être aussi con et rageux ?

Je me connecte à mon profil Chanceliquide95 pour scroller – Ezra a posté une photo de la fête de ses parents, qui apparemment bat son plein ; Marisol a fait une tarte aux myrtilles. Declan a lui aussi une actu – un tableau. Il représente la lune, avec ses cratères et tout, fabriquée à partir de boulettes de papier journal. La frustration et la jalousie m'envahissent. C'est beau. Même moi, je dois admettre que son collage est extraordinaire. C'est pas juste, autant de talent chez un bâtard pareil...

Je tapote deux fois pour liker l'image et je demande en commentaire ce qu'elle signifie. Tout en écrivant, j'essaie d'imaginer Declan dans l'appartement de son père, à SoHo, en tailleur sur le sol de sa chambre, des œuvres pour son book éparpillées autour de lui. Et, il y a une heure, il a décidé qu'il s'emmerdait – ou bien une inspiration diabolique l'a saisi, va savoir – il a pris son téléphone pour m'envoyer ce message. Je tente de me représenter ce moment, pour me rappeler pourquoi je fais tout ça... mais j'ai du mal à envisager qu'il se donne toute cette peine juste pour le plaisir de me blesser. Non, je n'y arrive pas.

Au fond, c'est vrai, je n'ai pas la moindre preuve qu'il soit à l'origine de l'exposition sauvage, ou qu'il se cache derrière le pseudo Grandequeen69. Je ne sais pas. Peut-être qu'Ezra a raison, peut-être que mon plan ne tient pas la route. Je n'arrête pas de penser à ce qui s'est passé aujourd'hui, quand on était assis côte à côte sur le banc, notre conversation dans le hall, ses excuses bizarres... Je me rends compte que je veux faire du mal au type qui me regardait à ce moment-là, et ça me fait flipper, malgré la colère qui me dévore.

— Cette émission me donne faim à chaque fois, lâche mon père, toujours sur sa télé.

La seconde d'après, je reçois une réponse de Declan.

Lekeane123

Ce qui compte, ce n'est pas ce qu'elle signifie
pour moi, mais ce qu'elle te raconte, à toi.

Est-ce une façon de me demander ce que je vois dans son collage ? Putain, pourquoi ne pas le faire directement ?

Chanceliquide95

Je pense qu'elle parle de… je ne sais pas, une
dichotomie. Les coupures de presse symbolisent

le monde et les humains, tous nos problèmes, froissés en forme de lune, qui est bien au-delà de tout ça. En la voyant, je me sens seul.

Lekeane123
Seul ? La lune, pour toi,
c'est synonyme de solitude ?

Chanceliquide95
Ouais. Je veux dire, quand je la regarde,
c'est toujours l'impression que j'ai.

Lekeane123
Moi, quand je regarde la lune,
je pense à toutes les autres
personnes dans le monde
qui la voient en même temps
que moi. Au fait que je suis
seul alors qu'on est tous là,
sur la même Terre. Je pense
que tout nous relie, mais
qu'on reste séparés, trop
occupés à se faire du mal les
uns aux autres. Ça me rappelle
toutes les fois où j'ai été
hypocrite, les erreurs
que j'ai faites, les gens
que j'ai blessés.

Ma respiration se fige dans ma gorge. J'ai comme l'impression qu'il est sur le point de tout avouer – le trollage, l'expo.

Chanceliquide95
C'est quoi, les erreurs que tu as faites ?

Lekeane123
Je sais pas. Les mêmes que tout le monde, j'imagine.

Il y a une pause. Je cherche frénétiquement une façon pas trop désespérée ni trop évidente de l'engager à poursuivre – mais le téléphone vibre à nouveau dans ma main.

Lekeane123
OK, désolé, ça sonnait un peu trop genre « Pardonnez-moi mon père car j'ai péché ».

Malgré ma déception, je ne peux pas retenir un gloussement. N'empêche que j'étais à deux doigts de lui soutirer la vérité.

Chanceliquide95
Il y a pire qu'être prêtre, j'imagine.

Lekeane123
En vrai, je craque un peu sur les prêtres.
Je n'en crois pas mes yeux.

Chanceliquide95
Euh, pardon, mais… quoi ?

Lekeane123
Ma famille est catholique et j'allais au catéchisme, avec le père Duncan. J'avais un crush sur lui, il ne l'a jamais

su, évidemment, mais il était vraiment sympa, il ne jugeait jamais. En fait, c'est la première fois que j'ai entendu un religieux déclarer qu'être homo n'était pas un problème, que Dieu aimait toutes ses créatures. Je ne suis pas super religieux, mais… je ne sais pas, il m'a vachement marqué, ce prêtre.

Chanceliquide95
Les religieux ? Vraiment ?

Lekeane123
Oui. Lol. Ne me juge pas.

Chanceliquide95
Je ne te juge pas !

Je le juge à cent pour cent.

Chanceliquide95
Alors donc, euh… tu craques sur l'uniforme religieux ?

Lekeane123
J'ai failli recracher mon café. L'uniforme religieux ?

Bien sûr, monsieur boit du café à onze heures du soir. Noir, je parie, sans lait ni sucre.

Chanceliquide95
OK, comment ça s'appelle, le truc blanc qu'ils ont autour du cou ?

Lekeane123

Le col romain ?

Chanceliquide95

Forcément, tu sais ça, vu que tu les kiffes…

Mon père se tourne un peu vers moi.

— Qu'est-ce qui te fait rigoler comme ça dans ton coin ?

Je secoue la tête.

— Je ne rigole pas. Du tout. Zéro rigolage.

— C'est ça, oui. Bien sûr.

Non mais, comment il est ! Je reprends mon téléphone.

Lekeane123

Non, c'est pas juste les prêtres ou leur tenue.
C'est plutôt… ça n'a pas été facile de faire
mon coming out, et des fois, j'ai encore
un tout petit peu honte. Enfin, ça me met mal.
Alors, qu'un prêtre ou une autre figure religieuse
m'accepte tel quel, c'est pas rien et…
c'est ça qui m'attire chez eux.

Chanceliquide95

Ça sonne un peu chelou.

J'ai balancé ça sans réfléchir. En voyant qu'il ne répond pas, je me mords les lèvres. On se marrait, là, non ? Je suis allé trop loin, peut-être ? À n'importe quel moment, je risque de gaffer, et il pourrait arrêter de me parler. Sauf que mon téléphone vibre à nouveau.

Lekeane123

Ouais, t'as sans doute raison.

Chanceliquide95

Bon, je ne suis pas prêtre,

mais je sais écouter.

Enfin, si ça te dit.

C'est carrément vicieux, j'avoue – persuader quelqu'un qu'il peut me faire confiance dans l'espoir de lui soutirer quelque chose d'intime... juste pour le trahir.

Lekeane123

Sympa, merci. C'est… facile de parler

avec toi. En fait, je n'ai jamais vraiment

échangé comme ça avec quelqu'un.

La culpabilité me vrille le ventre.

Chanceliquide95

Si ça peut te soulager,

moi aussi j'ai fait des erreurs.

Je crois qu'on en fait tous, même si c'est hyper dur

de se l'avouer.

Lekeane123

C'est ce que j'aime avec toi.

Tu es capable de l'admettre.

Qu'est-ce que tu veux répondre à ça ? Ça me fait chaud au cœur, ce qui n'est pas tellement logique – je ne devrais pas ressentir ce genre de trucs avec Declan, surtout pendant que je cherche à le détruire.

Une autre notification.

Lekeane123

Tu es à NY ? J'ai pas vu beaucoup de détails dans ta bio.

Ce serait débile de prétendre que je ne vis pas à New York – la moitié des photos sur ce compte sont des rues, des restaus ou des immeubles de la ville. Si je prétends le contraire, il va capter que je pipeaute.

Chanceliquide95

Absolument.

Lekeane123

Quel bahut ?

J'hésite. Je pourrais lui sortir un nom au hasard, mais imaginons qu'il creuse un peu, ou qu'il ait justement un copain ou un cousin dans le lycée que je cite, et qu'il se mette à poser des questions... Il va vite comprendre que c'est des mythos. Sauf que si je lui dis la vérité – que je suis à Sainte-Cath –, il va finir par piger qui se cache derrière le pseudo Chanceliquide95.

Chanceliquide95

Pourquoi tu veux savoir ça ?

Lekeane123

Pure curiosité. J'aime bien ta façon de penser. Ce que tu dis sur l'art, la vie, tout, quoi.

Mon père se lève du canapé en grognant qu'il se fait vieux, et il va dans la cuisine. Je ne sais pas trop quoi répondre à Declan. Ça craint s'il s'aperçoit que je mens. Mais peut-être aussi qu'il a capté depuis le début, et qu'il joue juste avec moi pour me la faire à l'envers.

Lekeane123

Je sais que ça peut paraître bizarre,
mais ça te dit qu'on se passe nos numéros ?

Je fixe les lettres, je lis et je relis un bon paquet de fois.

Lekeane123

Pour se parler par textos, plutôt ?

À l'écran, un dernier chef est éliminé, et le vainqueur pleure des larmes de joie en remerciant sa fille qui est son inspiration, sa motivation, sa seule raison de vivre. Mon père renifle dans la cuisine en remuant des casseroles.

Declan m'envoie son numéro, accompagné des mots : *Pas de pression.*

J'hésite, doigts suspendus au-dessus de l'écran. On n'a jamais échangé nos numéros, même à l'époque où il sortait avec Ezra – c'était lui, notre lien, on communiquait par son intermédiaire. Mais maintenant...

C'est bon, ça, non ? Ça veut dire que Declan s'ouvre à moi. Qu'il commence à me faire confiance.

J'appuie sur le numéro, un certain temps. Une fenêtre « envoyer message » apparaît. Mon cœur s'emballe un peu. Je tape, vite :

Salut, c'est Chance, d'Instagram.

Declan répond presque immédiatement :

Merci pour le texto ! Je ne savais pas si tu serais OK.
J'aurais compris, sinon. C'est un peu chelou, non ?

Je sais pas. Peut-être…

C'est pas trop mon genre, d'habitude, mais tes commentaires m'en donnent envie, en fait.

Comment ça ?

Tes comms sont ouverts. Vulnérables. Honnêtes. C'est hyper rare. Ça me donne envie d'être pareil.

Tu n'es pas ouvert, en général ?

Nope.

Pourquoi ?

Je ne sais pas. C'est pas facile de s'afficher comme ça. Ça t'expose aux attaques.

Tiens, tiens...

On t'attaque souvent ?

Pas plus que d'autres, je suppose. Et toi ?

Dans la vraie vie, je ne suis pas si ouvert et vulnérable que ça…

Ah oui ? Ça m'étonne.
Peut-être que c'est parce
qu'on ne se connaît pas
qu'on se parle comme ça…

Peut-être, oui.

Declan reste silencieux pendant un certain temps. Mon père fait réchauffer du pop-corn, on l'entend gonfler et exploser dans le micro-ondes. Puis mon téléphone vibre et je regarde à nouveau l'écran.

J'ai 2-3 trucs à faire avant de me coucher,
mais si ça te dit, je t'écris tout à l'heure ?

Je ne sais pas pourquoi je suis excité. Vraiment, je ne devrais pas.

Oui, grave. À fond.

On continue à s'envoyer des textos. Pendant que je me brosse les dents, puis sous mes draps, lumières éteintes, je suis collé à mon écran et à ses vibrations toutes les dix secondes. D'abord, on ne se parle que d'art, de ses nouveaux collages, mais ça dérape vite. Je suis là, allongé sur le dos, Captain endormie à mes pieds – il est trois heures du mat' et papa croit que je dors.

Tu rigoles ? Le meilleur, c'est Boruto. ENSUITE,
c'est FMA : Brotherhood. Puis Death Note.

Je réponds :

Tu délires. T'es grave à côté
de la plaque. Comment tu peux
placer BORUTO devant FMA ?

Parce que c'est trop drôle.

FMA aussi !

OK, mais Boruto, ça m'a fait pleurer.

Et pas FMA ? T'es quoi,
un monstre sans cœur ?

Il m'envoie des émojis qui pleurent de rire. Puis, un peu après :

C'est ça que tu aimerais faire après la fac ?
Bosser dans l'animation ?

Là, j'hésite. C'est une info que j'ai lâchée comme ça un peu plus tôt dans la conversation. Je lui ai dit que j'aimais l'illustration, que je me voyais bien travailler dans la BD ou le cinéma d'animation, faire du design de personnage, même si je ne suis pas vraiment sûr que ce soit mon rêve. Je lui ai révélé qu'être admis dans une grande école d'art était mon unique objectif en ce moment, mais que je n'arrivais pas à penser à l'après. Sauf que je commence à le regretter – ça risque de l'aider à m'identifier...

Oui. J'aime bien les Disney / Pixar.
Je suis tenté de me casser
en Californie rien que pour faire
un stage là-bas.

Pas mal, le projet.
Qu'est-ce qui t'en empêche ?

Euh, je peux pas vraiment tout
quitter du jour au lendemain.
J'ai juste 17 ans...

Ouais. Des fois, moi aussi,
j'ai envie de tout envoyer chier. Me barrer du lycée,
ne pas aller à la fac. Juste faire un tour
du monde ou un truc comme ça.

J'y crois pas.

Pourquoi ?

Sais pas. Toute cette pression, peut-être.

J'éprouve des émotions partagées. Une partie de moi a envie de lui dire de foncer, de tout lâcher et de se barrer. Il y a des gens qui attendent pour une place à la fac, pourquoi la leur prendrait-il s'il n'a pas vraiment envie d'y aller ? Ça me fout les boules de penser qu'au final, il ne veut même pas entrer à Brown ou avoir la bourse – et que, malgré tout, il va peut-être me passer devant.

Sauf que l'autre partie de moi comprend complètement ce qu'il dit. Cette pression qui me bouffe, à tel point que c'est dur de penser, de bouger, de respirer même. Ce serait chouette, non, de s'en foutre ? De prendre une année sabbatique ? Voyager, rêver, découvrir qui je suis... Peut-être que toutes les réponses aux questions que je me pose m'apparaîtraient, comme par magie.

Tu t'appelles vraiment Chance ? me demande-t-il.

Pourquoi tu demandes ça ?

Je ne sais pas. Je suis curieux, sans doute.

J'aime bien discuter avec toi.

Je m'assieds dans mon lit, une sensation de chaleur dans la poitrine. J'essaie de me répéter, encore et encore : « C'est Declan Keane, merde. Ce putain de Declan Keane. » Le responsable de l'expo, celui qui me trolle en ligne. Mais là, maintenant... j'ai du mal à le croire, en fait. Peut-être que je me dis ça parce que je kiffe notre conversation, ce qui semble impossible. Malsain, même.

Désolé si ça fait un peu cinglé, ajoute-t-il.

Pas du tout.

Je respire un grand coup. C'est absolument, complètement cinglé.

Moi aussi j'aime bien discuter avec toi.

On pourrait même se rencontrer en vrai, un jour.
Vu qu'on est à New York tous les deux.

Possible…

Il ne répond pas tout de suite. Les choses sont allées si vite. Il n'est pas trop tard pour tout arrêter. Il suffit de ne plus répondre à ses messages... Et là, tout à coup :

J'ai peur que tu sois de mon lycée
ou un truc comme ça.

Je cligne des yeux. Merde.

Pourquoi ça te ferait peur ?

Parce que, les gens me détestent, là-bas.

À mon tour de ne pas répondre. De quoi parle Declan, merde ? Tout le monde lui colle aux basques. C'est le putain d'élève idéal de Sainte-Cath. Il figure même sur la couverture de la brochure !

À ce point ?

OK, pas tout le monde, peut-être,
mais je n'ai pas vraiment d'ami à qui parler.
J'ai des connaissances, c'est tout.

Je lève un sourcil. Surprenant, ça. Donc, ces gros cons de James et Marc ne sont pas vraiment ses potes ? Je me souviens de ce qu'a dit Ezra : on ne sait pas tout sur Declan.
Arrive un autre SMS : *Et, bon, il y a au moins deux personnes qui me haïssent vraiment.*
Mon cœur se serre et ma main se crispe sur le téléphone.

Vraiment ? Qui ?

Deux mecs, là. Je suis sorti
avec un, et ça a fini en vrille.

Là, je ne peux pas me retenir.

Il s'est passé quoi ?

Je le sais, ce qui s'est passé, je le sais parfaitement ! Declan a décrété qu'on ne l'intéressait plus, et il nous a zappés ! Mais je veux qu'il le dise lui-même.

Je t'expliquerai, un jour.

La déception… J'hésite un instant – et puis merde, j'y suis jusqu'au cou de toute façon !

Comme tu sens. Et l'autre mec ?

L'autre mec, franchement,
j'en sais rien.

C'est-à-dire ?

C'est-à-dire qu'il ne peut vraiment pas me blairer,
et je ne capte pas du tout pourquoi.

Je fixe l'écran. J'ai envie de rire. J'ai envie d'éclater le téléphone contre le mur. J'ai envie de hurler. *Comment ça ?* Non, mais il a vraiment la mémoire aussi courte ? Il me traite comme la dernière des merdes depuis deux ans, il n'est pas au courant, peut-être ?

Je veux dire, OK, on est en compétition
pour une place à Brown, et on est hyper motivés
tous les deux, mais il me déteste VRAIMENT
pour ça. Moi, je le hais juste vite fait.

Hé hé. C'est marrant.

Je serre mon portable si fort que mes mains en tremblent.

Non, en vrai, ça me met mal pour lui.

Je me redresse si vivement que Captain saute du lit en feulant.

Pourquoi ?

C'est une longue histoire. De base,
le mec est trans, et quelqu'un l'a outé, tu vois ?

Mon cœur pilonne dans ma poitrine, une veine palpite dans mon cou.

Il y a eu cette expo de photos d'avant sa transition,
avec son ancien nom et tout. Je n'étais pas là,
mais il paraît qu'il a pété un câble en voyant ça.

Je m'essuie les yeux. Pourquoi je pleure, d'abord ?

Et personne ne sait qui a fait ça ?

Non. C'est dingue, hein ? Pour moi, le responsable,
c'est vraiment le dernier des chiens. Et le pire,

c'est que je suis peut-être assis
à côté pendant mes cours…

Je ne trouve rien à répondre. Je reste là, immobile. Captain fait ses griffes sur mon tapis. Une minute s'écoule. Puis cinq. SMS de Declan, qui me demande si je dors. Bordel. Putain de merde.

Toi, c'est pas le genre de trucs que tu ferais,
même à quelqu'un que tu détestes ?

Il ne répond pas tout de suite. Peut-être qu'il s'est endormi ? Mais non, mon téléphone vibre.

Jamais, même à mon pire ennemi.
C'est comme… du racisme, de l'homophobie
et toutes ces conneries de tarés. C'est inexcusable.

Je pose l'appareil sur ma commode. Une nouvelle vibration, puis une autre, et encore une, mais je ne réagis pas.
Ce n'était pas Declan.
Ce n'était pas ce putain de Declan Keane.
Ez avait raison. Je savais que c'était une possibilité. Je ne suis pas surpris. Même moi, je commençais à me poser la question. Je voulais que ce soit lui – je l'espérais, parce que c'était plus simple, d'une certaine façon. Plus facile de canaliser ma colère et ma haine sur une cible connue, quelqu'un que j'identifiais et que je détestais déjà.
Sauf que là, ça peut être n'importe qui. N'importe quel élève de Sainte-Cath a pu m'outer, juste pour le plaisir de me blesser.
Alors qui c'était ?

Nouveau message. Avec un soupir, je chope le téléphone, déterminé à lui dire de me lâcher un peu ; je vais au pieu – mais je lis ses deux derniers textos.

Chance, je veux pas te faire flipper, mais… on serait pas dans le même lycée ? Tu vas à Sainte-Cath ?

OK, dsl, c'était flippant.

Mais en fait, j'en suis sûr. J'ai trop l'impression de te connaître. J'espère que tu voudras bien me dire qui tu es.

Parce que, côté flippant, tu n'as rien vu. Pardon d'avance.

Mais je crois que je suis en train de craquer pour toi.

ONZE

Le lendemain matin, avant d'aller en cours, j'ai mon injection de T. J'ai rendez-vous toutes les deux semaines, et ça depuis deux ans. Il y a plusieurs façons de prendre des hormones ; celle-là, c'est celle qui marche pour moi. Comme d'habitude, mon père me propose de m'accompagner à la clinique. C'est toujours la même histoire : sur le papier et en pratique, il me soutient à cent pour cent, mais il ne me voit toujours pas comme son fils. Alors je lui réponds que c'est bon et je vais prendre le train tout seul.

Dès que je suis posé sur mon siège, j'ouvre Insta. En me levant, j'ai vu que j'avais un nouveau message de Grandequeen69, et j'ai eu trop peur de l'ouvrir jusqu'à maintenant. C'est parti.

Pourquoi tu fais semblant d'être un garçon ?

Qui t'es ? Pourquoi tu me trolles ?

Je ne fais pas semblant d'être un garçon. Peut-être que t'es pas assez évolué·e pour comprendre que l'identité de genre n'est pas une question biologique, mais tu n'as pas à me dire qui je suis et qui je ne suis pas. Tu n'as pas ce pouvoir. Moi seul décide de qui je suis.

Et le nouveau message :

Je ne te trolle pas. Je dis juste la vérité.
Tu es née fille, et tu le resteras.

La douleur crépite et la colère me brûle. Nul n'a le droit de dire qui je suis ou ce à quoi je m'identifie... sauf que tout le monde ne pense pas ça. Bien sûr, Grandequeen69 n'est pas la seule personne au monde à partir du principe que mon identité se fonde sur le genre qu'on m'a assigné à la naissance – à me mettre dans une boîte, à vouloir me contrôler pour son bien-être moral, parce qu'il ou elle a peur de ce qu'il ou elle ne comprend pas. Peur de moi.
Et penser qu'il y a des gens comme ça qui me détestent, qui voudraient me frapper, effacer mon identité sans m'avoir jamais rencontré ni me connaître, sans parler de ceux qui me détestent pour la couleur de ma peau – c'est à hurler de rage. Et ça fait mal, aussi. Cette vieille douleur qui me perfore la poitrine depuis que j'ai vu mon ancien moi exposé là-bas, cette douleur qui grandit à chaque seconde, creusant un gouffre noir au milieu de mon corps. Et le pire, je sais bien, c'est que moi aussi, je doute de mon identité. La honte et la culpabilité m'envahissent.
Une voix me souffle que je devrais juste effacer les messages et bloquer Grandequeen69, mais j'ai trop envie de lui répondre, lui expliquer, lui *montrer*.

Je ne suis pas une fille. Tu n'as pas à me dire qui je suis. Tu n'as pas ce pouvoir. Qu'est-ce que ça t'apporte de m'envoyer ces messages ?

La réponse ne vient pas. Une partie de moi est soulagée, mais je redoute, aussi, de devoir attendre le prochain message de cette ordure.

Je descends sur la 14e Rue. Il fait un peu froid ce matin, des nuages gris obscurcissent le ciel, et les rafales de vent menacent de me jeter par terre. Callen-Lorde se trouve dans un des coins les plus chics de Manhattan, entre deux immeubles de brique rouge avec du lierre sur les murs et des rideaux aux fenêtres. Il y a des personnes queers partout. Deux femmes marchent en se tenant la main, et le mec qui passe sur son skate porte un T-shirt arc-en-ciel. Derrière les portes de verre opaque, je débouche dans le hall, tout en faïence usée avec ses murs couverts de flyers de la Gay Pride. Je vais récupérer mon ordonnance. La salle d'attente est pleine et il y a la queue devant. Il y a toujours la queue à Callen-Lorde. C'est l'un des rares centres de soins réservés aux LGBTQI+ à New York, et tellement de monde veut s'y faire soigner que la clinique a atteint sa capacité maximale et refuse les nouveaux patients depuis deux ans. J'ai été un des derniers à obtenir une place.

J'attends dans la queue ; je tâche de ne pas trop fixer les gens qui m'entourent. Il y a un homme à la chevelure blanche et en costard-cravate, un couple de femmes qui parlent espagnol, une grande fille aux cheveux violets qui doit être étudiante – elle voit que je la mate et me sourit – et un vieux monsieur qui s'appuie sur une canne. Je ne me lasse jamais de regarder celles et ceux qui viennent ici. Nous sommes tous si différents, et pourtant connectés par cette chose unique, notre identité queer. Je les admire tous, un peu. Et puis je suis jaloux, aussi. Je suis le plus jeune. Tous les autres ont eu le temps de découvrir qui iels étaient. Iels ne se posent plus la question, sans doute. Iels n'ont pas en permanence ce petit doute sur leur identité. Comment ont-iels su, au final, s'iels étaient un homme gay, une femme trans ? Où ont-iels trouvé les réponses ?

L'ordonnance à la main, je prends l'ascenseur jusqu'au premier pour me présenter à l'accueil du secteur jeunesse. On m'appelle dans le fond. Le sachet de médicaments fait du bruit dans ma main, j'ai les paumes un peu moites. Deux ans ou pas, je suis toujours nerveux avant mon injection. Sophia, mon infirmière, m'attend dans le hall. Elle m'accompagne vers un cabinet et me demande :

— Comment ça va, aujourd'hui, Felix ?

Elle a la peau diaphane et de longs cheveux bruns attachés. Je lui tends mon ordonnance et je murmure :

— Ça va, ça va.

Même après tout ce temps, je me sens encore timide au moment de la piqûre. Je déboutonne mon short en jean et le fais glisser sur mes jambes avant de m'asseoir. Mon genou tressaute pendant que Sophia déballe la seringue et le flacon, puis elle passe un coton désinfectant sur ma cuisse.

— Fait pas chaud, aujourd'hui, hein ? lance-t-elle en souriant. Tu es prêt ?

Je retiens ma respiration et je hoche la tête.

Elle plante l'aiguille, si habilement que je ne sens presque rien – c'est la meilleure pour les piqûres ! –, et injecte la testostérone. Je la regarde pénétrer dans ma jambe. C'est étrange de se sentir aussi heureux de recevoir ce fluide jaune, mais oui, j'ai l'impression que c'est mon élixir. Je sais qu'il m'apporte les changements que je désire – et que je veux que les autres voient. À l'époque où papa et moi discutions pour savoir si je devais prendre des hormones et / ou me faire opérer, il m'a demandé pour quoi j'opterais si je me trouvais sur une île déserte.

— S'il n'y avait que toi, et personne pour te dire quel est ton genre ?

— Mais c'est ça, le problème ! Je ne suis pas sur une île déserte. Je ne veux pas que les gens me regardent et décident de mon genre à partir de mon apparence actuelle.

La testostérone sert à ça. Je suis dosé légèrement, juste assez pour subir les mêmes changements que les garçons de mon âge. Les poils qui poussent. La voix plus grave. Et... d'autres trucs que le Dr Rodriguez était super mal à l'aise d'évoquer devant mon père. Ce jour-là – mon premier rendez-vous avec elle –, elle m'a proposé d'approfondir mes recherches, pour être sûr que je le voulais vraiment. J'ai parcouru des Tumblr, je me suis abonné à plusieurs comptes de personnes trans sur Insta, consulté un peu Twitter...

Mais personne ne m'a signalé que, même après l'opération, même avec la T – après deux ans à être sûr que je suis un mec –, j'aurais toujours autant de questions.

Sophia retire l'aiguille et maintient le coton en place pendant que je me masse la cuisse pour faire pénétrer le produit dans le muscle, comme on me l'a appris. J'ai déjà un peu mal. D'un geste doux, elle colle un pansement dessus.

— T'es un vrai pro, me sourit-elle.

En me rhabillant, je lui demande :

— Je peux vous poser une question ?

— Bien sûr.

— Est-ce que, parfois, vous...

J'ai honte de continuer. J'ai peur, même. Et si elle me répondait que je fais juste semblant d'être trans, que je n'ai plus le droit d'être un patient de Callen-Lorde ? Mais j'avale ma salive et je me force à finir :

— Est-ce que, parfois, vous rencontrez des patients qui savent qu'ils sont trans, mais qui continuent à... enfin, qui s'interrogent toujours sur leur identité ?

La question ne semble pas la surprendre, mais il faut dire qu'elle est sans doute entraînée à ne rien montrer.

— En général, je ne discute pas avec les patients de leur identité, explique-t-elle, mais si tu as des interrogations, ou si tu veux parler à quelqu'un, je peux te prendre un rendez-vous avec notre psychologue pour les jeunes. Il y a aussi un groupe de parole sur l'identité qui...

Je la coupe, peut-être un peu trop vite :

— Non, c'est bon, merci.

— Tu es sûr ? insiste-t-elle.

Je hoche la tête et je pose la main sur la poignée.

— Tu sais, Felix, continue Sophia avant que j'ouvre la porte, je pense que c'est OK si tu continues à te poser des questions. Tu n'as pas de comptes à rendre. Et je suis sûre que tu n'es pas la première personne qui s'interroge après avoir entamé sa transition. Peut-être que tu peux te renseigner un peu sur Internet, voir ce que tu trouves...

Je la remercie, lui souhaite une bonne journée, et je repars comme je suis venu. Je me suis *déjà* renseigné – c'est comme ça que j'ai compris que j'étais trans, mais... bon, peut-être qu'elle a raison, au fond. Ça vaut peut-être le coup de lire quelques trucs. Il doit bien y avoir une réponse quelque part, non ?

Le trajet en train jusqu'à Brooklyn est court. Je le passe à me frotter la cuisse, en imaginant la testostérone qui coule en moi comme une potion magique. C'est peut-être débile, mais je me dis souvent que les personnes trans sont des superhéros. Je me sens comme Peter Parker, mordu par la T, en pleine métamorphose – ou comme Captain America quand on lui administre la drogue expérimentale. Quand j'ai commencé à creuser le sujet, j'ai lu sur un Tumblr que les individus trans sont considérés comme des demi-dieux dans un certain nombre de cultures et de religions. Dionysos était leur dieu, et Loki avait lui aussi la capacité de changer de sexe. On nous considère toujours comme des guides spirituels dans certains pays. Plutôt cool, quand on y réfléchit.

Dans un grondement, le métro s'arrête – portes qui s'ouvrent et se referment – et repart. J'aperçois des gens de ma classe. Leah et Tyler sont au fond de la rame ; il a son vélo à la main, elle tripote l'appareil photo qu'elle porte en bandoulière. Elle me voit à son tour, me salue d'un petit signe. Hazel est là aussi, quelques sièges devant moi, écouteurs sur les oreilles, en train de regarder des trucs sur son téléphone. Elliott pionce au coin d'une banquette.

Qui est derrière l'expo, derrière les messages ? Ça pourrait être n'importe qui. N'importe quel·le élève de Sainte-Cath, qui en compte une centaine.

Finalement, maintenant que je suis certain que ce n'est pas Declan, c'est encore pire.

J'enfouis la tête dans mes mains. Putain. Ce n'était pas un coup de Declan Keane.

Et au fond, je le savais. Une partie de moi l'avait compris. Mais ça m'était égal. Je *voulais* que ce soit lui, et rien d'autre ne comptait. Mais à présent, je ne peux plus l'ignorer. Ce n'est pas lui qui a affiché ces photos – et donc, il y a au lycée une ordure de transphobe qui m'envoie des messages anonymes. J'ai réussi jusque-là à réprimer les sentiments que ça m'inspire, mais ils refont surface.

Je me rassieds et soupire, la tête appuyée à la vitre. Leah m'adresse une grimace compatissante qui veut dire « C'est vraiment trop tôt... »

Je sors mon téléphone et je relis mes messages.

J'espère que tu voudras bien me dire qui tu es.
Parce que, côté flippant, tu n'as rien vu.
Pardon d'avance.
Je crois que je suis en train de craquer pour toi.

Je n'en crois pas mes yeux. Comme la nuit dernière, quand j'ai lu et relu ces mots pendant une demi-heure. Je le crois pas.

Merde, quoi...

J'ai l'impression que mon cœur fait du yo-yo dans ma poitrine. Lire, relire.

Je crois que je suis en train de craquer pour toi.

Putain de bordel de merde.

D'accord. Donc, première question : Declan Keane, tomber amoureux ? Sérieux ? Après avoir largué Ezra, il s'est choisi des potes genre gros beaufs et a clairement montré qu'il ne s'intéressait qu'à lui-même. Du coup, le fait qu'il parle de craquer pour quelqu'un, ça me laisse complètement sur le cul.

Deuxième question : comment peut-il tomber amoureux de quelqu'un qu'il n'a *jamais rencontré* ? Parce qu'une chose est sûre, je ne suis pas Chance, et Declan ne craque pas réellement pour moi. OK, mon profil n'est pas une pure invention, et j'ai sorti des trucs sincères de temps en temps, mais s'il savait que je me cache derrière ce pseudo, je suis sûr qu'il... Je n'ai pas la moindre idée de ce qu'il ferait.

Bon, il me déteste déjà – il l'a avoué la nuit dernière –, donc ça ne changerait pas grand-chose. Peut-être qu'il retournerait voir la principale pour lui expliquer que je ne l'ai pas fait tomber accidentellement, et je me taperais un conseil de discipline avant de me faire virer – bye-bye mes chances d'entrer à Brown.

De toute façon, peu importe la réaction qu'il aurait, parce que je suis sûr d'un truc : je n'ai aucune raison de lui répondre.

Le but du jeu, c'était de me rapprocher de lui, de découvrir un de ses secrets pour le blesser comme il m'avait blessé. Sauf que je suis désormais certain qu'il n'est pas responsable de l'exposition, que ce n'est pas lui qui m'envoie ces messages. Aucune raison de poursuivre mon plan de vengeance.

Aucun intérêt de l'emmerder. De continuer à lui parler.

Problème : j'en ai quand même envie...

J'arrive à Sainte-Cath quelques minutes avant la sonnerie. Je traîne les pieds, salue Leah et Hazel quand elles me dépassent. Il y a des petits groupes un peu partout, tout le monde discute et rigole, montre des vidéos et des messages sur son portable. Mon cœur – je ne peux pas l'en empêcher – se met à battre plus fort à l'instant où j'aperçois Declan. Il est seul, à l'ombre d'un arbre. Je me souviens de ce qu'il m'a écrit – il n'a pas de vrais amis ici, même pas James et Marc. Il a les yeux cernés, sans doute parce qu'il s'est couché aussi tard que moi, et ne quitte pas son téléphone des yeux.

Ça me frappe tout à coup. Il a avoué ses sentiments à Chance, et il attend une réponse. Un mot, n'importe quoi. Il doit complètement flipper, là. C'est ce qui m'arriverait à sa place si j'avais dit à un mec que je l'aime et qu'il ne me répondait pas.

Merde, ça me ferait presque me sentir mal.

D'accord. Je me sens mal.

Je passe devant lui, les yeux rivés sur mes Converse. J'ai du mal à respirer. J'ai presque l'impression qu'il va lever la tête et sourire en me voyant – mais pourquoi ferait-il ça ? Il ignore que je suis celui avec qui il a discuté toute la nuit.

Je traverse le parking vers l'entrée de l'école. Ezra est appuyé contre le mur de brique, flanqué de Leah et Hazel qui ont marché plus vite que moi. Marisol, comme d'habitude, fume sa clope sous le panneau « zone non-fumeurs ». Austin est là aussi. Ezra m'a dit qu'ils discutent beaucoup par messages, mais ça fait quand même bizarre de les voir ensemble. Et il y a autre chose dans ma poitrine, une pointe désagréable – de jalousie, je suppose, envers Ez et son nouveau mec.

Je m'approche. Il me fait signe. Malaise. Je ne sais pas comment lui avouer qu'il avait raison – ce n'est pas Declan qui a accroché les photos. Et je ne sais pas si je devrais lui parler de son SMS « Je crois que je suis en train de craquer pour toi ». Sans doute qu'il hausserait les épaules et dirait qu'il s'en fout, et ce serait peut-être vrai, mais ça pourrait le blesser quand même. Un ex qui dit à ton meilleur ami qu'il l'aime ?

Quel bordel, putain...

Je rejoins leur petit groupe. Les yeux d'Austin passent d'Ezra à moi, puis reviennent sur Ez. C'est pas comme si on n'avait jamais parlé mais, tout à coup, je ne trouve absolument rien à lui dire.

— Felix, vrai ou faux ? lance Leah. Les extraterrestres existent.

— Vrai.

Hazel et James lèvent les yeux au ciel.

— Deux contre cinq, conclut Leah avec un grand sourire.

— Ça ne m'étonne pas que vous croyiez aux aliens, vous autres, lance James sans lever les yeux de son téléphone.

Dans sa bouche, « vous autres » sonne comme « gros losers ».

— Vas-y, rétorque Leah. Comment ils pourraient ne *pas* exister ? Tu t'imagines vraiment qu'on est les seuls dans l'univers ?

— J'y croirai quand je verrai une preuve, dit Hazel.

— Et les vidéos de sphères qui flottent dans le ciel ? Les pilotes qui racontent qu'ils ont été suivis par des appareils non-humains ? Ça ne te suffit pas, comme preuves ? Il te faut quoi d'autre ?

— Un vrai extraterrestre.

Austin me sourit pendant que Leah et Hazel s'embrouillent. Maintenant que c'est le petit ami potentiel d'Ezra, je le regarde avec davantage d'attention. Il me fait penser à un labrador, avec ses cheveux blonds et ses yeux bleus. Dès la première fois que je l'ai vu, en cours d'acrylique, je n'ai pas pu le saquer. C'est le genre de mec que tout le monde adore juste pour son physique. Un peu comme les gens qui kiffent Chris Hemsworth, Chris Evans, Chris Pine et tous les autres Chris, ou Ryan Gosling, parce que ce sont soi-disant des types de gauche, antiracistes et féministes – sans se demander pourquoi ils kiffent autant les hommes blancs et aucune personne de couleur. J'aime ma peau noire. J'aime être queer et trans. Mais parfois je ne peux pas m'empêcher de penser à quel point ma vie serait plus simple si j'étais comme Austin.

— Ton book, ça avance ? me demande-t-il. Moi, j'ai un gros blocage. Je ne sais pas quoi faire. J'ai l'impression de peindre toujours les mêmes paysages.

— Je réfléchis.

Dans son coin, Leah continue :

— Vous connaissez la théorie qui dit que les extraterrestres sont juste des humains du futur, et qu'on est en fait dans une sorte de monde virtuel qui leur sert à nous observer à des fins expérimentales ?

— Jamais entendu ça, répond Ezra lentement, mais maintenant, je vais faire des cauchemars jusqu'à la fin de ma vie. Merci.

— De rien !

— Vous êtes vraiment des gros intellos, lâche James sans lever les yeux de son téléphone.

Leah sourit à moitié, comme si elle n'était pas sûre qu'il plaisante.

— Si ça te gêne, pourquoi tu traînes avec nous ?

— Je ne traîne pas avec vous. Je traîne avec Hazel, qui traîne avec vous, nuance.

— Parce que tu l'attends pour aller la pécho dans la réserve ? fait Marisol.

Si elle espérait une réaction, elle a raté son coup. Ni l'un ni l'autre ne bouge un cil.

Petit malaise. Pour remplir le silence, Ezra rigole :

— Je croyais que c'était cool d'être un intello ?

— D'après les intellos, ouais, plaisante Hazel.

Marisol tend sa clope à Ezra avant de rétorquer :

— Ça répond pas à ma question...

— Faut croire que ça ne te regarde pas.

OK, c'est clair : Hazel veut rendre Marisol jalouse. Et ça fonctionne plutôt bien, parce que celle-ci embraye :

— N'empêche que tout le monde dit que vous vous chopez dans la réserve.

— Si tout le monde le dit, pourquoi tu poses la question ?

Beurk... Sans réfléchir, je lâche :

— Vous pourriez pas aller ailleurs ?

Ça me vaut des regards interloqués. J'hésite mais, trop tard, je suis parti :

— Je veux dire, c'est là qu'on range les toiles et les pinceaux, quoi.

— Je te juge pas, tu me juges pas, fait James.

Nouveau malaise – carrément gros, là. Ezra fronce les sourcils.

— Qu'est-ce que ça veut dire ? Pourquoi tu jugerais Felix ?

James hausse les épaules et continue à scroller sur son Insta sans répondre.

Mon cœur se serre. James a toujours été un connard. Il a trouvé le moyen de me deadnamer à la première occasion. Sans déconner, ça n'étonnerait personne qu'il soit homophobe, transphobe, ou à-peu-près-tout-phobe, en fait. Le silence s'étire un peu trop.

— Pourquoi tu jugerais Felix ? répète Ezra d'une voix parfaitement neutre.

Il m'a toujours protégé, mais c'est encore plus vrai depuis l'expo et les messages Insta ; j'ai un peu peur de sa réaction si ça part en vrille.

À nouveau, James hausse les épaules.

— Il est juste bizarre, c'est tout.

J'écarquille les yeux.

— Je suis bizarre ?

— Mais vous êtes tous fiers de l'être, non ?

— Ça dépend de ce que tu entends par « bizarre », répond Leah. Bizarre parce qu'il pense que les extraterrestres existent, qu'il aime les animés et ce genre de trucs ? Ou bizarre parce qu'il est...

Elle s'interrompt un instant, me jette un coup d'œil hésitant. « Noir, queer, trans. » Voilà les mots qui lui viennent.

— Mais carrément pas ! répond James en levant les yeux au ciel.

— On aurait dit, quand même, souligne Ezra.

— Pourquoi faut toujours qu'on en revienne à ça ? demande l'autre. C'est toujours la même chose avec vous.

— Avec nous... ou quand des crétins balancent des trucs à la con ? fait Ezra posément.

— J'ai juste dit qu'il était bizarre.

— Ouais, on a capté.

— Du coup, c'est quoi ? Je suis raciste et tout parce que j'ai dit que Felix était bizarre ?

— Tu sais quoi ? répond Leah. C'est pas impossible, en fait.

James rougit d'un coup. Il avait les boules mais, là, il est vraiment en rogne.

— Non mais tu déconnes ? D'où je suis raciste ?

Leah ne se laisse pas impressionner.

— Tu le trouverais bizarre s'il était aussi blanc, hétéro et cis ? Ou tu le trouverais cool ? Tu ne te demandes même pas *pourquoi* tu trouves Felix bizarre – lui, et tous ceux qui ne sont pas comme toi. Tu décides juste que tu ne les aimes pas et tu deviens agressif quand quelqu'un te le fait remarquer.

— Ça marche dans les deux sens, non ? balance-t-il. Tu as décidé que tu ne m'aimais pas parce que je suis blanc, hétéro et l'autre truc que t'as dit.

— Cis, précise Ezra sans ciller. Cisgenre.

— Et non, reprend Leah, je n'ai pas décidé que je ne t'aimais pas parce que tu es blanc, hétéro, cis. J'ai décidé que je ne t'aimais pas le jour où tu m'as sorti que les lesbiennes, ça n'existait pas – que c'étaient juste des meufs qui ne t'avaient pas rencontré.

— Putain, mais c'était une blague ! maugrée James. On ne peut vraiment plus rire de rien, bordel...

— Pour toi, c'est une blague, fait remarquer Marisol. En fait, t'es peinard, tu peux balancer sur tout le monde. Mais pas pour nous.

Il soupire.

— Okay, super ambiance. Je monte, là.

Il décoche un regard entendu à Hazel.

— Abruti, fait Leah dès qu'il s'est éloigné.

— Ça va, il est pas si nul... tempère Hazel.

Marisol souffle sa fumée, laisse tomber sa cigarette et l'écrase sous sa chaussure.

— Tu peux mieux faire, Hazel.

Celle-ci se marre.

— Qui ça ? Toi par exemple ?

Marisol se contente de hausser les épaules, mais la réponse est clairement oui.

— Il sort tout le temps des trucs de gros beauf, puis il fait comme si c'était une blague ; mais tu vois, en vrai, je ne suis pas sûre qu'il déconne, déclare Leah.

Hazel hausse les épaules.

— Il est canon.

Leah secoue la tête.

— Je sais pas, mais pour moi, quand quelqu'un est con, ça fait baisser son degré de sexitude de cinquante pour cent minimum.

— Ah ouais ? Moi, c'est bon, j'arrive à me concentrer sur le physique.

— Tu ne crois pas que la personnalité influe sur le physique ? insiste Leah. Quand une fille est hyper intelligente, qu'elle sait plein de trucs, qu'elle récite des poèmes, moi, je la kiffe, même si elle est pas méga canon.

— OK, mais c'est pas le genre de personne qu'on croise tous les jours. Et perso, j'ai pas trop envie d'attendre...

— Je me dis que ça vaut le coup, rétorque Leah. En tout cas, je préfère attendre que me taper quelqu'un comme James...

James est répugnant, tout le monde le sait. C'est le mec qui te balance un truc bien offensant et, quand tu protestes, il te sort que tu es trop sensible. À l'autre bout du parking, je vois Declan, toujours sous son arbre. Il doit se sentir vachement seul pour traîner avec un type comme ça...

Et là, le déclic. James. J'étais tellement pris dans mon trip « Declan m'a outé » que je n'ai réfléchi à personne d'autre. Mais les messages que m'envoie Grandequeen69, c'est exactement le genre de trucs que peut dire James. Même le pseudo, Grandequeen69, quoi qu'il signifie exactement, a ce côté immature et offensant.

Bon. Apparemment, dès que je vois quelqu'un, je me demande si c'est lui ou elle. J'ai pensé à Marisol, qui m'a sorti elle aussi une réflexion transphobe et débile ; mais si c'était James, qui me fait une de ces « blagues » dont il a le secret ? En fait, ça peut être tout le monde, et plus j'y pense plus la pression grandit dans ma poitrine.

DOUZE

La cloche sonne, nous sommes en classe. Jill arrive et entame son petit laïus matinal (ce matin, il porte sur la nécessité d'essayer des choses nouvelles, de croître et de se développer sans cesse). Je scrute un à un les visages de mes camarades. Je n'ai jamais fait très attention à eux, en tout cas pas en les suspectant de transphobie – j'étais trop fixé sur Declan –, mais là, je les observe en détail. Leah, qui me sourit. Harper, au premier rang, qui note soigneusement tout ce que dit Jill. Nasira, en train de murmurer un truc à l'oreille de Tyler. Elliott, qui dessine sur son carnet. James voit que je l'épie, il fait une grimace d'ennui, puis se retourne.

Quand Jill nous propose de retourner à nos tables de travail, Ezra m'accompagne sans parler. Il est toujours furax de ce qu'a sorti James plus tôt. Je vois bien qu'il me jette des coups d'œil en douce, comme s'il attendait la permission de me demander si tout va bien. On reste comme ça, en silence, pendant quelques minutes, mais j'ai besoin de lui avouer la vérité, même si je n'en ai pas envie – je lui dois bien ça. On vérifie vite fait qu'on est tranquilles dans notre coin, et je me penche pour lui souffler :

— C'était pas Declan.

D'abord il me regarde d'un air surpris, puis je vois qu'il capte.

— Ah bon ? Comment tu le sais ?

— Il me l'a dit lui-même. Par textos. Il a expliqué qu'il ne ferait jamais un truc pareil, et qu'il avait de la peine pour moi.

Les yeux d'Ezra s'adoucissent.

— C'est vrai ?

Je me penche pour vérifier que Declan, à l'autre bout de la salle, séparé de nous par une cloison amovible, ne peut pas nous entendre.

— Oui. Mais bon, il a aussi dit qu'il me détestait, ça reste un gros connard.

Soupir d'Ez. On est là, avec nos tubes d'acrylique, pinceaux à la main, prêts à nous y mettre. Il murmure :

— Alors, tu vas faire quoi ?

— Je ne sais pas. Essayer de découvrir qui a vraiment fait le coup. Enfin, j'imagine. Je suis perdu, là.

— OK, grommelle-t-il. Je pourrais toujours demander à Marisol si elle a entendu des rumeurs ou autre.

Pas question de mêler Marisol à ça, de près ou de loin. Pas après ce qu'elle m'a fait.

— Je ne crois pas que ce soit une bonne idée.

— C'est quoi, le problème ? me demande Ezra, sourcils froncés.

Je n'ai pas envie d'aborder le sujet maintenant, mais il attend clairement une réponse. Je hausse les épaules.

— Y a pas de problème. C'est juste que...

Je regarde à nouveau derrière la cloison ; mes yeux parcourent la salle. Leah est près de l'entrée, en train de peindre une rose sur sa toile.

— ... tu ne crois pas que la personne qui a fait ça pourrait être en section photo ?

Il réfléchit un instant.

— Tu as raison, ça se peut.

— Du coup, on pourrait plutôt en parler à Leah.

— Tu crois que c'était *elle* ?

— Mais non ! Enfin, je veux dire, on n'est certains de rien, mais je ne la soupçonne pas, non. N'empêche qu'elle peut avoir une idée. Elle a peut-être entendu quelqu'un de sa section dire des trucs sur mon dos, ou quelque chose comme ça.

Il hoche la tête.

— T'as raison. On la chope après les cours.

Quand je demande à Leah si on peut discuter un moment, elle a l'air un peu surpris. Ça peut se comprendre. On n'est pas vraiment potes, même si on traîne ensemble. Elle se montre toujours sympa avec moi, c'est le genre de personne toujours souriante et optimiste, ce qui ne matche pas super bien avec mon âme tourmentée de Serpentard. Elle doit me trouver limite distant et, tout à coup, je le regrette.

— C'est quoi, le problème ? demande-t-elle pendant qu'on l'accompagne, Ezra et moi, vers la salle de photo.

Des rideaux masquent l'entrée de la chambre noire, et des fils à linge sont tendus sur les murs, avec des clichés accrochés dessus. La pièce est vide, c'est l'heure du déjeuner. Je réponds :

— Aucun problème. Bon, si, en fait, mais ce n'est pas toi. Enfin, j'espère que ce n'est pas toi, parce que...

Leah fronce les sourcils, Ezra fait sa grimace « Crache le morceau, Felix. »
— Tu sais, le truc de l'expo ? Je veux dire, les photos... les photos où j'étais ?
Elle pâlit, se redresse et hoche la tête.
— Ben voilà, Ezra et moi... enfin, moi surtout... je me dis que ça peut être un élève de la section photo qui a fait ça. Je veux dire, n'importe qui peut avoir piraté mon téléphone et mon compte Insta, mais là, les photos étaient agrandies, encadrées, avec un cartouche et tout... Il me semble que, je ne sais pas...
Je me sens un peu débile, sur le coup, mais Leah le prend très au sérieux.
— C'était carrément dégueulasse, dit-elle. Je sais, je te l'ai déjà dit, mais je suis vraiment désolée qu'on t'ait fait ça.
Je me mords les lèvres. Je n'aime pas trop qu'on me dise qu'on est « désolé » pour moi. Pourtant, là, je sens qu'elle est sincère.
— Merci.
— Tu penses que quelqu'un de la section photo aurait pu faire ça ? reprend Ezra. Je sais, cet été, tu n'es plus avec eux, mais...
Elle respire un grand coup, bat des cils, réfléchit un instant.
— J'espère que non. Ils sont tous plutôt sympas. D'un autre côté, on ne sait jamais, hein ?
OK. Ça ne m'aide pas vraiment, mais je croyais quoi ? Qu'elle allait sortir : « Ah mais oui, en fait, il y a ce type grave transphobe... »
— Donc, tu penses que quelqu'un a piraté ton téléphone ?

— Je ne vois pas comment on aurait pu avoir ces photos autrement.

— Ben, on peut avoir juste piraté ton Insta, répond-elle. Il y a des applis pour ça. C'est beaucoup plus simple que tu ne le penses.

Je regarde Ezra, qui me regarde. Leah a l'air un peu embarrassé.

— Non, mais moi, perso, je ne piraterais pas un compte Insta. Ce qui m'intéresse, c'est plutôt de cracker les trucs.

Elle doit voir qu'on ne capte pas, parce qu'elle explique :

— Le cracking, c'est une forme de hacking. Sauf que le hacking est illégal – on fait ça pour voler de l'argent ou envoyer des virus, ce genre de trucs. Cracker, c'est juste pour rire. C'est comme un casse-tête, tu vois ? En fait, c'est même plutôt facile.

Elle se tait, fait une petite grimace – apparemment, je ne vais pas aimer ce qu'elle va dire. Puis :

— J'aime bien cracker les ordinateurs et les portables pour laisser des messages positifs aux gens.

Je ne sais pas trop comment réagir. Ezra la regarde sans rien dire. Je finis par lâcher :

— Ben, euh... c'est cool.

Leah hausse les épaules ; on dirait qu'elle se retient de sourire.

— C'est pas grave, quoi. Tu serais surpris de savoir combien de gens font ça, cracker des téléphones.

Qu'est-ce que tu veux répondre à une copine qui te dit qu'elle pirate des smartphones pour le fun ? Ezra lui demande où elle déjeune, et elle répond au White Castle, comme toujours. Au moment où on sort de la salle, une idée me vient. C'est une idée à la con, vraiment débile, mais je n'ai aucun autre moyen de découvrir qui a manigancé l'expo et m'envoie ces messages sur Insta... Je m'arrête.

— Dis, Leah...

Ezra et elle se retournent.

— Tu crois que ce serait possible de, mettons, cracker les téléphones d'autres élèves pour essayer de savoir qui a exposé ces photos ?

Elle n'hésite pas une seconde.

— De les hacker.

— Pardon ?

— Si je pirate un téléphone pour choper des infos personnelles, c'est du hacking.

— Ah. D'accord.

— Et oui, c'est possible. Il y a des programmes pour ça.

Ezra hésite. Là, on est carrément dans la zone « Comment se faire jeter du bahut », sans même parler du côté illégal. N'empêche que Leah a l'air d'y réfléchir sérieusement.

— En fait, c'est plutôt une bonne idée, dit-elle. Je peux facilement consulter les cookies sur un téléphone, pour savoir si des programmes de piratage ont été installés, ou même trouver les photos, s'il, ou elle, les a gardées...

J'hésite une seconde, puis :

— La personne m'a aussi envoyé des messages sur Insta.

— Encore mieux, approuve Leah. Je peux aussi checker leur messagerie.

Je me gratte la tête.

— C'est top mais, tu sais, j'ai pas trop d'argent pour...

— Ah, mais non ! rétorque-t-elle, l'air presque vexé. J'en veux pas, de ta thune. Ça me ferait plaisir de t'aider à coincer cette ordure.

Avec un sourire taquin, elle ajoute :

— J'ai toujours rêvé d'être une justicière badass !

Ez me regarde, surpris et impressionné à la fois. Leah conclut :

— Mais bon, comme paiement, si on m'invite au White Castle, je ne dirai pas non.

— Vendu, fait Ezra.

Et ils sortent du labo en discutant des suspects potentiels – il lui explique qu'on a déjà pensé à Declan, mais qu'on sait maintenant que ce n'est pas lui, alors il se demande si on devrait vérifier du côté de James et de Marc, vu que ce sont ses meilleurs potes et que James est un vrai con. Une fois dans le couloir, je m'arrête. OK, ils sont partis sur leur truc, mais je sais que c'est un peu foireux : on a quasi aucune chance de découvrir le ou la coupable. Ezra doit percevoir mon découragement, parce qu'il revient vers moi, passe le bras sur mon épaule et me décoiffe gentiment.

— On va trouver qui a fait le coup, je te le jure.

Il essaie de me remonter le moral, c'est clair. Sauf qu'il ne connaît pas toute l'histoire – il ne sait même pas ce qui, au fond, me fait vraiment mal.

Une fois dehors, je vois Declan assis sur un banc avec James et Marc. Je ne peux pas m'empêcher de l'observer. Ni pendant la pause où on mange nos burgers de l'autre côté du parking, ni dans le hall quand on retourne en cours, ni lors de la séance de culture générale. Ce matin, il a checké son téléphone peut-être un million de fois, mais depuis le déjeuner, il a dû lâcher l'affaire, parce qu'il garde les yeux rivés sur sa table, le regard triste, les sourcils froncés.

Il a dit qu'il se sentait tomber amoureux de Chance. D'accord, ça me laisse sur le cul, et j'ai du mal à y croire, mais d'une certaine façon ça m'excite un peu aussi. Personne n'est jamais tombé amoureux de moi avant – même pas d'une version virtuelle et mensongère, comme ici. Et cette excitation me fait peur. Imaginons, j'arrive à y croire, je suis heureux, juste un instant, et puis Declan envoie un message à Chance pour lui annoncer qu'il a changé d'avis, qu'il n'est pas amoureux du tout ?

OK, je devrais essayer de me concentrer sur le taf. Mais la toile devant moi est blanche, comme toujours. J'ai mon smartphone à la main, pour relire son dernier message.

Est-ce que je dois répondre ?

Et pour lui dire quoi ?

J'ai son SMS sous les yeux quand une notification Instagram apparaît sur mon écran. Mon souffle se fige. Un nouveau message de Grandequeen69.

Pourquoi tu fais semblant d'être un garçon ?

Qui t'es ? Pourquoi tu me trolles ?

Je ne fais pas semblant d'être un garçon.
Peut-être que t'es pas assez évolué·e pour
comprendre que l'identité de genre n'est pas
une question biologique, mais tu n'as pas à me dire
qui je suis et qui je ne suis pas. Tu n'as pas
ce pouvoir. Moi seul décide de qui je suis.

Je ne te trolle pas.
Je dis juste la vérité. Tu es née fille,
et tu le resteras.

Je ne suis pas une fille. Tu n'as pas à me dire qui je suis. Tu n'as pas ce pouvoir. Qu'est-ce que ça t'apporte de m'envoyer ces messages ?

C'est juste que ça fait du bien de dire la vérité.

Mon cœur tambourine, j'ai la gorge serrée tandis que je fixe ces mots comme pour les disséquer, pour tenter de deviner qui peut les avoir écrits. Je regarde la salle de classe autour de moi. Cette pauvre merde est peut-être là, tout de suite, en train de m'envoyer ses saloperies.

Je me lève, annonce à Ezra que je vais faire un tour. Je marche dans les couloirs, sans trop savoir où ni pourquoi, juste perdu dans mes pensées, anesthésié par ce qui vient de se passer. À un moment, je me retrouve devant la salle d'acrylique, comme si mes pas m'y avaient guidé d'eux-mêmes. C'est étrange, quand personne n'est là : les tables propres, les tabourets rangés, le canapé en cuir rose, tout est vide. Je me dirige vers la réserve. J'ai besoin de me calmer et, je sais que c'est bizarre, ça me relaxe toujours de préparer une toile. Je fourre mon téléphone dans ma poche de derrière et me mets au travail – je prends un rouleau de toile, j'en découpe une certaine longueur, je choisis des baguettes de la bonne taille pour l'armature et je les cloue ensemble avant de tirer la toile et de la fixer dessus à l'aide d'agrafes. Je le fais une fois, deux fois, et ainsi de suite. Je suis au milieu de la salle, j'ai viré les tabourets qui me gênaient et je continue jusqu'à avoir sept toiles prêtes, posées par terre devant moi.

J'entends des semelles crisser dans mon dos. Je me relève brusquement, avec la sensation d'être pris la main dans le sac. Je me retourne et Jill est là, un gobelet de café à la main.

— Felix ? fait-elle, surprise.

— Désolé...

Désolé de quoi, en fait ? Je ne sais même pas.

— J'avais oublié mes clés, explique-t-elle sans relever.

Elle se met à regarder les toiles par terre, qui prennent une bonne moitié de la salle, puis se tourne à nouveau vers moi, l'air interrogatif.

— Tu comptes les utiliser, je suppose ?

J'hésite. Je n'y ai même pas réfléchi, mais si je ne peins rien dessus, c'est un gros gâchis de matériel. Alors, je hoche la tête.

— Euh, ouais. Carrément.

Elle sourit comme si elle captait que, non, je n'avais même pas réfléchi à ce que j'allais en faire, mais là, du coup, j'y suis bien obligé. Elle se dirige vers son bureau, ouvre un tiroir et se met à farfouiller dans le bazar qu'elle y range, à la recherche de ses clés.

— Tu sais, Felix, me lance-t-elle, tu as clairement du talent, mais tes tableaux sont souvent, comme dire... Ils sont *pas mal*.

Je tressaille. Sa remarque me fait l'effet d'un coup de poignard. Aucun artiste n'a envie de s'entendre dire que son œuvre est « pas mal ».

À en juger par le bruit métallique, elle a trouvé ses clés. Elle referme le tiroir.

— Pour être honnête, tu es sans doute un des meilleurs élèves de cette école, m'annonce-t-elle. Tu as l'œil, l'imagination, la créativité... mais tu ne t'impliques pas comme tu devrais.

— Mais si, je *m'implique* !

Jill me jette un regard en biais.

— Le thème de ton book, tu l'as trouvé ?

Elle connaît la réponse. Je croise les bras, puis je me rends compte que ça me donne l'air d'être sur la défensive, alors je les décroise ; et là, j'ai l'air con, du coup, je les croise à nouveau. Et je finis par avouer :

— Non, pas vraiment.

— Pourquoi ? me demande-t-elle.

Sa voix est douce, et je sais qu'elle cherche à m'aider. Mon haussement d'épaules ne lui suffit pas, comme réponse.

— C'est juste... c'est dur. Il y a toute cette pression, je crois, pour sortir un projet parfait, pour être admis à Brown et obtenir la bourse, mais je suis complètement bloqué, je n'ai pas la moindre idée de ce que je dois faire, et c'est... bon, c'est dur, quoi.

— D'accord, me répond-elle, mais personne ne décide d'être un artiste parce que c'est facile. Sinon, le réveil risque d'être plutôt rude.

Elle me sourit, puis elle reste silencieuse un moment. Je vois bien qu'elle a envie de me dire quelque chose, mais qu'elle calcule comment le formuler.

— Je trouve tes portraits remarquables, Felix. Tu sais capturer l'esprit, l'essence de tes sujets. Mais, au final, j'ai toujours l'impression que tu pourrais aller plus loin.

Elle joue avec ses clés, les fait tourner autour de ses doigts, puis continue :

— Tu fais toujours la même chose. Des portraits d'Ezra et de tes camarades de classe.

— Et c'est mal ?

Je suis un peu moins sur la défensive.

— Non, ce n'est pas « mal ». Je me demande juste si tu ne devrais pas essayer autre chose, pour découvrir ce que tu as en toi. J'ai remarqué que tu ne te représentais jamais. Tu sais pourquoi ?

La question me surprend – pas parce qu'elle me la pose, plutôt parce que je ne me la suis jamais posée. En fait, il ne m'est carrément jamais venu à l'idée de faire des autoportraits. Ça m'a toujours paru un peu narcissique, et je ne suis pas vraiment du genre à avoir envie de me regarder toute la journée. Je ne prends jamais de selfie, et j'évite plus ou moins les miroirs. La dysphorie en est responsable en grande partie. « Dysphorie », c'est le nom que le Dr Rodriguez a donné à ce sentiment que je ressentais quand je m'observais, et que je savais que je n'avais pas l'apparence que j'aurais dû avoir – ce malaise qui me prenait toujours face au spectacle de mes cheveux longs et des renflements sur mon torse. J'ai eu la chance de pouvoir apporter à mon corps presque tous les changements que je voulais, mais je reste le plus petit dans ma classe, et parfois le regard d'inconnus me pèse ; je sens qu'ils questionnent mon genre.

— L'autoportrait donne de la force, explique Jill. Il t'oblige à te regarder vraiment, au-delà du reflet dans le miroir ou des selfies. En peignant un portrait de soi, on se force à se reconnaître, à s'accepter, à la fois extérieurement et intérieurement – dans sa propre beauté, sa complexité, ses défauts, même. Ce n'est pas facile, pas du tout... comme tout ce qui te révèle à ta vraie personnalité.

Elle hausse les épaules, brandit son trousseau de clés.

— Je dis ça comme ça. Bon, je te laisse. N'oublie pas de ranger le matériel quand tu auras fini.

Et elle sort, en refermant la porte derrière elle.

Ma vraie personnalité ? Le vrai moi ?

Je sors mes tubes d'acrylique, une palette couverte de taches de peinture qui s'écaillent, des pinceaux de différentes tailles, et me plante devant une toile blanche. J'ai encore dans les oreilles son appréciation, « pas mal », et ça pique un peu, mais trois ans à Sainte-Cath m'ont appris à entendre la critique, à l'accepter et à m'en servir de façon positive. Et puis, une partie de moi, sans doute, sait que Jill a raison.

Le vrai moi.

Je prends une grande inspiration, ressors mon téléphone, et je fais un selfie. En le regardant, mon ventre se serre. J'ai des boutons d'acné, le nez, les yeux, la bouche trop grands, la mâchoire pas aussi carrée que je le voudrais – et je lis la peur dans mon regard. L'appréhension de faire ça, de me confronter à moi-même – chercher la beauté, accepter les défauts. Je pose le téléphone contre le pied d'une table, m'agenouille, trempe mon pinceau dans la peinture rouge et commence par de simples traits dans le coin du tableau. Puis je prends du jaune, et les coups de pinceau se teintent d'orange, comme un lever de soleil, pour colorer ma peau. Ensuite viennent le vert et le bleu autour de ma bouche. Les couleurs explosent comme un feu d'artifice, et dans mes yeux le bleu et le mauve tournoient ensemble au-dessus d'un écran de fumée, les ombres de mon nez, une touche de vert sur ma joue...

Mon téléphone vibre, un message apparaît puis s'efface. Les couleurs, les mélanges, les textures – je plonge dans la toile, je m'absorbe dans cette image de moi. Du blanc, comme un nuage, qui tournoie autour d'une goutte de rouge à l'endroit où mon cœur...

Téléphone, encore. Avec un soupir, je me lève, dépose le pinceau dans le bocal où l'eau a tourné au marron, je m'essuie les mains sur mon jean pour ramasser mon portable. Grandequeen69 de nouveau ? J'ai peur. Mais non, c'est juste Ezra qui me demande ce que je fous, si tout va bien. Je regarde l'heure en haut de l'écran. Quatre heures. Il est quatre heures de l'après-midi. J'ai passé trois heures dans cette salle ?

Je recule pour contempler la toile. Je ne l'ai remplie qu'à moitié, mais le travail accompli est...

C'est beau. Je sais, ça sonne prétentieux, mais c'est vrai. Pas moi – je ne me trouve pas beau –, mais le tableau lui-même. Ma peau lance des étincelles rouges et dorées comme si j'étais en feu. Les couleurs évoquent le tourbillon de galaxies où des éclairs de lumière dissipent les ténèbres. Il y a dans mes yeux cette peur, cette angoisse, mais aussi une force, une intensité, une détermination que je n'avais jamais remarquées.

Sans vraiment réfléchir, je sors mon téléphone, je swipe le message d'Ezra pour retrouver la conversation avec Declan.

J'espère que tu voudras bien me dire qui tu es.

Parce que, côté flippant, tu n'as rien vu.

Pardon d'avance.

Je crois que je suis en train de craquer pour toi.

Je me mords les lèvres, relis le dernier message, puis je respire un grand coup et j'envoie ma réponse :

Je ne peux pas te dire qui je suis.

À la place de Declan, j'attendrais au moins cinq heures avant de réagir, pour me faire payer mon silence d'aujourd'hui. Mais il s'en tape carrément, il répond tout de suite :

D'accord. J'arrête d'insister.

J'essaie de l'imaginer avec son téléphone – peut-être chez lui, recroquevillé sur son canapé, devant la télé ? Ou dehors, avec James et Marc, en train de cacher son écran pendant qu'il écrit. Est-il surpris de me lire ? Soulagé ? J'hésite un peu, puis je tape :

Tu dis que tu craques pour moi. Comment c'est possible ? Tu ne me connais même pas…

Il lui faut un peu plus de temps pour répondre.

C'est débile, je sais. Tu peux être n'importe qui.
J'ai psychoté grave aujourd'hui, je regardais
tout le monde en me demandant si t'étais tel ou tel.
Et le pire, c'est que je ne sais même pas
si tu es à Sainte-Cath.

Il a fait exactement comme moi – épié les autres. J'ai passé la matinée à chercher qui était derrière l'expo, qui m'envoyait ces messages Instagram. Je ressens un pincement coupable. Je sais ce qu'il éprouve. Je m'assieds en tailleur à côté de ma toile.

Tu m'en veux de ne pas te dire qui je suis ?

Non. Je suis juste un peu frustré.
Mais c'est parce que j'aimerais
te parler en personne.

Je ne réponds pas. Un autre message me parvient.

Je suis vraiment content que tu m'aies répondu.
Je me disais que je t'avais fait peur.

Honnêtement, c'est un peu ça…

Désolé… Je sais, c'est chelou de craquer
pour quelqu'un qu'on ne connaît absolument pas.
Mais bon, j'apprécie vraiment de parler avec toi.

Moi aussi.

C'est un peu la honte de le lui avouer, je ne sais pas ce qui me prend.

Y a moyen qu'on continue à discuter ?
Même si je craque pour toi et que c'est chelou ?

Je réprime un sourire.

Oui, je crois qu'il y a moyen.

TREIZE

Salut maman,

Tu vois ces moments où ta vie est complètement en vrac ? Tu te dis que ça ne peut pas être pire, et c'est là que la vie te sort : « Vas-y, on parie ? » Et pour bien enfoncer le clou, ça devient encore plus n'importe quoi et tu ne captes rien à ce qui t'arrive – tu as des questions à la pelle et pas le moindre début de réponse, bordel.

OK, je pousse peut-être un peu.

Sauf que non.

Je crois que je ne me suis jamais posé autant de questions que maintenant. Declan n'est pas l'auteur de l'expo, alors voilà ma première : qui c'était, bordel ? Leah m'aide, elle fait des trucs que je ne devrais sans doute pas écrire dans un mail, sinon le FBI risque de faire une descente à Sainte-Cath… mais je ne suis pas sûr que ça serve à quelque chose.

Declan, en vrai, est plutôt sympa, intéressant, intelligent, drôle… et en plus, il dit qu'il craque pour moi. Donc, deuxième question : moi, qu'est-ce que je ressens pour lui ? Ça paraît complètement improbable mais, oui, je crois que moi aussi, je craque pour lui. Je ne sais pas. C'est la première fois que quelqu'un me dit qu'il m'aime, et c'est tellement bon, honnêtement. J'ai presque envie de le crier sur tous les toits, de dire aux gens : « Vous avez vu ? Quelqu'un pense que je mérite de l'amour, même si vous croyez le contraire. »

Mais ma troisième question, ce serait : comment réagirait Ezra à propos de tout ça ? À sa place, je serais grave vénère. Vénère et triste. Continuer à parler à Declan, est-ce que ça fait de moi un salaud ? (OK, ça fait deux questions. Tant pis.)

Quatrième point, sans aucun lien avec ce qui précède – en vrai c'est la question capitale : c'est quoi, à la fin, mon identité ?

J'ai regardé des tas de définitions, mais chacune d'entre elles, chaque étiquette, me laisse encore plus sur ma faim. Il y a tellement de façons de s'identifier… alors pourquoi aucune ne me convient ? Est-il possible de ne pas avoir d'identité ? D'exister sans étiquette qui dit qui je suis et qui je ne suis pas ? Peut-être que ça marche pour certaines personnes, mais moi, je n'y arrive pas. Je me sens à la dérive, sans savoir si ce que je ressens est réel, ou si cette émotion se fabrique dans ma tête. Si d'autres ont vécu ce que je vis.

Il y a une question que je peux poser aussi, j'imagine, vu que de toute façon il y a zéro chance que je t'envoie ce mail.

Pourquoi tu es partie ?

Papa n'aime pas trop en parler. Parfois, les gens détombent amoureux.

Si je comprends bien, ça veut dire que tu ne l'aimes plus. Tu as dû le lui dire, avant de nous quitter. Je me demande comment tu voyais les choses, toi. Tu croyais sincèrement que tu prenais juste un break pour faire le point, ou tu savais déjà que tu ne reviendrais jamais ? C'était vraiment une coïncidence si tu as rencontré ton nouveau mec là-bas, ou est-ce que vous vous connaissiez déjà ? Est-ce que tu trompais papa avec lui ? Tu te souviens des fois où tu appelais pour dire que tu restais encore un peu là-bas ? Tu te rappelles que les coups de fil étaient de plus en plus courts ? Et que tu avais trop de trucs à faire pour me répondre quand j'essayais de te joindre, parce que ton nouveau fils avait foot, ses devoirs ou sa leçon de piano ? Et tu disais que tu me rappellerais, mais ça ne venait pas, alors…

D'où ma dernière question, du coup. Est-ce que tu as cessé de m'aimer, moi aussi ?

Ton fils / enfant / à voir,

Felix

Je suis assis en tailleur sur le canap, Captain en boule près de moi. Papa se tape sa petite sieste habituelle, et Ezra m'envoie des textos à propos d'une soirée Pride à laquelle Marisol l'a invité ; mais je mets mon portable sur silencieux, j'hésite un peu, j'ouvre Google et, au début, je ne sais pas vraiment quoi taper. « Suis-je transgenre ? » C'est débile, comme question. Je sais bien que je le suis. Mais l'étiquette « mec » ne me va pas non plus. Je sais que je ne suis pas une fille – c'est le seul truc dont je sois certain.

« Je suis transgenre, mais je ne me sens ni garçon ni fille. »

Les résultats se comptent par centaines. Il y a des articles médicaux sur la transition, des sites de fans de Laverne Cox ou de Janet Mock, des posts Insta avec le hashtag #transformationtuesday et des photos de gens avant / après, un Tumblr avec une liste – interminable, apparemment – de termes liés à la transidentité, des étiquettes dont je n'avais jamais entendu parler.

Un des résultats m'oriente vers un événement Facebook au centre associatif LGBT – un groupe de discussion sur l'identité de genre. C'est ce soir, à vingt heures, dans trois heures, donc. La coïncidence... Je clique sur « Je participe ».

Je ne suis allé qu'une seule fois au centre, il y a longtemps, à l'époque où je commençais tout juste à m'interroger sur mon identité. Je n'ai participé à aucune réunion ni parlé à personne. Je suis juste entré puis, dans le hall, je me suis senti si mal que j'ai tourné les talons direct.

À nouveau, je monte les marches pour arriver dans le hall. Rien n'a beaucoup changé. Murs et bancs blancs. Un espace café où des adultes sont en train de discuter à voix basse. À côté d'eux, deux ados de mon âge, tête contre tête, se partagent des écouteurs.
Je me dirige vers l'accueil, demande à la réceptionniste où se déroule le groupe de parole. Elle m'indique le premier étage, et je débarque dans une salle où règne une chaleur accablante. Parquet en bois foncé, murs aux tons pêche passés, grandes fenêtres ouvertes. Posés par terre, des ventilateurs vrombissants tentent de rafraîchir l'air. Des chaises pliantes en métal sont installées en cercle. Certaines sont déjà occupées. Je vois un homme âgé qui lit son journal, jambes croisées. Une femme brune, les lèvres soulignées de rouge vif. Près de la porte, une personne aux cheveux roses attend en souriant, un porte-documents à la main. Sur sa poitrine, un badge annonce le prénom Bex et le pronom iel. Durant mes recherches en ligne, même avant que je commence à me demander si j'étais trans ou pas, j'ai lu des choses sur l'identité non-binaire. Pas mal de gens utilisent « iel » pour indiquer qu'ils ne se sentent ni garçon ni fille ; voilà peut-être comment décrire ce malaise qui me tenaille si souvent – je ne veux pas qu'on me prenne pour une fille, c'est clair, mais je ne suis pas entièrement d'accord pour

qu'on me voie comme un garçon. Cela dit, il y a aussi des fois où je sais que je suis mec à cent pour cent, et j'ai alors l'impression d'avoir juste imaginé le malaise, les questions, la confusion. Du coup, je ne sais pas si je peux me déclarer non-binaire, vu qu'il y a aussi ces moments où je suis un homme. Mais si je ne suis ni non-binaire, ni un garçon, ni non plus une fille (ça, c'est certain), alors qu'est-ce que je suis ? Je suis venu ici pour trouver des réponses, et à la place j'ai l'impression que les questions se multiplient...

J'inscris mon prénom dans la liste, sans pronom, et je m'assieds sur la chaise qui me semble la plus reculée par rapport au cercle. Je croise les bras et les jambes, mon genou tressaute. Pourquoi suis-je aussi mal à l'aise ? C'est comme si quelqu'un allait se pointer d'une minute à l'autre, me montrer du doigt et crier « Sale imposteur ! » avant de me flanquer dehors.

D'autres personnes arrivent au compte-gouttes, d'âge et d'origine différents, mais ça se voit très vite que je suis le plus jeune, et de loin. Il n'y a que Bex qui semble avoir l'âge d'un·e étudiant·e. Les autres sont toutes et tous des adultes. Ai-je le droit de participer sans être majeur ? Et si quelqu'un me disait que je ne suis pas assez vieux et que je dois m'en aller ?

Le temps s'écoule comme un supplice. Enfin, Bex frappe dans ses mains, s'avance au milieu du cercle et déclare :

— Bienvenue à toutes et tous au centre LGBT pour ce groupe de parole sur l'identité de genre. On va commencer par les présentations. Vous pouvez dire votre nom, vos pronoms, et d'où vous venez. Moi, par exemple, je suis Bex, j'utilise le pronom iel, et j'habite dans le Bronx.

Les quatre autres enchaînent. L'homme d'un certain âge – Tom – plie son journal et le pose sur la chaise vide près de la sienne. La femme au rouge à lèvres, Sarah, est assise à côté d'une autre femme à la peau grêlée, prénommée Zelda. Un homme avec un T-shirt *Final Fantasy* et une barbe clairsemée se présente comme Wally. Quand mon tour arrive, j'ai le cœur qui bat si fort que ma voix tremble.

— Felix. Je, heu, je ne suis pas trop sûr pour les pronoms pour l'instant.

Je m'arrête, persuadé que quelqu'un va dire que je n'ai rien à faire ici, mais les autres se contentent de me regarder en attendant la suite.

— J'habite Brooklyn – non, en fait, j'ai déménagé, je suis de Harlem maintenant.

Bex m'adresse un sourire rassurant.

Un truc est carrément clair pour moi : il y a zéro chance que je prenne la parole. Je suis venu ici pour écouter, rien qu'écouter. Apprendre, trouver une réponse à mes questions. Je me tais.

— Il y a trop d'attente sur les rôles de genre, même au sein de la communauté trans, déclare Sarah, tête fièrement dressée. Pour montrer qu'on est un homme, on doit être agressif. Pour prouver qu'on est une femme, il faut rester passive. Moi, je suis une femme agressive, et je ne m'excuse pas pour ça.

— On ne peut pas reprocher aux gens de définir leur identité en suivant des rôles traditionnels de genre, objecte Zelda.

— Bien sûr que si, si ces rôles sont néfastes ! rétorque la première.

— En fait, je crois qu'on doit décider de ce qui est le plus important, intervient Wally. La validation de soi par des rôles genrés traditionnels, ou l'anéantissement de ces rôles.

— Clairement, ce sont ces rôles qui nous ont mis dans ce bordel qu'est le patriarcat, insiste Sarah.
— Dans ce cas, à quoi bon avoir un genre ? intervient Zelda.
Tom prend la parole et, à la façon dont les autres l'écoutent, on sent qu'il est très respecté ici. Il dit :
— Effectivement, certaines et certains d'entre nous n'ont aucun genre.
Bex sourit.
— C'est ça, la solution, donc ? demande Zelda. Pour détruire le patriarcat et la misogynie ? Éliminer complètement le genre ?
— Je ne crois pas que quiconque ait suggéré ça, répond Tom posément. Ça peut être une solution pour un certain nombre de personnes, mais ça ne signifie pas que c'est valable pour tout le monde. On ne peut pas s'empêcher d'être ce qu'on est. Ça ne sert pas à grand-chose de juger l'ensemble de notre communauté – nous sommes bien assez jugés par les autres, non ?
Tout le monde approuve.
J'ai tellement d'interrogations, tellement d'idées qui tourbillonnent dans ma tête, le cœur qui cogne dans la gorge et la bouche, le genou qui tressaute toujours plus fort et, entre la chaleur et l'émotion, je transpire si fort que mon T-shirt me colle à la peau. Bex me regarde, et bien que je détourne les yeux, iel prononce mon nom.
— Tu veux ajouter quelque chose ? me demande-t-iel. Ou bien il y a un autre sujet que tu voudrais qu'on aborde ?
Les autres attendent ma réaction, l'air de s'ennuyer un peu. Zelda inspecte son vernis à ongles, Wally se gratte la barbe. Il y a trop de trucs dont je voudrais parler, trop de questions

qui me taraudent, sauf qu'elles se mélangent dans ma tête en un amas inextricable de mots et de sentiments impossibles à traduire. Et le silence grandit, résonne entre mes oreilles, et plus je reste comme ça, la bouche ouverte sans qu'un son n'en sorte, plus tout le monde s'emmerde et me regarde en se demandant ce qui me prend et...

D'une voix tremblante, je lâche :

— Désolé, il faut que j'y aille.

Personne ne dit rien pendant que je repousse ma chaise, me lève, prends la porte. Je descends les escaliers à la hâte jusqu'à l'accueil, avec cette gêne dans ma poitrine et ma gorge, qui monte jusqu'aux yeux. Je suis à deux doigts de pleurer. Je me précipite à l'extérieur du centre LGBT, mais l'air du dehors, étouffant, n'arrange rien à cette pression sur mon cœur. Bon, ben voilà. Il n'y a pas eu besoin que quelqu'un me traite d'imposteur devant tout le monde – je m'en suis très bien tiré tout seul.

Au moment où je tourne le coin de la rue, j'entends qu'on m'appelle. Je me retourne. Bex m'a suivi.

— La vache, tu cours vite, dit-iel en s'approchant, le souffle court.

Merde. Je n'arrive même pas à lae regarder en face. Iel me demande :

— Ça va ?

J'avale ma salive et je hoche la tête, les yeux baissés, plongé dans la contemplation d'un brin d'herbe qui pousse dans une fissure du trottoir.

— Pardon. Je ne voulais pas te mettre sur la sellette, j'essayais juste de savoir si tu te sentais à l'aise. Tu es bienvenu, tu sais ?

Iel me sourit et poursuit :

— Je me souviens de ce que c'était quand j'avais ton âge, avec tous ces adultes autour qui avaient l'air de tout savoir et ne me parlaient pas...

Je reste là, à tripoter l'ourlet de mon débardeur.

— Bref, il faut que j'y retourne, annonce Bex. Mais je tenais à te dire que tu seras toujours bienvenu parmi nous. Le groupe de parole a lieu tous les mercredis à vingt heures. Tu peux poser les questions que tu veux, ou même juste écouter sans parler – c'est toi qui décides. D'accord ?

Je relève la tête et, pendant une fraction de seconde, je croise son regard ; iel est sincère, je le vois bien. Iel veut que je revienne, que j'essaie encore. Même si j'ai l'impression de mourir un petit peu à l'intérieur, je ne sais pas – j'ai apprécié ce moment malgré tout.

Je hoche la tête.

— D'accord.

Il est bientôt vingt et une heures, et la nuit tombe, le soleil est très bas dans le ciel. Je rentre chez moi, me dirigeant vers la ligne A – apparemment, tous les passants se sont donné le mot pour me bousculer. Soudain, mon téléphone vibre dans ma main. Nouveau message Insta. Je n'ai pas répondu à la dernière saloperie de Grandequeen69 – apparemment, ça ne l'empêche pas d'en pondre une nouvelle.

Tu crois que c'est trop cool et à la mode
d'être transgenre. Mais c'est du vent.
Tu seras toujours une fille.

Là, c'est trop. Le groupe de parole, et maintenant ça. Je n'arrive même plus à retenir mes larmes brûlantes.

— Putaiiiiin !

J'ai hurlé. Des gens se retournent dans la rue, me regardent. Je m'essuie les yeux, le nez.

Non, mais ça te fait quoi d'être une ordure de transphobe ? Ça te fait kiffer, c'est ça, de rabaisser quelqu'un pour ce qu'il est ? Je suis sûr que tu te la pètes, que tu te sens invincible parce que tu attaques quelqu'un en lui disant qu'il n'est pas comme il faut. Mais je suis qui je suis. Je sais que je suis trans. Les personnes transgenres ont toujours existé dans l'histoire, même si la société essaie de nous invisibiliser. Ce n'est pas une « mode », même si tu as envie de croire le contraire. Je sais que je ne suis pas une fille, ce n'est pas toi qui décides de ce que je suis ou pas. Alors lâche-moi putain.

Le souffle court, des larmes accrochées aux cils, j'appuie sur le bouton « envoyer ». Et quand mon téléphone vibre à nouveau dans ma main, je sursaute presque – la crainte m'envahit, Grandequeen69 encore ? Mais non, c'est un texto d'Ezra.

T'ES OÙ BORDEL ? Il y a une teuf Papi Juice[1] pour la Pride à l'entrepôt. Vieeeeeeeeeeeeeeeeens.

---

1. Pour reprendre les mots du site, Papijuice.com, « Papi Juice est un collectif artistique qui vise à affirmer et célébrer la vie des personnes queer et trans de couleur. Structuré autour de happenings, Papi Juice se situe à l'intersection de l'art, de la musique et de la nuit. » (NdT)

J'avais oublié. Non, mais là, je suis vraiment trop naze, émotionnellement épuisé par le fiasco du groupe de parole au centre LGBT, par le tourbillon des questions dans ma tête, et maintenant par le message de Grandequeen69. Seulement, avant que j'aie pu taper ma réponse – littéralement trois secondes plus tard –, il m'appelle.

— Felix !

Il gueule dans son téléphone, avec du bruit et la musique derrière. J'entends Marisol et Leah qui rigolent.

— Felix, ramène-toi.

La vache, il est déjà bourré.

— Je sais pas. Je suis un peu crevé, là.

— Allez, grogne-t-il. Fais pas ton rabat-joie, merde. T'as dix-sept ans. Combien de fois dans ta vie t'auras dix-sept ans, Felix, dis ? Combien de fois ?

Je soupire. Zéro envie de faire la teuf... mais d'un autre côté, je ne vais pas rentrer chez moi avec la tête gonflée de pensées et de questions, sans parler du trollage de Grandequeen69 et des textos de Declan...

— On se retrouve où ?

QUATORZE

L'adresse qu'il m'envoie par texto m'amène dans le quartier commerçant de Greenpoint. À cette heure, les épiceries et les boulangeries sont fermées. Quand on les dépasse, on arrive dans des rues aux réverbères clignotants, le genre d'allées sombres où on m'a toujours dit de ne pas trop traîner. En avançant, je vois surgir les briques de murs d'usines cent pour cent garanties hantées. Le point bleu de mon GPS fait du yo-yo, pas moyen de trouver la rue où est censée se dérouler la teuf. Là, tout de suite, je pourrais buter Ezra. C'est pile le genre de quartier un poil plus dangereux que les autres pour quelqu'un comme moi.

Au coin d'une rue, je tombe enfin sur une file, de l'autre côté du trottoir. Des gens en minijupes, bas résille et débardeurs entrent les uns après les autres dans un entrepôt. Je traverse en courant – sans oublier de regarder des deux côtés, même si aucune voiture ne circule dans le coin, et je prends place dans la queue. Quelques minutes plus tard, le videur jette un coup d'œil sur ma fausse pièce d'identité, et je franchis le lourd portail métallique.

Un escalier grimpe dans la pénombre et la musique cogne. Je m'accroche à la rampe tant les marches sont raides.

Sur le palier, encore des portes battantes et, quand je les pousse, la musique m'accueille. Elle cogne si fort que j'ai l'impression qu'elle va me renverser. Aucune lumière à part les lasers rouge vif qui illuminent les visages et les mains levées. Le beat puissant fait vibrer le sol, remonte le long de mes jambes ; la foule – comment peut-on faire tenir autant de monde dans une salle aussi petite ? – semble onduler comme un corps unique. Je dois être le seul à ne pas bouger. Les gens dansent, serrés les uns contre les autres, contre les murs, contre le bar, les enceintes, comme condamnés par un maléfice à s'agiter jusqu'à la mort.

Où est Ezra ? Je ne le vois nulle part. Je me fraie un chemin sur la piste à travers les corps, je vise les portes à l'autre bout ; quand j'y arrive, je les pousse en catastrophe, et je respire enfin. J'ai débouché sur un toit-terrasse, où une douzaine de personnes sont en train de fumer et de discuter. Le parapet m'arrive à la taille, ce serait trop facile de trébucher et de tomber dans le vide. Une petite brise nocturne vient nous caresser tandis que j'observe, par-dessus les entrepôts et les usines, les lumières dorées du quartier.

J'envoie un texto à Ez pour lui dire où je suis. Moi, quand il y a beaucoup de monde que je ne connais pas, je me sens toujours un peu nerveux. Je vais de groupe en groupe, lentement, cherchant au moins un visage familier, et je checke sans arrêt mon téléphone pour voir si Ezra a répondu. Soudain, des bras me saisissent par-derrière et m'étreignent, et son rire résonne dans mon oreille.

— Nan, mais t'es trop en retard... se plaint-il.

— Désolé, je faisais autre chose.

En voyant Austin se pointer à son tour, j'ai comme une pincée de déception. Même si je suis crevé, j'avais super envie de voir Ez – mais lui tout seul. Je me sens pas trop de m'occuper de son petit ami de-moins-en-moins-secret.

— Hello ! lance-t-il, en bougeant la tête au rythme de la musique.
Je lui rends son salut avec un sourire forcé, et on reste là bien cinq secondes, comme des glands, à se mater sans rien dire. À l'époque, avec Ezra et Declan, ça marchait mieux – on était *bien*, tous les trois. Toujours un sujet de discussion, une vanne à sortir. Je ne me suis jamais senti jaloux ou exclu. Avant qu'ils rompent, on était vraiment potes, tous les trois. Et là, Ezra et Austin me regardent comme s'ils s'attendaient à ce que ça recommence – faire ami-ami avec lui, l'intégrer dans le groupe sans problème.
Un nouveau son démarre. Je ne le connais pas, jamais entendu, mais Marisol pousse un cri et se précipite à l'intérieur pour danser ; au passage, elle chope la main d'Ezra, qui la suit avec un grand sourire. Il nous fait un clin d'œil avant de disparaître. Je me retrouve avec Austin. Gros blanc.
Il lâche un petit rire.
— Elle est cool, Marisol, non ?
— Grave.
Je mens, donc.
— Tu sais, avant de sortir avec Ezra, je vous voyais toujours ensemble, tous les trois. Et je me disais que vous étiez des gens vraiment cool, avec tous les trucs intelligents que vous dites en classe et votre talent. Sauf que bon, vu l'ambiance à l'école, je n'ai jamais osé vous parler.
Je suis pris entre la confusion et une certaine culpabilité.
— Tu avais peur de discuter avec nous ?
— Ben oui, répond-il. Tu m'intimidais, en fait. Je veux dire, tes toiles sont genre, vraiment bonnes, j'arriverai jamais à ton niveau. Et puis, t'es un peu impressionnant, quand même. Tu

es toi-même et tu t'assumes. En fait, honnêtement, je craque sur Ezra depuis presque un an, maintenant. Il est tellement drôle – et puis canon, aussi, je veux dire, il pourrait être mannequin. Ça fait un bout de temps que je le kiffe, mais je ne me sentais pas d'aller lui parler comme ça. D'autant plus que, pendant longtemps, j'ai cru que vous sortiez ensemble.

Je lève les sourcils.

— Lui et moi ?

— Ben, c'était pas si délirant, quand même. Tu es tout le temps avec lui.

— Ouais, parce qu'on est des super potes.

Il hausse les épaules.

— OK, mais j'ai pensé que vous étiez en couple. Et quand j'ai compris que non, je me suis dit : je me lance. Qu'est-ce que j'ai à perdre, hein, à part ma dignité ?

Il se met à rire puis termine :

— Du coup, je suis allé le voir, je lui ai dit que je l'aimais bien... et voilà.

Son visage est rouge brique.

OK, Austin est grave rasoir, mais n'empêche, ça me fait un peu chaud au cœur. Il est à fond sur Ezra, ça se voit. Et après tout ce merdier avec Declan, eh bien, c'est chouette pour Ez d'être avec quelqu'un qui tient vraiment à lui. Je m'en veux un peu d'avoir décrété d'emblée que je n'aimais pas Austin.

Un nouveau son commence, avec une grosse basse qui fait trembler le sol. Par-dessus le vacarme, je crie :

— Je suis content pour vous deux !

Et en vrai, je ne me sens qu'un tout petit peu envieux, pas du tout jaloux comme avant. Je crois que je peux être sincèrement heureux pour eux deux – parce que, pour la première fois, peut-être, je sais ce que ça fait d'avoir quelqu'un qu'on aime et qui vous aime en retour.

— Merci, répond-il. Tu sais, ça me rend super nerveux de parler avec toi. Pour Ezra, ce que tu penses, ça compte vachement. Du coup, j'ai envie que tu me voies comme un mec bien. C'est pour ça que je te dis que je te trouve cool et plein de talent...

Je ne peux pas m'empêcher de sourire.

— T'inquiète. Je ne te casserai pas trop quand je lui parlerai de toi.

Son visage s'illumine.

— Bon, il faut que je rejoigne les autres, m'annonce-t-il. Je dois une conso à Leah. Tu viens ?

Je secoue la tête et le regarde s'éloigner vers les portes avant de disparaître dans la foule. Appuyé au parapet, je sors mon téléphone. Message pour Declan : *Est-ce que parfois tu as l'impression que tout ce que tu fais, c'est observer ? Que tu ne participes jamais, que tu n'agis pas – rien d'autre qu'observer ?*

Mais il ne répond pas. Je me laisse glisser par terre et je regarde son Instagram. Je me demande ce qu'il fait – est-ce qu'il traîne avec Marc et James, à prendre des photos dans un bar où on les aurait laissés entrer ? Mais rien de neuf depuis hier. Une ombre passe au-dessus de moi. Je lève les yeux, c'est Ezra, qui s'assied et pose la tête sur mon épaule.

— Qu'est-ce que tu fous là, tout seul ? me demande-t-il.

— Je me sens pas trop de danser.

Il pivote pour me dévisager.

— Alors ? T'en penses quoi ?

— D'Austin, tu veux dire ? Il a l'air chouette. Et il te kiffe vraiment.

Ezra se détourne.
— Tu trouves ?
— Pas toi ?
— Si, si. Vite fait.
Mon téléphone vibre. Declan m'a répondu :

Juste observer ? Comme sur la photo que tu as postée ?

Oui. Je sais pas, j'ai toujours l'impression de ne pas trouver comment franchir la distance, arrêter de regarder et me jeter à l'eau.

Les yeux fermés, Ezra gémit.
— Je crois que j'ai trop bu...
Je lui jette un coup d'œil, un peu inquiet.
— Ça va aller ?
Pourquoi, à ton avis ? me demande Declan.
Ez hausse les épaules.
— Ouais, je crois. Chaque fois que je vois mes parents, j'ai trop envie de me cuiter.

Je sais pas. Peut-être que… j'ai trop la trouille.

Ezra appuie sa tête contre le parapet.
— Tu sais, j'ai réfléchi à ce que tu disais hier. T'as raison, en vrai. Ils me donnent tout. J'ai de la chance. Plus que ça. Je suis un putain de privilégié.
Je me mords les lèvres, regarde ailleurs. J'ai encore du mal à ne pas être jaloux de ses parents, de leur argent. Est-ce que ça fait de moi une mauvaise personne ? Un ami de merde ?

— Tu as raison, continue-t-il. C'est nul de me plaindre. Une partie de moi – le côté moche et jaloux – est d'accord. Sauf que...

— C'est pas parce qu'ils te donnent tout le confort matériel que ce sont, tu sais...

— De bons parents ?

— Je l'aurais pas dit comme ça.

Je comprends, pour la trouille, répond Declan. *Moi j'ai la trouille tout le temps.*

— Mais c'est vrai, murmure Ezra. Ce ne sont pas de bons parents.

Je fronce les sourcils.

De quoi tu as peur ?

De tout. J'ai peur de ne pas vivre à 100 %.
J'ai peur de gâcher ma vie,
de rater l'occasion de faire de vrais trucs…

Ezra soupire, se passe la main dans les cheveux et s'appuie contre moi.

— J'ai toujours eu l'impression qu'ils m'enfermaient dans leur château et qu'ils m'y abandonnaient. Ou que j'étais genre un loulou de Poméranie dont ils n'ont pas envie de s'occuper, mais qu'ils aiment bien prendre en photo et exhiber. Enfin, ça, c'était à l'époque où j'étais un mignon petit garçon. Maintenant, le côté ado rebelle, c'est pas le top pour les soirées mondaines. Des fois, je me dis qu'ils n'ont aucune envie que je vienne, mais qu'ils ont peur de passer pour des parents indignes si je ne suis pas là.

— Je crois que je vois ce que tu veux dire.

La situation n'est pas tout à fait semblable, mais je connais le sentiment d'être abandonné par un parent.

— Sauf qu'à un moment, c'est à moi d'arrêter de me plaindre et de prendre le contrôle, non ? C'est ce que je vais faire. Je ne sais pas exactement comment, mais en fait, tu avais raison. Je vais me trouver un but, des objectifs, prendre ma vie en main et les laisser dans leur coin.

Je ne peux retenir un sourire surpris et admiratif.

— C'est génial, Ez. Non, vraiment, je te jure, c'est super génial.

Il rit un peu, si doucement que je ne le sens qu'à la façon dont ma peau vibre contre la sienne.

— C'est grâce à toi.

— Non, pas seulement. Tu as beaucoup réfléchi, aussi.

Mon téléphone vibre, et je découvre le message de Declan.

Je crois que si je me laisse gagner par cette peur,
je ne ferai plus rien. J'arrêterai de vivre.

Je déglutis.

Oui, tu as raison. Moi, je ne sais juste pas
comment m'en sortir.

Peut-être qu'il ne faut pas réfléchir, au fond.
Juste agir, se lancer dans ce qui nous fait peur.
Fonce. Dis oui.

Ezra fixe mon portable, sourcils froncés.

— Tu discutes avec qui ?

J'hésite. Je n'ai pas envie qu'il apprenne que je corresponds avec Declan, mais je n'ai aucune raison de lui mentir. Il faudrait que je trouve une explication – un mensonge, donc – pour ne pas lui dire que, je crois, je commence à l'apprécier… et qu'il craque pour moi.

— Personne.

Il se gratte la joue sans me regarder.

— Tu sais, c'est OK si tu ne veux pas me le dire. Mais pas la peine de mentir.

— Je mens pas…

Il ne répond rien. Je soupire.

— OK. T'as raison, j'ai pas envie d'en parler.

Malgré ce qu'il vient de me sortir il se mord la lèvre et se redresse. Je ne lui cache jamais rien, ou presque – et là, je sais que je l'ai blessé.

— T'es sur quelqu'un ? demande-t-il.

— Pourquoi tu dis ça ?

— Pourquoi tu ne me dirais pas qui c'est, sinon ?

J'hésite un instant, tournant et retournant mon portable dans ma main.

— C'est Declan.

Là, il pivote vers moi brusquement.

— Quoi ? Tu discutes toujours avec lui par texto ?

— Ouais.

— Parce que tu veux encore… ?

— Non, c'est bon, j'ai laissé tomber.

— Alors, pourquoi vous discutez ?

Je hausse les épaules.

— Je sais pas. J'y ai pris goût, apparemment.

— Bordel, mais c'est Declan ! Ce putain de Declan Keane…

Qu'est-ce que je peux répondre ?

— Je sais, oui. Sauf que... Tu l'as dit toi-même. On ne connaît pas toute l'histoire. Et Declan – je ne sais pas. OK, il peut être relou, mais des fois, il est sympa, quoi.

La mine d'Ezra s'assombrit. Putain. Ça craint ce que je viens de faire – lui sortir que son ex, qui nous a traités comme de la merde, est « sympa ».

— Je veux dire, pas « sympa », mais...

— Non, mais c'est bon, me coupe-t-il. J'ai capté.

Je me masse la nuque.

— Je suis désolé, Ez. J'aurais pas dû dire ça.

Mais avant qu'il ait pu répondre, Marisol surgit de nulle part, morte de rire, Austin et Leah dans son sillage. Leah a l'air bien bourrée. Elle se laisse tomber à côté de moi, pose la tête sur mon épaule.

— Bonsoir, très bel ami.

— On va à Coney Island voir le lever de soleil ! crie Marisol. Qui est chaud ?

Je regarde Ezra. Il m'ignore, adresse un sourire forcé à Mari :

— Grave chaud ! Vous décollez quand ?

Elle répond :

— Là, tout de suite.

Austin se tourne vers moi.

— Felix ? Tu viens ?

Je pousse un soupir, ressors mon téléphone. Le message de Declan luit sur l'écran.

Fonce. Dis oui.

QUINZE

Le trajet jusqu'à Coney Island dure des plombes. On est cinq : Ezra, Marisol, Austin, Leah et moi. J'apprends au passage que les deux derniers sont cousins au deuxième degré. On est installés dans un wagon glacial. Ez, Marisol et Austin chantent à tue-tête un air de *Rent*, avec Ezra qui danse, increvable, pendant qu'on les regarde, Leah et moi, morts de rire. Quand nous arrivons enfin, je découvre que la plage de Coney Island, à cinq heures du matin, est bien plus fréquentée que je l'imaginais. Sur la promenade en bois, couverte de sel et de sable, un groupe de mecs bourrés avancent en titubant, hilares ; un couple, près de la palissade, s'embrasse avec tellement de tendresse que ça me perce le cœur. Une vieille dame promène son chien. Nous enjambons la rambarde pour atterrir dans le sable froid, nos baskets à la main. Ezra, Mari et Austin se précipitent vers l'océan avec des cris de joie. Leah sourit.

— Ils sont faits l'un pour l'autre, tu ne trouves pas ? me demande-t-elle.

Mon ventre se serre, un petit peu. Je n'ai jamais été jaloux à l'époque où je tenais la chandelle avec Declan et Ezra – notre amitié fonctionnait comme ça, avant qu'ils se séparent. Mais si ça devient sérieux entre Ez et Austin, notre relation va peut-être changer, évoluer, comme ça arrive si souvent... Que se passera-t-il si on s'éloigne, lui et moi ?

On se retrouve assis sur la plage, tous les cinq, près des vaguelettes grises. Leah se penche vers moi.

— Au fait, me glisse-t-elle à l'oreille, j'ai vérifié le téléphone de James. Les seuls trucs qu'il envoie sur Insta, c'est à Kendall Jenner.

Elle réprime un petit rire avant d'ajouter :

— Apparemment, il compte la séduire en l'inondant de MP...

Je me sens un peu déçu. Rien d'étonnant, pourtant. Je sais bien que ça ne sera pas facile de démasquer l'ordure qui me veut du mal.

— T'inquiète, continue Leah. Je vais regarder dans celui de Marc, maintenant. Mais si ce n'est pas lui, tu as une autre idée ?

J'hésite.

— Non, pas vraiment.

La déception doit se lire sur mon visage.

— C'est pas grave, ça va aller. On va choper cette enflure, d'accord ?

Je hoche la tête, faiblement. Pourquoi je l'ai toujours traitée si mal, cette meuf ?

— OK. Merci. Sincèrement. Ça compte beaucoup pour moi.

Elle se serre contre moi, pose la tête sur mon épaule. Austin et Ezra se roulent une pelle. C'est drôle, Ezra a évité mon regard pendant tout le trajet, quand on chantait et riait – clairement, j'ai sous-estimé à quel point ça lui fout les boules que je parle encore à Declan –, mais là, il braque les yeux sur moi pendant qu'Austin l'embrasse, et il ne les détourne pas. Je deviens tout rouge et contemple mes doigts.

— Voilà ! s'écrie Mari en s'allongeant sur le sable, lunettes noires sur le nez (même si le ciel est encore bleu sombre et que le soleil ne risque pas de se lever tout de suite). Exactement ce qu'il me fallait !

Austin se met à rire, le nez dans le cou d'Ezra. Leah penche la tête pour se protéger du vent marin glacial et allumer un joint. Des étincelles jaillissent et s'envolent. Elle prend une longue bouffée avant de me le tendre, les joues rosies par le froid. Elle demande :

— Ils sont mignons, hein ?

— Oui.

J'aspire à mon tour, si fort que la gorge me pique et que je suis pris d'une quinte de toux. Leah me tape dans le dos, me reprend le pétard et le tend à Marisol.

— J'ai envie de sexe... fait celle-ci.

— Je me porte volontaire comme tribut, répond Leah du tac au tac.

Mari passe le joint à Ez, lâche un long nuage de fumée.

— Merci, j'ai déjà donné.

Leah pousse un grognement et se met sur le ventre. Elle se met à jouer avec une poignée de sable :

— En fait, tu l'as déjà fait avec tout le monde, ici, non ?

Marisol tourne la tête pour nous observer.

— Pas tout le monde, non. Je n'ai pas couché avec Austin. Ni avec Felix.

Minute.

— Pardon, mais quoi ? Tu as couché avec Ezra ? je lui lance.

Celui-ci est allongé sur le dos. Il fronce les sourcils, passe le joint à Austin :

— Ça dépend de ce qu'on appelle « coucher »...

— On s'est juste un peu chauffés un soir qu'on était bourrés tous les deux, fait Marisol. Normal, quoi. C'était avant que je décide de ne sortir qu'avec des meufs.

— Et c'était pas grand-chose, enchaîne Ezra. On s'est juste roulé quelques pelles et, euh... tripotés un peu, peut-être. J'ai regretté instantanément.

— Pareil pour moi, approuve Marisol.

Et là, elle a le culot de se tourner vers moi et de me sortir :

— T'aurais pas aimé qu'on s'amuse un peu avant de rompre, toi et moi ?

Austin se penche sur Ezra pour lui murmurer quelque chose, et Ez se marre. La jalousie me prend aux tripes. Leah, elle, continue de me sourire.

— Dis, Felix, quand as-tu su que tu étais, euh... tu sais ?

Je sais bien ce qu'elle me demande, mais je suis d'une humeur de merde vu le coup que vient de me faire Marisol – se foutre de ma gueule parce que je craquais pour elle, comme si j'étais un gros loser. J'observe les vagues grises aux reflets métalliques qui s'échouent sur la plage.

— Quand j'ai su que quoi ?

Leah hésite, elle n'est pas sûre que la question soit bienvenue – et franchement, je ne le sais pas non plus. Je suppose que ça ne dérange pas certaines personnes qu'on le leur demande, mais on n'est pas assez proches, elle et moi, pour qu'elle soit certaine de ne pas me blesser. Et puis il y a Austin – il est sans doute au courant, mais dans le cas contraire Leah vient juste de m'outer à ses yeux.

— Quand est-ce que tu as su que tu étais, euh... un garçon ? reprend-elle, pleine de bonne volonté.

Je le vois bien, qu'elle essaie de faire de son mieux. Même si elle n'est pas parfaite, ce n'est pas elle, la méchante, ici. Mais qu'est-ce que je peux lui répondre, vu que je ne suis même pas certain d'avoir tout compris moi-même ? Ignorant le pincement dans ma poitrine, je réponds :

— Je m'en suis rendu compte assez tard. Enfin, par comparaison aux gens qui racontent qu'ils l'ont su à la naissance, évidemment.

Ça me vaut quelques rires.

— Je trouve ça super courageux de ta part, dit Leah.

— Ben, en fait, j'essaie juste d'être moi-même, quoi. Ça n'a rien de particulièrement courageux.

Austin hoche la tête.

— Une amie de mes parents a compris qu'elle était une femme seulement à l'âge adulte. Elle a fait son coming out il y a deux ou trois ans. Souvent, elle me fait la leçon, elle m'explique que j'ai de la chance d'être adolescent aujourd'hui, de pouvoir grandir sans préjugés, au contraire de ce qu'elle a vécu.

Sans nous regarder, Marisol lance, par-dessus son épaule :

— C'est des conneries. On a plein de problèmes, en vrai.

— Ça dépend, répond Leah. Par rapport à avant...

— D'où, franchement ? la coupe Ezra, qui m'évite toujours. Ici, à Brooklyn, on est dans une bulle. Mais partout ailleurs, les gens sont hyper réacs.

— Même ici, tout n'est pas parfait, ajoute Austin. Il y a encore des ados qui n'osent pas en parler à leurs parents. Qui sont victimes de violence et chassés de chez eux.

— Oui, il reste encore un long chemin à parcourir, conclut Marisol.

Elle repousse les lunettes sur son nez et nous dévisage comme ça, tête à l'envers, comme pour nous mettre au défi de la contredire. Elle a raison, d'accord, mais c'est un tantinet ironique qu'elle nous fasse la leçon alors qu'elle m'a largué parce que j'étais, je cite, « misogyne ».

— Notre pays est mal barré, continue-t-elle. Il va falloir changer pas mal de choses pour que les queers cessent d'être victimes de discriminations.

Je ne peux pas m'empêcher de réagir :

— Il y a en a qui pourraient commencer par se changer eux-mêmes...

OK, c'était un peu sarcastique. Un peu beaucoup. Marisol fait la moue, échange un regard avec Leah, puis remonte ses lunettes et se rallonge sur le sable.

— C'est quoi, cette remarque de merde ? T'essaies de me dire quelque chose, ou quoi ?

— Va savoir...

« Oui. »

Ezra me jette un coup d'œil, mais il ne dit rien, contrairement à son habitude. Le regard d'Austin passe de lui à moi. Leah me prend le bras.

— Felix, ça va ?

— Ouais.

Non, ça va pas. J'ai la rage. Je ne sais pas – c'est peut-être le message de Declan, « Fonce », ou bien le harcèlement que je subis sur Insta, mais il s'est passé un truc en moi, un truc qui a réveillé ma vieille colère contre Marisol. Je me disais qu'il valait mieux lâcher l'affaire, mais en fait, ce n'est pas la solution, de la laisser raconter ses conneries. Pas pour moi, en tout cas. Après notre rupture, j'aurais voulu la convaincre qu'elle se trompait – que j'étais digne de respect et d'amour – mais, tout à coup, je capte qu'elle m'a traité pire qu'une merde. Et personne ne mérite ça.

— Y a quoi, alors ? lance-t-elle d'un ton dédaigneux, comme si elle se foutait complètement de la réponse.

Je serre les mâchoires. Ezra, Austin et Leah me regardent, dans l'expectative. Peut-être que j'aurais dû avoir cette conversation en privé avec Mari. Je me dégonfle.

— C'est bon, laisse tomber.

Elle ricane.

— Du Felix tout craché. Tellement drama.

Je me lève, brosse mes jambes, et je m'en vais, baskets à la main, les pieds dans le sable gris. Je ne sais même pas où je vais. À la gare ? J'escalade la barrière pour me retrouver sur la promenade. Quelques secondes plus tard, j'entends des pas derrière moi.

— C'était quoi, ça, bordel ?

Ezra est là, à côté de moi. Ça m'étonne qu'il m'ait suivi, je croyais qu'il n'en avait rien à foutre...

— C'est rien.

— Non, c'est pas rien. Felix, tu es grave bizarre, en ce moment.

Ça, c'est une pique – parce que je discute avec Declan – ou je ne m'y connais pas. Je m'arrête, passe la main dans mes cheveux.

— Marisol ne t'a jamais expliqué pourquoi on a arrêté de sortir ensemble, hein ?

Il hausse les épaules, surpris.

— Elle m'a dit que ça n'avait pas collé.

J'ouvre la bouche, je me force à sortir les mots et, soudain, je comprends – c'est ça, le pouvoir qu'elle a sur moi. Elle m'a traumatisé.

— Elle m'a balancé que ma transition prouve que je suis misogyne.

Il me regarde sans comprendre, une seconde, puis deux.

— Quoi ?

— Elle m'a traité de misogyne parce que j'ai « choisi de ne plus être une fille ».

— Heu... pardon ?

Mais il n'attend même pas que je le lui répète. Il franchit la palissade d'un bond et fonce sur Marisol et les autres. Merde. Je savais qu'il serait furieux si je lui en parlais, mais ça me dit moyen qu'il engueule Mari – surtout maintenant. Je saute à mon tour sur la plage et je lui cours après en l'appelant, trébuchant à moitié dans le sable – mais il a déjà rejoint les autres. Il gueule :

— Putain, Marisol, c'est quoi, ces conneries ?

Ils se retournent, pris au dépourvu. Marisol le regarde arriver par-dessus ses lunettes, puis elle m'observe à mon tour, ébahie.

— Tu as traité Felix de *misogyne* ?

Là, elle me fixe, et dans ses yeux je lis soudain quelque chose – jamais elle n'aurait cru que je le répéterais à Ezra. Elle savait très bien qu'elle me tenait sous sa coupe. Que je me tairais, honteux, gêné, redoutant qu'elle ait raison.

Elle se tourne à nouveau vers Ez.

— Non, mais genre, c'est pas faux, si ?

Leah a l'air choquée.

— Euh... commence-t-elle. Personne ne choisit d'être trans !

— Je sais, mais…
— Tu déconnes, ou quoi ? continue Ezra.
Je ne l'ai jamais vu aussi vénère. Rien qu'à le voir, je sais que c'en est fini de leur amitié. Il ne lui pardonnera jamais de m'avoir sorti ça. Je me sens coupable, comme si c'était ma faute qu'il se mette à ce point en colère contre elle. Mais non – non, je ne dois pas oublier que je n'ai pas forcé Mari à me balancer cette crasse.
— J'ai rien dit contre Felix, ni contre les trans, se justifie-t-elle. Mais si quelqu'un décide de ne plus être une femme, d'après moi, ça veut dire qu'au fond, il n'aime pas les femmes…
— Donc, les femmes trans n'aiment pas les mecs ?
— Non, dans ce sens-là, ça ne marche pas, tente Marisol. (Sa voix tremble un peu, elle sent qu'elle a merdé – ou juste, elle est dégoûtée d'être prise sur le fait ?) Les mecs, je veux dire, c'est le patriarcat, et quand un homme renonce à son pouvoir pour devenir une femme…
— Tu sais que tu dis de la merde, là ? la coupe Ezra.
— Je peux être trans et rester féministe.
Ma voix est à peine audible, mais tout le monde se tait et se tourne vers moi. Mon cœur cogne, je suis carrément au bord des larmes, mais ce n'est pas le moment – pas ici, pas comme ça, pas devant Marisol.
— J'aime les femmes. Je les respecte. J'étais fier d'être une fille, avant ma transition – j'ai juste compris que ce n'était pas moi. Le fait que je sois devenu un mec ne veut pas dire que j'ai cessé d'apprécier les femmes et de les respecter.
Marisol lève les yeux au ciel, mais je crois que c'est pour ne pas pleurer.

— Me casser devant tout le monde et me faire passer pour une conne, c'est ce que tu appelles aimer et respecter les femmes ?

Je me retiens de m'excuser. Elle a sans doute raison – on aurait mieux fait d'avoir cette conversation en tête à tête. Sauf que quelque chose me dit qu'elle aurait trouvé le moyen de m'accuser de sombrer dans le mélo, de me démontrer que j'avais tort. Je suis content qu'Ezra soit à mes côtés en ce moment, même s'il a des raisons d'être en colère contre moi.

— Marisol, t'as pas besoin de Felix pour passer pour une conne, lâche-t-il. Tu lui dois des excuses.

Elle pince les lèvres.

— Dans tes rêves. J'ai rien fait de mal.

— Rien de mal, à part balancer un truc transphobe et réac ? rétorque-t-il d'une voix tendue. C'est bien, ça, d'après toi ?

— Je ne vois pas en quoi je suis transphobe ni réac.

— Allez, Mari, murmure Leah. Excuse-toi, c'est tout.

— Mon cul. Allez vous faire foutre.

Le mot « transphobe » me fait tiquer. J'ai déjà envisagé cette possibilité, mais tout à coup je me dis que l'exposition, ça pourrait bien être elle – elle l'aurait fait rien que pour m'humilier. Si c'est vraiment ce qu'elle ressent envers moi, je ne vois même pas qui d'autre ça pourrait être...

Je décide de lui demander, cash :

— C'est toi, les photos ?

Elle pleure, maintenant. Mais elle sait de quoi je parle.

— Non, j'ai rien à voir avec ça.

Je ne la crois pas.

— Sérieux ?

Elle lève une main.

— Tout le monde me prend pour une salope réac, maintenant. Qu'est-ce que ça changerait que j'avoue ou pas, pour cette expo de merde ?

— Tu sais qui c'était ?

— Non, putain, j'en sais rien. Mais tu veux que je te dise un truc ? Je trouve que c'est bien fait pour ta gueule.

Ezra secoue la tête. Il me prend par la main et m'entraîne avec lui.

— C'est fini, les conneries, Marisol. Tu ne me regardes plus, tu ne me parles plus, on n'est plus amis. Terminé.

— Tant mieux. Pareil pour moi, lance-t-elle tandis que nous nous éloignons.

Pour toute réponse, Ezra tend le majeur.

On regagne la promenade en enjambant la palissade. Sur la plage derrière nous, Leah s'engueule avec Mari. Austin la retient. Merde. J'ai voulu éviter un drame, et voilà ce qui me tombe dessus. Maintenant qu'on est assez loin, je laisse libre cours à mes larmes. J'espère qu'Ezra ne les verra pas... mais si, bien sûr. Il passe son bras sur mon épaule et m'attire contre lui, avec tellement de force que j'ai du mal à marcher droit à côté de lui. Il ne dit rien, il m'embrasse juste sur le front. La tête dans mes mains, je murmure :

— Je suis désolé...

— Merde. Je déteste quand tu t'excuses alors que rien n'est de ta faute. Tu n'as rien fait de mal.

Je hoche la tête, parce que je ne trouve rien à dire.

— Quelle connasse, dit-il. J'en reviens pas qu'elle t'ait sorti ça. Pourquoi tu ne m'en as pas parlé ?

Je ne sais pas. D'une voix hésitante, je tente d'expliquer :

— J'avais honte, j'imagine. Et j'avais peur qu'elle ait raison.

— Elle a tort. C'est clair ? Sérieux, Felix, n'écoute pas ce genre de conneries. D'accord ?

— D'accord, oui.

— Non, mais quelle connasse, putain...

Il secoue la tête, s'essuie le visage avec le coin de son T-shirt.

— Et je suis sûr qu'elle ment. C'est elle, l'expo.

Il a raison – c'est fort probable qu'elle soit derrière tout ça, ou au moins qu'elle sache qui l'est mais, là, je suis juste complètement crevé. À cause de tout ce drame. De toute cette colère. Je voulais trouver le ou la coupable, pour me venger – pour tirer un trait dessus –, mais à présent je me demande si j'en ai réellement besoin. Peut-être qu'il est temps d'arrêter de me battre, même si ça veut dire laisser gagner des gens comme Marisol ou Grandequeen69. Dans l'oreille d'Ezra, je murmure :

— Je suis désolé...

— Je t'ai dit d'arrêter de t'excuser, non ?

— Non, je veux dire... je suis désolé de discuter avec Declan.

Il bat des paupières, regarde les planches sous nos pieds, se mord la lèvre.

— Je ne peux pas te demander d'arrêter les textos, mais... putain, qu'est-ce qui te prend de faire ça ?

— C'est juste qu'on a... je ne sais pas, accroché, tu vois ?

Je ne peux pas lui avouer que Declan craque pour moi. Il est déjà super contrarié, qu'est-ce ce que ça donnera s'il l'apprend ?

— C'est toi qui vois, je n'ai pas à t'interdire de lui parler, mais... c'est moche, si je suis un peu jaloux ?

— Ben non. C'est comme ça, j'imagine. Tu sais, tout à l'heure... moi aussi, j'étais un peu jaloux.

— Pardon ?

— De toi, avec Austin.

— Je me répète : pardon ?

OK. La discussion qui tourne en rond. Grosse gêne.

— Tu es jaloux de moi ? demande-t-il. Ou bien d'Austin ?

— Non, mais pas ce genre de jalousie ! Je suis juste jaloux que vous soyez ensemble, tu vois ?

C'est facile, pour lui. Il passe d'un mec à l'autre, d'une relation à une autre. Il tombe amoureux et puis, paf, c'est fini. Moi, je continue à observer, depuis les tribunes. Ce truc qui m'arrive avec Declan, je ne sais pas bien comment l'appeler, mais c'est la première fois que je ressens un lien aussi fort – la première fois que je caresse vraiment l'espoir d'un premier coup de cœur, d'un premier baiser, d'un premier amour. C'est un truc hyper fragile, qui pourrait m'échapper comme de l'eau qui coule entre les doigts.

— Donc tu vas arrêter de discuter avec Declan ? demande Ezra avec un coup d'œil inquisiteur.

Je me mords les lèvres.

— Je crois pas, non...

Il pousse un long soupir, caresse mes boucles.

— Mais quand même, tu m'aimes plus que lui ?

Je lève les yeux au ciel.

— Évidemment, Ezra. T'es mon meilleur ami.

N'empêche que son sourire reste un peu triste quand on quitte le front de mer pour reprendre le train.

SEIZE

Le temps qu'on rentre à l'appartement d'Ezra, le soleil est déjà haut – enfin, j'imagine, car de gros nuages noirs poussés par le vent viennent obscurcir l'atmosphère. La chaleur moite cède d'un seul coup, et des éclairs mauves déchirent le ciel. Le tonnerre gronde, si fort que les murs du salon tremblent chaque fois que la foudre nous illumine.

— J'adore les orages, lance Ezra.

Moi, je déteste ça. Je déteste leur côté imprévisible, comme si le destin du monde était suspendu à l'agitation de quelques molécules.

— Ça ne m'étonne pas que les anciens aient toujours cru que des dieux vivaient dans les nuages, continue-t-il.

Un nouvel éclair, ponctué d'un coup de tonnerre si violent que je sursaute. Il me sourit.

— Tu n'as pas peur, dis-moi ?

— Ta gueule.

— Si t'as peur, c'est pas grave, je te protégerai.

Je me recroqueville, genoux contre le torse.

— Comme un peu tout le temps en ce moment...

Il hausse les épaules et se tourne vers moi.

— Les amis, ça sert à ça, non ?

Il a décidé que l'orage était une bonne raison pour sécher les cours, et je suis plutôt d'accord, même si une partie de moi est prête à piquer un sprint sous la pluie jusqu'à Sainte-Cath.

En fait, j'avais plutôt envie de bosser sur mon book. Je voudrais voir à quoi ressemblerait un nouvel autoportrait, maintenant que j'ai tenu tête à Marisol. Aurais-je la peau aussi violette que la foudre, les yeux assombris de sable gris et de mer ?

Ezra se pelotonne contre moi sous la couverture et, malgré le tonnerre et la pluie qui bat contre les vitres, il s'endort quasi instantanément. Mes paupières sont lourdes, mais je sors mon téléphone pour relire le dernier message de Declan.

Peut-être qu'il ne faut pas réfléchir, au fond.

Juste agir, se lancer dans ce qui nous fait peur.

Fonce. Dis oui.

Je tape : *J'ai dit oui.*

Il répond dans la seconde, comme s'il avait attendu mon texto toute la nuit.

Et il s'est passé quoi ?

J'ai fini à Coney Island.
Dans un sacré merdier.

Zut. À ce point ? Je m'en veux…

Pas la peine. C'était une vieille
histoire qui traînait.

Tu regrettes ?

Non. Il fallait que ça pète.

Il ne me répond pas tout de suite. Je jette un coup d'œil à Ezra, endormi contre ma jambe, bouche ouverte, le visage caché par ses mèches. Mes doigts courent sur l'écran – puis j'hésite, j'efface, je réécris, j'appuie sur « envoyer ».

Tu m'as parlé de ton ex, tu te souviens ?
Celui qui te déteste maintenant ?

Oui.

Qu'est-ce qui s'est passé avec lui ?

Pareil, il ne répond pas tout de suite. L'espace d'un instant, je me demande si je n'ai pas franchi une limite dont je n'étais pas conscient. Un éclair zèbre le ciel et une rafale de vent secoue les vitres. Mon téléphone vibre dans ma main.

Comme toujours, je suppose.
Il m'a brisé le cœur, etc.

Ma poitrine se serre. *Declan* a eu le cœur brisé ? De mon point de vue, c'est lui qui a rompu pour devenir cette espèce de connard qu'on adorait détester.

C'est arrivé comment ?

T'es bien curieux aujourd'hui…

Pardon. T'es pas obligé de me le dire
si t'as pas envie.

C'est bon. C'est juste pas super fun
d'entrer dans les détails. Pour te la faire courte,
j'ai compris qu'il allait me larguer.

Je fronce les sourcils. Pardon ? Pourquoi s'est-il imaginé ça ? Entre Ezra et lui, ça semblait au beau fixe. Ez était heureux.

Du coup, j'ai décidé de prendre les devants.
OK, c'est limite pathétique,
mais je ne voulais pas souffrir, alors je l'ai repoussé.

Repoussé ?

Je me suis conduit un peu comme un salaud, en fait.
Et je continue, je pense.

J'ai les yeux rivés à l'écran, les doigts serrés sur le téléphone. Tout devient clair – non pas que je lui pardonne de nous avoir traités comme des merdes, Ezra et moi, mais au moins j'ai pigé ses raisons.
Nouveau message de Declan : *Je ne suis pas fier de ce que j'ai fait. Rétrospectivement, j'aurais dû m'y prendre autrement, mais c'est trop tard, maintenant. Je voulais juste le mettre à distance, lui et tout ce qu'il représentait, avant qu'il me largue.*

Je secoue la tête.

Mais qu'est-ce qui te fait croire
qu'Ezra allait te larguer ?

Je prends conscience de ma gaffe environ trois secondes après avoir envoyé le texto.
— Putain !
Ezra s'écarte de moi sans se réveiller.
La réponse de Declan me parvient : *Donc, tu es à Sainte-Cath…*
Bordel. Putain de bordel de merde.

Pourquoi tu dis ça ?

Tu connais Ezra Patel.

— Quel con je fais...

Ezra ouvre un œil, grommelle :

— Quoi ? Qu'est-ce qui se passe ?

— Rien du tout, rendors-toi.

Pas besoin de lui dire deux fois. Il tire le drap sur sa tête et sombre aussi sec. Avec un soupir, je me remets à taper :

OK, c'est vrai, je le connais.

Ah ? Du coup, tu veux tout savoir sur nous pour lancer des rumeurs ou ce genre de trucs ?

Quoi ? Mais NOOON !

Une autre seconde, puis :

C'est toi, Ezra ?

Ça me fait rire, tout à coup. Même si d'une certaine façon, il n'est pas tombé loin.

Non, c'est pas moi. Déçu ?

Pas vraiment. Je suis passé à autre chose.

Une seconde, puis : *À toi, on dirait...*

Je lève un sourcil.

Tu ne sais pas qui je suis. Tu ne me fais pas confiance. Mais tu m'apprécies quand même ?

Le cœur a ses raisons...

Si tu le dis... J'en sais rien.

Pourquoi ?

Parce que je ne suis jamais tombé amoureux.

Tu n'as jamais aimé quelqu'un ?

J'hésite. J'avais un faible pour Marisol, avant de me rendre compte qu'elle était grave transphobe. Et, bien sûr, j'ai eu des coups de cœur pour des gens, mais...

Ça dépend de ce que tu entends par « aimer ».
J'ai craqué sur des gens, mais je ne suis jamais vraiment tombé amoureux.

Je ne sais pas quelle mouche me pique, vraiment, mais je continue à taper : *Je veux dire, je VEUX tomber amoureux. J'en ai toujours rêvé. Tu vois, aimer quelqu'un, et savoir qu'il t'aime en retour. C'est quoi ? Un autre niveau de l'amitié ? Un autre niveau de confiance, de vulnérabilité, la possibilité de dire ce qu'on pense et qu'on sent, de tout partager, d'être en harmonie avec l'autre, comme si on ne faisait qu'un ? Est-ce que chaque fois qu'on voit l'autre, le cœur se met à battre plus fort et les pensées s'évaporent tellement on est heureux ? Est-ce que, quand on est séparés, on a l'impression qu'il nous manque une partie de nous-mêmes ? Est-ce que, quand tu sais que quelqu'un t'aime, ça te remplit de confiance parce que tu es enfin sûr d'être digne d'amour ? Et quand on se sépare, ça fait quoi ? Qu'est-ce que ça demande de recommencer, de s'autoriser à tomber amoureux d'une autre personne ? De courir le risque d'être blessé à nouveau, en connaissance de cause ? Je ne sais rien de tout ça. Mais je veux le découvrir.*

Il prend son temps pour répondre – une minute s'écoule, puis une autre, et encore une autre, et je pense soudain, avec un mélange de tristesse et de très léger soulagement : « Ça y est, c'est officiel, j'ai réussi – je l'ai fait fuir. » Mais finalement, mon portable tressaille une nouvelle fois.

Qu'est-ce qui t'en empêche ?

Techniquement, rien. Sauf qu'il faudrait que quelqu'un tombe amoureux de moi aussi.

Tu ne peux pas être amoureux sans ça ?

Si, bien sûr, on peut craquer sur quelqu'un – mais si c'est à sens unique, ce n'est pas vraiment de l'amour, juste de l'admiration, un truc à distance… En fait, je crois que personne ne pourrait tomber amoureux de moi.

Une nouvelle fois, il ne répond pas tout de suite. J'ai de plus en plus de mal à garder les paupières ouvertes. L'orage s'éloigne enfin – en tout cas, le tonnerre ne sonne plus comme si c'était la fin du monde, et la pluie s'abat avec moins de force. Mais quelques éclairs continuent à déchirer le ciel. Je vais m'allonger... et soudain mon téléphone se met à vibrer. Sans s'arrêter.

Declan m'appelle.

Je pète un plomb. Je lâche mon portable, je le regarde trembler sur le lit. Il ne faut pas que j'y touche, il faut que j'attende le répondeur. Il m'appelle sans doute par accident.

Le plus fou, quand même... c'est que j'ai grave envie d'entendre sa voix.

Je ramasse le téléphone et je swipe à la toute dernière seconde. J'ouvre la bouche, et soudain, je pense : « Et s'il me reconnaît ? » Il me parle.

— Allô ?

La même voix grave que d'habitude. Il y a longtemps, le simple fait de l'entendre m'aurait donné envie d'étrangler n'importe quel être humain ou animal à ma portée... mais là, je perçois une note d'incertitude, quelque chose comme de la timidité, de la nervosité – et une certaine dose d'excitation, aussi.

— Chance ? dit-il. T'es là ?

Je me lève, quitte le matelas, je me précipite vers le couloir, manquant me casser la figure sur le parquet glissant ; je m'enferme dans la salle de bains, sans allumer, seulement éclairé par la lumière violette qui filtre par la minuscule fenêtre. Je grimpe dans la baignoire et me recroqueville sur la faïence froide.

— Oui.

Ma voix est tendue, un peu trop aiguë. Je me racle la gorge.

— Oui, je suis là.

— J'aurais dû te demander la permission de t'appeler, dit-il. Désolé, vraiment. J'ai fait ça sans calculer...

— C'est pas grave. Ça va.

Mon cœur cogne trop fort, trop vite. Je suis horriblement nerveux. J'ai peur, aussi. S'il se rend compte que c'est moi ? Est-ce que ma voix est reconnaissable ? Est-ce que je devrais tenter de la modifier un peu, de parler sur un ton plus grave ?

— Je voulais que tu m'expliques, continue-t-il. Tu dis que personne ne pourrait tomber amoureux de toi, et je ne comprends pas.

Je ne peux pas m'empêcher de rire, un peu.

— Et il fallait qu'on se parle en vrai pour ça ?
— J'avoue, j'avais envie d'entendre ta voix. Pour être sûr que tu n'es pas Jill...
Je ris plus fort – et lui aussi. Je crois que je n'avais pas entendu son rire depuis qu'il a rompu avec Ezra. Il est joli, un peu traînant, comme s'il voulait garder la blague pour se la répéter quelques jours plus tard.
D'une voix douce, il reprend :
— Tu crois vraiment que personne ne peut tomber amoureux de toi ?
Je me mords les lèvres.
— C'est un peu difficile à expliquer.
— Essaie.
Je me frotte la nuque.
— C'est que... je ne veux pas que tu saches qui je suis.
— Quel rapport ?
Tout. Le fait que je sois noir, que je sois queer, que je sois trans.
— C'est comme si, plus je dévoile mon identité... plus je montre ma différence... moins les gens s'intéressent à moi. Moins je me sens... attirant, tu vois ? T'as remarqué ? Dans les livres, les films ou les séries, les gens qu'on aime sont toujours blancs, cis, hétéros, blonds avec des yeux bleus. Chris Evans, Jennifer Lawrence... Au final, c'est difficile. J'ai du mal à imaginer que je mérite le style d'amour qu'on voit au cinéma.
— C'est ridicule, tranche Declan de la voix prétentieuse et péremptoire que je connais si bien – sauf que, cette fois, elle me fait chaud au cœur.
J'essaie de lui expliquer :
— C'est juste que, parfois, j'ai l'impression d'être un peu trop marginal, à force. Je suis si différent que je ne me sens jamais

bien avec les autres. Je vois qu'ils sont mal à l'aise, aussi, et c'est contagieux. Voilà comment je me retrouve à l'écart, à les observer se brancher, tomber amoureux, et moi...

Je ne termine pas. Declan ne répond rien, pendant un long moment. Malgré ce silence, je suis soudain détendu, assis dans la baignoire, le téléphone contre mon oreille, juste parce que je sais qu'il est au bout du fil.

— Je crois que, moi, je suis en train de tomber amoureux de toi, déclare-t-il enfin. Est-ce que ça t'aide un peu ?

J'enfouis mon visage dans mes genoux et je secoue la tête, même s'il ne peut pas me voir. Je ne trouve rien à lui répondre.

— Dis-moi qui tu es, continue-t-il. S'il te plaît.

— Et si tu n'aimais pas la réponse ?

— Tu es Jill, en fait, c'est ça ?

— Non, je ne suis pas Jill.

— J'ai compris que tu prenais une voix grave, Jill.

Je rigole, tête toujours entre les genoux.

— Je veux juste te parler en face. Je veux te voir en vrai. J'en ai super envie.

Je me laisse aller dans la baignoire jusqu'à me retrouver allongé sur le dos. J'attends une seconde, essayant d'imaginer ma rencontre avec Declan. Même s'il ne pique pas une crise en découvrant que je me suis fait passer pour Chance dans le seul but de me venger de lui, il me faudra tout expliquer à Ezra. Et en imaginant que celui-ci le prenne bien – qu'il accepte ce qui se passe entre Declan et moi –, il y aurait d'autres complications. Parce que si, malgré tout ça, il avait envie de sortir avec moi, est-ce qu'il voudrait me connaître plus... physiquement ? Pour ce que j'en sais, il ne sort qu'avec des garçons. Alors, oui, je suis un trans *et* un mec, et je connais plein de gays qui sont à fond sur les hommes trans, parce que tout n'est pas une question de... d'*équipement*, et c'est tant mieux. Mais bon, il y a des trucs que je n'ai pas (et dont je ne veux pas) qui caractérisent la plupart des garçons... et qui pourraient manquer à Declan. Sans compter qu'en ce moment, j'ai du mal à m'identifier comme un homme trans.

Bref, ça craindrait magistralement d'avoir fait tout ça pour que Declan, au final, me jette.

— Chance ? murmure-t-il au téléphone. Tu es toujours là ?

Je me rassieds dans la baignoire, pianotant nerveusement sur le rebord.

— Oui. Je suis désolé, vraiment. Je... Ce n'est pas possible.

Il a ce soupir impatient que je lui connais si bien. Pendant un certain temps, il reste muet. Puis :

— OK. Je respecte ça, bien obligé.

Je déglutis péniblement.

— Je comprendrais que tu ne veuilles plus qu'on se parle.

Je dis ça, mais tout mon être se révolte à cette idée. J'aime discuter avec lui, m'ouvrir à lui à propos de choses que je n'ose confier à personne d'autre, même pas à Ezra. Pour une fois dans ma vie, je m'habitue à l'impression de pouvoir être aimé, moi aussi. Déjà, un gouffre sombre rugit dans ma poitrine.

— Je devrais sans doute te dire qu'on arrête, répond-il. Sauf que je crois que je n'en serais pas capable, même si je le voulais.

Je réprime un sourire. Putain. C'est tellement bizarre, et c'est tellement fort. Je souffle :

— Pareil pour moi...

DIX-SEPT

Declan et moi, on continue à bavarder pendant des heures au téléphone. On parle de tout et de rien, aussi bien des films Marvel et du débat « Captain America et le Soldat de l'hiver sont-ils un couple de rêve ? » que de nos théories sur l'amour.

— Le problème, dit Declan, c'est qu'on ne voit jamais nos histoires à l'écran. On doit les inventer nous-mêmes. Même si le scénariste a voulu que son personnage soit hétéro, il l'a proposé au monde, on est d'accord ? Du coup, sa création m'appartient. Et pour moi, Steve et Bucky sont gays jusqu'à la moelle[1].

On se fait écouter nos musiques, depuis Khalid à Billie Holiday, jusqu'à tomber d'accord sur des morceaux instrumentaux à la Sigur Rós. Il m'envoie un son qui, d'après lui, figure dans la BO d'un film d'extraterrestres avec Amy Adams, et, quand je la passe, j'enfouis ma tête dans l'oreiller pour qu'il ne m'entende pas pleurer. Cette chanson est si intense, si profonde, avec ses variations de tonalité, et, quand il me demande si ce n'est pas un des plus beaux morceaux que je connaisse, ça me met dans un état pas possible.

1. Steve Rogers et James « Bucky Barnes », respectivement Captain America et le Soldat de l'hiver (NdT).

Vendredi matin, je me réveille dans ma chambre à Harlem. Je n'ai pas dû dormir plus de deux heures. Papa prépare des œufs brouillés.

— Déjà debout ? me lance-t-il, surpris, en me voyant débarquer dans la cuisine. Je me suis levé pour aller aux toilettes vers cinq heures du matin, et j'ai vu que la lumière était toujours allumée chez toi...

Je fais comme si de rien n'était.

— J'ai dû m'endormir sans éteindre...

Son visage montre bien qu'il ne me croit pas, alors je réponds à mon tour par une mimique : « Je sais et je m'en fiche. » Je m'assieds devant le comptoir et il me tend une assiette. Il mord dans son toast en me scrutant. Je lève un sourcil.

— J'ai un truc sur le nez ?

— T'as juste l'air heureux, dit-il.

Je hausse les sourcils.

— Ah ouais ?

— Ça te va bien, trésor, dit-il en posant sa grosse main sur ma tête. Tu as un sourire magnifique.

Je chasse sa main, mais ça me touche.

— Euh... merci, j'imagine.

— Donc, j'en déduis que tu veilles jusqu'à pas d'heures parce que tu discutes avec quelqu'un ?

Je grimace, coupable.

— Vous, les ados, vous êtes tous les mêmes, s'amuse papa. Vous croyez toujours inventer le fil à couper le beurre. Tu sais que ta mère et moi, on passait des heures au téléphone, quand on s'est connus ?

Mon sourire s'efface – chaque fois qu'il mentionne ma mère, c'est comme un coup de poignard. Avant, je rêvais qu'ils se remettent ensemble. Il m'a fallu plusieurs années pour comprendre que ça n'arriverait jamais. Je n'ai jamais capté comment papa arrivait à l'accepter, à passer à autre chose. Elle avait juré de l'aimer toute la vie, oui ou non ?

Une fois, je lui ai demandé s'il était toujours amoureux d'elle, et il m'a répondu : « Bien sûr. Ça ne changera sans doute jamais. Mais j'ai compris que je ne pouvais pas rester là à attendre qu'elle se décide, qu'elle me dise si elle m'aimait encore ou pas. C'était malsain. Si jamais je retombe amoureux, ce sera d'une femme qui m'aime, pas de quelqu'un que je dois convaincre de m'aimer. Tu vois, je crois que c'est presque plus facile de tomber amoureux de quelqu'un quand on sait que ce n'est pas réciproque. De le poursuivre tout en sachant qu'il ne t'aime pas. Parce que, quand l'amour va dans les deux sens... on court un risque immense, celui de tout perdre. »

Il repose son toast avec un gros soupir et lâche :

— Bon, je suis content que tu sois content. C'est tout ce qui compte, non ?

— Voilà.

Il se sert un verre de jus d'orange.

— C'est Ezra ?

— Quoi ? Mais non !

Il plisse les yeux, comme s'il ne me croyait pas.

— Vous êtes tout le temps fourrés ensemble, j'en ai conclu que...

— Conclusion erronée. Grave.

Il lève les mains, comme pour se protéger.

— OK, d'accord. C'est qui, alors ?

Il ne connaît pas Declan Keane, et ça me ferait trop bizarre de prononcer ce nom à voix haute de toute façon.

— Tu ne le connais pas.

Papa hoche la tête, lentement.

— Et... je suppose que tu... enfin, tu te protèges ?

Je le regarde, bouche bée.

— Sérieux ? On va parler de ça ? Maintenant, au petit déj ?

Il se racle la gorge.

— Écoute, commence-t-il, il faut juste que tu sois prêt. Il y a des... des trucs pour lesquels je ne peux pas t'aider... Côté pilule, par exemple, je ne sais pas trop.

Je serre les dents et détourne la tête. Il n'a pas tort, techniquement. Il n'est sans doute pas au courant des moyens de contraception, au cas où je voudrais m'y mettre. Parce que la testostérone, Dieu merci, fait disparaître la semaine sanglante, mais elle ne m'empêcherait pas une grossesse – au cas où je coucherais avec quelqu'un, bien sûr.

Mais sa façon de me le dire... Encore une fois, j'ai l'impression qu'il me voit comme sa fille et pas comme son fils. J'éprouve toujours cette étincelle de colère quand il me mégenre – mais, sous cette colère, il y a une douleur sourde et lancinante.

Il mastique quelques instants en silence avec de reprendre :

— Peut-être que tu peux demander au centre Callen-Lorde. Je suis sûr qu'ils ont toutes les infos dont tu as besoin. Encore que j'espère que tu n'en aies *pas* besoin. Tu n'as que dix-sept ans. OK, j'ai perdu la bataille pour ce qui est de t'empêcher de traîner avec Ezra tout le temps, mais...

Je le coupe, juste pour qu'il se taise.

— Pas besoin, non. De l'info. Je n'en ai pas besoin.

— Non ?

— Non.

Pas pour le moment, en tout cas.

Il articule en silence : « Merci mon Dieu. »

Il est encore tôt quand j'arrive à Sainte-Cath. Le ciel est d'un bleu limpide, le soleil brille, les oiseaux gazouillent. Nous ne sommes encore que quelques élèves devant le bâtiment.

J'entre dans le hall par les portes coulissantes. Mon cœur ne bat plus aussi fort, mes mains sont moins moites quand je passe par là. C'est signe que j'ai fait des progrès, je suppose...

J'arrive en salle d'acrylique presque une heure avant le petit speech matinal de Jill. J'ai deux autoportraits, maintenant : le premier qui donne l'impression que je suis en feu, et un autre, que je n'ai pas encore tout à fait terminé, où j'ai l'air d'être sous l'eau. Ma dernière toile m'attend dans le coin où je travaille en général avec Ezra. J'ai grave envie de m'y remettre. Ça fait maintenant un jour ou deux que je n'y ai pas touché, mais je retrouve instantanément le plaisir de tenir le pinceau, la paix qui vient avec les couleurs, l'inspiration des touches...

Acrylique sur la palette, pinceau entre les doigts – aujourd'hui est orange, avec des taches de rouge. Puis le rouge s'obscurcit en teintes mauves, qui adoucissent l'éclat du bleu, aussi radieux que le ciel dehors. La cloche sonne, mais je ne m'arrête pas. La porte de la salle s'ouvre et se referme ; j'entends vaguement les voix des gens qui entrent, les rires et les conversations, le bruit des tabourets que l'on tire. Le bleu rencontre le jaune, qui devient or.

Quelqu'un se tient près de moi. Je suppose que c'est Jill – elle aime bien observer par-dessus notre épaule, donner son avis avant de passer à l'élève suivant –, mais la voix qui s'élève me fait sursauter.

— C'est bon, ça.

Declan.

Il ne me dit rien d'autre. Une phrase, trois mots – mais j'ai l'impression que mon cœur va bondir hors de ma poitrine. Il s'éloigne, va s'installer à sa place habituelle, au fond de la salle. Je le regarde saluer d'un signe de tête James, qui est déjà installé avec Hazel, et qui lâche un gros rire. Declan prend son tabouret et sort son téléphone, jette un coup d'œil sur l'écran – il attend sans doute un message de moi. De Chance.

« C'est bon, ça. »

Je reviens à ma toile. Putain. Mon cœur devient dingue. J'essaie de respirer à fond, mon torse se gonfle. Incroyable qu'il me fasse un tel effet, et pourtant… Je m'oblige à me le rappeler, encore et encore : il croit être amoureux de *Chance*, pas de moi.

La deuxième sonnerie retentit, et j'entends Jill qui nous demande de nous calmer et de nous regrouper. Je laisse mon chevalet et ma toile. Declan s'est assis près de James, Marc et Hazel, à la table derrière Marisol et Leah. Ezra n'est pas encore arrivé. Je n'ai aucune envie de m'installer près de Mari, pas après la Grosse Embrouille de Coney Island… mais les deux derniers tabourets libres sont juste à côté d'elle.

Elle m'ignore carrément quand je m'approche pour en tirer un vers moi – le plus loin possible d'elle, quitte à me coller à la table de Declan. Qui me calcule à peine.

— Dis donc, ça m'étonne : il ne me fuit pas comme la peste ! lance Marisol à Leah. Pourtant, je suis *tellement* réac et débile, hein ?

Leah s'agite sur son siège, mal à l'aise. Jill entame son speech du matin :

— Avant de commencer, je vous rappelle qu'on prépare actuellement l'exposition de fin d'année. Le conseil des profs, dont je fais partie, va choisir de mettre en valeur le travail d'un élève. C'est un honneur, conclut-elle avec un grand sourire.

Je baisse les yeux. La simple mention du mot « exposition » me met mal à l'aise, comme si tout le monde pensait aux photos qu'ils ont pu voir de moi, se souvenait de mon deadname. Jill se met à parler de l'inspiration et de ses racines, mais je débranche – entre Marisol à ma droite et Declan à ma gauche, pas moyen que je reste concentré.

J'essaie de ne pas le mater – j'essaie, vraiment – mais peine perdue. Il a pris le temps de me dire que mon tableau était bon, mais il ne m'accorde même pas un regard, maintenant. D'ailleurs, pourquoi le ferait-il ? Pour lui, je suis juste Felix, le connard qui le déteste.

— Non, mais vu que je suis débile, continue Marisol à l'oreille de Leah, pourquoi il m'approche ? Je ne pige pas.

Leah agite les mains, comme pour évacuer toutes ces conneries.

— Bon, on se calme, d'accord ?

Declan regarde droit devant lui – il écoute Jill. Soudain, j'ai presque peur de répondre à Marisol. Parce que si je hausse la voix et qu'il m'entend, est-ce qu'il ne va pas me reconnaître – réaliser que je suis Chance ?

Marisol lève les yeux au ciel et se retourne vers la classe. James se penche pour murmurer un truc à l'oreille de Declan, et je me sens quasiment jaloux. Moi aussi, je veux parler à Declan, comme ça, sans me prendre la tête. Je veux lui demander comment il va, lui raconter ce qui s'est passé à Coney Island, savoir ce qu'il en pense, connaître son avis sur Marisol – est-ce que je dois juste lui dire d'aller se faire foutre ?

Bordel. Il a dit qu'il était amoureux de moi.

Je n'arrive pas à détourner le regard. Il plisse le front quand il se concentre sur ce que dit Jill. Je n'avais jamais remarqué cette habitude qu'il a de pencher un peu la tête quand il écoute, comme s'il tendait littéralement une oreille. Ses sourcils sont d'une teinte presque rousse, plus que ses cheveux châtains, dans le soleil qui illumine la classe – et, malgré la lumière, ses yeux sont d'un brun profond. Son nez est presque trop fin pour son visage, et sa mâchoire est carrée, virile. Sa bouche... Il écarte les lèvres, un tout petit peu. Ça me trouble rien que de le voir. Même le mot « lèvres » semble si...

Il me jette un coup d'œil et je me rends compte que je suis en train de le fixer. Il grimace, genre « Quoi ? ». Et d'ailleurs, il lâche le mot, en grommelant :

— Quoi ?

J'en reste le souffle coupé. J'ai toujours peur qu'il reconnaisse ma voix et, de toute façon, je ne vois pas bien ce que je pourrais lui répondre. Je secoue la tête et me redresse. Je fixe Jill pendant tout le reste de son speech. Je fais semblant de l'écouter, mais je suis incapable de me concentrer sur quoi que ce soit d'autre que la chaleur qui semble émaner de Declan.

Et si je me jetais à l'eau ? Si je me tournais vers lui, là, maintenant, pour lui annoncer que je suis Chance ?

Il me détesterait probablement pour l'éternité. Merde.

Mais il dit qu'il craque pour moi. Ça veut dire qu'il éprouve quelque chose pour qui je suis, quel que soit mon nom dans sa tête, et que nous ayons échangé en vrai ou pas... Non ?

Je pourrais lui parler en tête à tête – il découvrirait peut-être qu'il me kiffe, voire qu'il m'aime, sans que j'aie besoin de lui avouer la vérité. Sans qu'il se rende compte, jamais, que j'étais Chance...

Il se fait tard, bientôt midi. Ezra m'a prévenu par texto qu'il avait un rhume et qu'il séchait aujourd'hui. Je lui ai demandé si je pouvais passer lui apporter quelque chose, il m'a répondu par la négative.

Ne viens pas. Je ne veux pas te refiler le truc.

Je me retrouve rarement à Sainte-Cath sans Ezra. C'est dans ces moments que je me rends compte à quel point c'est mon seul ami ici. Je suis gêné, sans personne avec qui traîner ou parler.

Mon téléphone vibre et j'espère que c'est lui, qu'il a changé d'avis – il me demande de lui apporter un chicken wings-frites ou un truc comme ça –, mais c'est un MP Instagram. Mon cœur se met à battre la chamade.

Alors, on est toute seule ? Ton copain t'a lâchée ?

Si personne ne parle avec toi,
c'est pour une bonne raison.
Ça craint vraiment de faire semblant
d'être un garçon.

Putain.

Mes mains tremblent. Je réprime l'envie de balancer mon portable loin de moi. Mais cette ordure va me foutre la paix, oui ou merde ? On m'*espionne* maintenant ? Ici ?

Je jette un coup d'œil aux groupes d'élèves sur le parking – certains attendent du côté de l'entrée, avec Marisol qui fume une clope. D'autres se sont posés à l'ombre des arbres. Quasiment tout le monde a son téléphone à la main. Ça pourrait être vraiment n'importe qui.

Je me dis que je vais m'en aller, partir me réfugier chez Ezra, quand Leah se pointe et me lance :

— On va déjeuner au White Castle. T'es chaud ?

Tyler, Nasira et Hazel nous accompagnent. Nous sortons du parking. Sur le trottoir défoncé, la brise pousse un emballage vide de chicken wings et une pelote de fils ou de cheveux. Nous les évitons... jusqu'à ce que Tyler, mort de rire, les ramasse et se mette à poursuivre Nasira avec. Elle s'enfuit en poussant des cris.

Leah fait la grimace.

— Dégueu...

— Dix dollars que Tyler va ramener ça pour l'ajouter à son collage, propose Hazel.

— Je ne tiens pas le pari, répond Leah. C'est sûr à cent pour cent.

Je me tourne vers elle.

— Ton book, ça avance ?

Je sais qu'elle n'était pas ravie de devoir suivre la classe d'acrylique, alors qu'elle aurait pu mettre l'été à profit pour peaufiner ses photos et préparer son admission aux beaux-arts.

Tyler a cessé de poursuivre Nasira. Ils nous attendent au coin de la rue puis se remettent en marche avec nous. La pelote de fils dépasse de la poche de Tyler.

Leah hausse les épaules.

— Ça va. Il ne sera jamais parfait. OK, je dois dépasser mon désir de perfection quand je crée quelque chose, mais je trouve quand même que ça craint quand je sais que je peux faire mieux. Bref, mon book n'a rien à voir avec le tien...

— Pardon ? Qu'est-ce que ça veut dire ?

— Ben, tes tableaux sont géniaux.

Hazel lève les yeux au ciel.

— Sans vouloir te vexer, lâche-t-elle, perso, je ne le trouve pas si bon que ça, Felix.

C'est une claque. Nasira la regarde, surprise.

— Vas-y, dis-nous ce que tu en penses ?

— Techniquement, ses portraits sont pas mal, poursuit Hazel, mais je ne ressens aucune émotion devant.

Je me sens soudain sur la défensive.

— OK. Super. Merci pour l'info.

— C'est juste mon avis, se défend-elle.

— Top. Personne ne te l'a demandé, mais merci.

— Pas la peine de t'énerver. On commence à être habitués aux critiques, dans cette prépa, non ? C'est indispensable si on veut s'améliorer.

Je rétorque :

— « Pas si bon que ça », c'est pas vraiment une critique...

Les autres restent silencieux. Je soupire.

— Bon, on s'en fout. Je m'en fous.

Gros mensonge. Bien sûr que ça compte, ce que les autres pensent de mes tableaux. Et la remarque de Hazel me heurte ; elle a touché un point sensible, je sens vibrer la douleur en moi.

— Hé, je voulais pas te vexer, continue-t-elle. J'en ai juste un peu marre des généralités comme « Felix est génial ». Déjà, ça veut dire quoi ? Et en quoi c'est censé m'aider à grandir en tant qu'artiste ? Je crois qu'on ne devrait jamais se satisfaire de son boulot ou de son talent. On devrait toujours chercher à s'améliorer soi-même.

Elle a raison, je le sais. J'aurais juste préféré qu'elle en parle en classe, dans les moments où on est censés discuter du travail des autres – je l'aurais vue venir –, ou au moins en tête à tête, ce qui m'aurait évité de me sentir aussi mal. Mais c'est ce qu'elle sort ensuite qui me fait vraiment tiquer.

— Je sais pas, mais moi, je trouve que c'est toujours bon de dire la vérité.

« C'est bon de dire la vérité ». Bien sûr, beaucoup de gens pensent ça, mais c'est quasiment mot pour mot ce que m'a écrit Grandequeen69 sur Instagram. Je jette un coup d'œil en biais à Hazel pendant que, dans mon cœur, la gêne cède la place au choc. Et si c'était elle ? Je ne l'ai jamais soupçonnée, mais si, fatiguée qu'on encense mon travail, elle avait décidé de me faire tomber de mon piédestal ? Ou bien, elle s'est dit que l'expo sauvage était un vrai geste artistique – elle en serait capable, elle qui défend toujours l'art pour l'art, sans considération morale pour ce qu'il peut inspirer aux gens...

Je ralentis le pas, laisse les autres s'éloigner, mais Leah reste à ma hauteur. Elle a l'air mal à l'aise et se tord les mains ; elle me demande si tout va bien. Elle ajoute :

— C'était pas très sympa de la part de Hazel de te dire ça...

Je la remercie d'un hochement de tête, mais ce n'est pas ça qui arrête le tourbillon qui obscurcit mes pensées.

— Tu sais, ajoute-t-elle, je suis désolée pour ce qui s'est passé à Coney Island.

Il me faut une seconde pour comprendre comment elle en est arrivée là.

— Je ne sais pas ce qui lui prend, à Mari, en ce moment. Bon, d'accord, elle a des problèmes avec son père, mais...

Je l'ignorais. Et peut-être que ça m'allait très bien. Parce que, même si c'est dur pour elle, ce n'est pas une excuse pour traiter les autres comme de la merde, si ? Pas sûr que j'avais besoin d'entendre Leah la rendre plus humaine – dans sa version, Marisol devient un peu l'antihéros de ce qui s'est passé. On fait tous des erreurs. L'important, c'est ce qu'on en apprend. Mais on a aussi le choix de pardonner ou non les erreurs des autres. J'ai choisi de ne pas pardonner à Marisol. Je soupire :

— Je me sens obligé de dire que ce n'est pas grave. Sauf que ça l'est.

Leah hoche la tête.

— Oui. Oui, tu as raison. Tu as raison, bien sûr.

On passe devant des bars qui affichent des drapeaux de la Gay Pride. Leah me demande si j'irai au défilé.

— Ezra m'a invitée, avec Austin, précise-t-elle.

Pourquoi ce petit coup au cœur quand elle me dit ça ?

— Non. Le défilé, c'est pas trop mon truc.

— Pardon ? s'écrie-t-elle, sidérée. Pourquoi pas ? *J'adore* la Gay Pride ! D'accord, ça peut être un peu relou maintenant que les commerciaux s'en mêlent, mais tout le monde est tellement heureux ! C'est la plus grande célébration de l'amour et de l'acceptation de soi, le seul moment de l'année où on peut être aussi queer qu'on a envie... OK, nous, il n'y a pas grand-chose qui nous en empêche le reste du temps, mais tu vois ce que je veux dire.

La joie dans ses yeux me donne envie d'éclater de rire.

— On croirait entendre Ezra...

On continue à marcher, et son sourire s'efface peu à peu. Devant nous, les autres se marrent à cause d'une vanne de Tyler. Elle me chuchote :

— J'ai regardé dans le téléphone de Marc. Je n'ai rien trouvé, à part des photos qui m'ont marquée à jamais. Mais il n'a même pas Instagram.

Je devrais m'habituer à être frustré et déçu, mais ça me touche encore, direct au ventre. Devrais-je dire à Leah que, désormais, Hazel fait partie de mes suspects ? À ma grande surprise, je me sens trop crevé pour ça. En fait, je crois qu'on ne saura jamais qui a monté l'exposition, et rien que l'idée de continuer à chercher m'épuise. Leah aura beau pirater le téléphone de tous les élèves de Sainte-Cath, je sais déjà comment ça va finir.

— Merci quand même...

— Écoute, enchaîne-t-elle, je me demandais si je dois vérifier le téléphone de Marisol. D'accord, elle a dit que ce n'était pas elle, mais... bon, on sait que, parfois, elle fait des conneries. Et même si elle n'est pas responsable, elle sait peut-être qui c'est. Elle a pu en parler à quelqu'un, par SMS ou un truc comme ça.

J'hésite un instant, puis je lâche :

— Je crois qu'on ne découvrira jamais qui est derrière l'exposition.

Leah pile. Je me retourne pour la regarder.

— Tu ne vas pas baisser les bras, dis ? Tu n'as pas le droit d'abandonner ! On commence à peine. Ça prendra un mois, ou plusieurs, même un an s'il le faut, mais je trouverai qui a fait ça, juré !

Elle se tait un instant, puis ajoute :

— À moins que ça te fasse flipper ?

— Quoi ?

Leah hausse les épaules.

— Peut-être que tu as peur de savoir qui c'est. Je veux dire, même moi, je redoute de l'apprendre. Je n'ai jamais été très douée pour les confrontations.

— Je ne sais pas. Franchement, je me demande si ça vaut le coup.

— Ezra te soutient, me rappelle-t-elle. Et moi aussi. Alors, on va se la faire, cette raclure, OK ?

Je ne peux réprimer un sourire. Elle me prend par le bras et nous nous remettons en marche. Le White Castle se trouve à côté d'une station essence. Quelques autres élèves sont là, sur le parking, entourés de leurs sacs de burgers et de sodas. Avec un pincement au cœur, je constate que Declan en fait partie, ainsi que James et Marc. Ils discutent, appuyés contre le mur. Tyler les rejoint ; il se met à rigoler avec Marc, tandis que James suit Hazel à l'intérieur du fast-food. Leah me décoche un dernier sourire avant de leur emboîter le pas.

J'hésite. Ce n'est sans doute pas une bonne idée. Correction : c'est une très mauvaise idée. N'empêche... Je traverse le parking et je m'approche de Declan. Il s'est écarté de Marc et Tyler pour rester à l'ombre. Il consulte Instagram sur son téléphone. Il a l'air surpris quand je m'arrête à sa hauteur.

Il me regarde.

Je le regarde.

Il lève un sourcil.

— Oui ?

Merde. Je ne sais pas quoi dire. Pas la moindre idée, putain.

Il me fixe, sourcils carrément froncés maintenant.

— Tu veux quoi ?

Et soudain, je percute que, si je parle, il va reconnaître ma voix. Au téléphone, ça passe, mais là, dans la vraie vie, il aura sûrement un déclic.

Sauf que je ne peux pas me barrer comme ça. J'ouvre la bouche, en espérant que quelque chose en sortira. Rien.

Il a une expression genre « D'aaaaaccord... ». Il se redresse, comme s'il allait me planter là pour rejoindre les autres à l'intérieur ou...

— Merci.

C'est tout ce que j'ai réussi à cracher. Il s'arrête.

— Pourquoi ?

Je déglutis péniblement.

— Pour ce que tu as dit tout à l'heure. Sur mon tableau.

Son sourire se fait ironique.

— Je ne savais pas que tu avais besoin à ce point de ma validation...

— Je m'en tape, de ta validation !

C'est sorti tout seul, sur un ton plutôt agressif. Il éclate de rire – celui que j'entends si souvent au téléphone...

— Je m'en doute, Felix.

Je respire un grand coup, pour me calmer. Marmonne :

— C'était sympa, quoi. C'est tout.

— OK. Tu vois, je peux être sympa, des fois. Incroyable, non ?

Je me gratte le bras.

— Non. Je le savais.

Il plisse les yeux, comme s'il attendait l'insulte qui va suivre. Et je comprends. Je le capte vraiment. D'habitude, c'est là qu'on commence à s'engueuler. Ça me fait tout bizarre, maintenant, d'être là devant lui, à essayer de tenir une conversation normale, sans chercher un truc pour l'attaquer.

— Bon, ben je vais y aller, moi... fait-il lentement, sans me quitter des yeux.

Je me sens très déçu, tout à coup. Mais c'est normal : il ne me voit que comme Felix, pas en tant que Chance – et Felix agit de façon bizarre en ce moment. Alors je hoche la tête, je m'écarte, et je le laisse rejoindre Marc et Tyler. En s'éloignant, il me lance un regard suspicieux par-dessus son épaule.

Lorsque Declan me téléphone, ce soir-là, il ne parle pas de la discussion étrange qu'il a eue aujourd'hui avec ce type qui le déteste. Une partie de moi, pourtant, l'espérait – ça aurait montré qu'il pensait un peu à moi. Au vrai moi.

En fait, il ne mentionne même pas Felix. Je suis rentré chez mon père et je suis dans ma chambre – j'ai tenté de sonner chez Ezra en passant, mais il n'a pas répondu, et il ne réagit pas à mes SMS. Est-ce qu'il m'en veut pour quelque chose, sans oser me le dire, ou est-ce qu'il est vraiment malade ?

J'en ai parlé avec Austin, et il m'a répondu qu'Ez avait juste envie d'être seul – le truc pas flippant du tout, quoi.

— Dis-moi quelque chose que personne ne sait sur toi, me demande Declan.

Je n'hésite qu'une fraction de seconde.

— J'ai 476 brouillons dans ma boîte mail.

Silence au téléphone. Je tente :

— Allô ?

— Désolé, fait Declan. Tu as bien dit 476 ?

Un sourire hésitant naît sur mes lèvres.

— Oui. C'est dingue, hein ?

Il se met à rire.

— Je ne te juge pas...

— Je sais, ça fait beaucoup.

— Alors, pourquoi tous ces brouillons ?

Je respire un grand coup, avant de lui avouer :

— C'est des mails que j'écris à ma mère, mais que je n'envoie jamais.

J'ai l'impression de sentir son sourire disparaître.

— Pourquoi tu ne les envoies pas ?

Il me faut une seconde pour mettre les mots en ordre dans ma tête.

— Elle a quitté mon père quand j'avais dix ans. Elle a refait sa vie en Floride. Elle est heureuse, maintenant – plus heureuse qu'avant, elle préfère sa nouvelle vie. Elle ne répond ni à mes mails ni au téléphone... Je crois qu'elle ne m'aime plus, sincèrement. Mais bon... elle me manque, alors j'ai pris l'habitude de lui écrire, de lui raconter ce que je vis. Peut-être qu'un jour, je les enverrai tous d'un seul coup pour foutre le bordel dans sa boîte mail...

Je m'oblige à ponctuer ces mots d'un petit rire.

— J'arrive pas à croire que quelqu'un puisse ne pas t'aimer...

La voix de Declan est douce, comme une caresse chaude sur ma peau. Je souris.

— Et toi ?

— Mon plus grand secret ?

— Oui.

Il lui faut plus de temps qu'à moi pour réfléchir. Pendant le silence, l'ironie de la situation me frappe : il y a quelques jours à peine, j'aurais tout donné pour obtenir une confidence de sa part et me venger du mal qu'il m'avait fait. Maintenant, si je veux tout savoir de lui, c'est parce que j'ai envie de mieux le connaître. Parce que, moi aussi, je craque pour lui. Je joue nerveusement avec le drap de mon lit.

— Mon père, déclare-t-il enfin. Il m'a renié.

Mon souffle se fige. Je me redresse.

— Chance ? fait Declan. Tu es là ?

Je secoue la tête.

— Pardon ?

— Quand je lui ai appris que j'avais un petit ami – quand je lui ai parlé d'Ezra, il m'a dit que je n'étais plus son fils.

La douleur enfle dans ma poitrine, et je sens les larmes couler sur mes joues.

— On n'a jamais été très proches, poursuit Declan. Il était méchant avec moi, et même violent. Pas physiquement, mais émotionnellement. Il m'a toujours donné l'impression que je ne valais rien, tu vois ? Il traite ma mère de la même manière, et elle ne se défend jamais. Elle fait juste ce qu'il dit. Elle n'a pas cherché à le dissuader quand il m'a foutu dehors. Ça m'a pris du temps pour m'en remettre. D'ailleurs, ce n'est sans doute pas terminé. Et le plus con, c'est que, malgré tout le mal qu'il m'a fait, et même si je sais que c'est malsain, je rêve toujours qu'il m'aime. C'est pourri, je sais. Maintenant, je vis chez mon grand-père, du côté de Beacon – t'imagines le temps qu'il me faut pour venir au lycée chaque jour ? C'est pour ça que j'essaie de dormir chez des copains aussi souvent que possible.

— Je suis désolé. Mais tellement...

Je ne trouve rien d'autre à lui répondre.

Mon père m'énerve. Ça me met hors de moi quand il refuse d'utiliser mon prénom ou se trompe dans mes pronoms. Mais je n'ai jamais craint qu'il me chasse parce que je suis trans. J'ai énormément de chance – je n'ai même pas imaginé que ça puisse arriver.

— Ça va, fait Declan. Depuis que j'habite chez papy, c'est plus facile. Mon vrai problème, maintenant, c'est que mon père était censé payer mes études et qu'il va falloir que je me débrouille sans lui. Mon grand-père n'en a pas les moyens – il a juste ses économies. Il a quand même proposé de vendre sa maison. Ça m'aiderait beaucoup, bien sûr, mais pas question que j'accepte. Cette baraque, il l'adore ! Je vais devoir trouver tout seul. Je sais, c'est un problème de riche, mais quand même...

Je ne me doutais de rien. Ezra non plus, sans quoi il m'en aurait parlé. À l'époque où on était copains, Declan ne partageait presque jamais ses sentiments ou ses problèmes. Mais ça... Je suis obligé d'écarter le téléphone pour qu'il n'entende pas mes sanglots, je me couvre même la bouche. Mais il capte quand même.

— Tu pleures ?

Je ne réponds pas. Oui, je pleure, si fort que j'ai du mal à respirer.
— Ça n'en vaut pas la peine. Sérieux, tu peux me croire. Mon père est nul et, OK, ça fait mal, mais c'est tant mieux. Je râle de me taper les transports, mais mon grand-père est génial. Je t'assure. Je ne dis pas ça en l'air : je suis heureux. D'accord ?
Je hoche la tête et me force à répondre :
— D'accord.
Nous restons sans rien dire un moment. Il me laisse peut-être du temps pour me ressaisir. Il me faut quelques minutes pour sécher mes larmes et retrouver une respiration normale. Ma voix est encore enrouée quand je demande :
— C'est pour ça que tu as rompu avec Ezra ?
Declan doit être en train de déplacer des papiers, je l'entends au téléphone.
— Euh... oui, ça m'a vraiment fichu en l'air, cette histoire, et du coup j'ai voulu... je ne sais pas, prendre un peu de recul, pour décider de ce que j'allais faire. Mais ce n'était pas la seule raison.
Un soupir, puis il ajoute :
— Je t'ai dit. Je sentais qu'il n'était pas aussi attaché à moi que le contraire.
Je fronce les sourcils. Ça fait plusieurs fois qu'il me répète qu'Ezra n'était pas amoureux.
— Qu'est-ce qui te fait croire ça ?
Et voilà qu'il lâche :
— En fait, je suis à peu près sûr qu'il craque pour son meilleur ami. Ce type, là, Felix.

DIX-HUIT

Le samedi soir, Ezra m'envoie un texto où il me supplie de le rejoindre.

Ça y est, je suis guéri de ce foutu rhume,
envie de fêter ça !

Mais au moment où son nom s'affiche sur mon écran, j'entends la voix de Declan.

« Je suis à peu près sûr qu'il craque pour son meilleur ami. Ce type, là, Felix. »

D'abord, j'ai cru qu'il déconnait. Je lui ai même posé la question :

— Tu rigoles, là ?

— Non. Je suis sérieux. T'as jamais vu comment Ezra le regarde ? Et comment il le suit partout, comme un toutou ?

J'ai failli le corriger. Ce n'est pas Ezra qui me suit comme un toutou, c'est moi qui le colle ! C'est mon seul ami à Sainte-Cath, et il attire tout le monde, comme un soleil. Mais je me suis retenu de le faire remarquer à Declan – il aurait sans doute deviné tout de suite qui j'étais.

Il a continué :

— On traînait ensemble tous les trois, et plus ça allait, plus Ezra craquait pour lui. C'était clair.

Je relis le texto d'Ezra. Impossible, Declan se plante. Ez ne cache jamais ses sentiments et ses coups de cœur. Et puis, autre truc : Austin. Depuis la fête dans son appartement, Ezra est avec lui. Pourquoi il ferait ça, si c'est moi qu'il aime ? Il m'en aurait parlé, non ? Declan a compris un truc de travers, ou bien il était mal avec lui et a cherché n'importe quelle raison pour rompre.

En tout cas, c'est ce que je me raconte. Mais il y a une voix dans ma tête qui répète : « Et s'il avait raison ? Si Ezra était amoureux de moi ? »

Par texto, je lui demande si on se rejoint chez lui, mais il me répond que non – on se retrouve au Stonewall.

Je pousse un grognement de frustration. Le Stonewall Inn, sérieux ? Au dixième jour du mois des fiertés, ça va être carrément bondé. Il y a quelques années, cet endroit me fascinait. C'est là qu'est née la lutte LGBT, des émeutes aux manifestations, avec Marsha P. Johnson et Sylvia Rivera, des femmes trans de couleur. Sauf qu'après m'y être rendu une ou deux fois, j'ai compris que je n'étais pas vraiment du genre à faire la fête. La foule, la musique à fond, le sol qui colle, les touristes blanches hétéros qui me collent des coups de coude « par accident » pour se faire de la place – excuse-moi d'exister ! –, les vieux un peu louches qui me paient des coups à boire (ce que j'ai accepté, bien sûr, qui refuse une bière à l'œil ?)... c'est pas vraiment mon kif.

Mais Ezra est à fond sur le mois des fiertés, et le Stonewall en est un haut lieu. Je pars donc de chez mon père, et quand j'arrive dans Christopher Street, je me retrouve derrière un groupe de filles surexcitées et mortes de rire. La file avance assez vite. Le videur chauve et musclé, habillé en tutu et avec des colliers de Mardi gras au cou, prend ma fausse pièce d'identité et me tamponne le poignet sans même un coup d'œil. À l'intérieur, éclairé par une boule à facettes, une drag-queen chante du Mariah Carey sur la petite scène, tandis que des mecs torse nu et couverts de paillettes reprennent les paroles en chœur. Il y a tellement de monde que je dois me faufiler pour longer le bar et prendre l'escalier.

Au premier, la lumière est tamisée et la musique cogne. Sur la piste, on saute au son d'un morceau de Journey. Dans le faisceau d'un spot, je l'aperçois – Ezra est au milieu, chantant à tue-tête, cheveux dans tous les sens, sans T-shirt, un immense sourire en travers du visage. Il est peut-être un peu défoncé – ou pas.

« Il craque pour son meilleur ami. Ce type, là, Felix. »

J'espère apercevoir Austin, juste pour me prouver que Declan a tort, mais je ne le vois nulle part. Je plonge dans la foule de corps en transe, tire Ezra par le coude. Il se retourne, yeux écarquillés, les pupilles comme des soucoupes, et hurle mon nom – je l'entends à peine par-dessus le vacarme. Il me prend la main pour m'obliger à danser, mais je déteste ça ; je n'aime pas me sentir observé par tout le monde, j'ai l'impression d'être super maladroit et incapable de me lâcher. Ezra a du mal à garder l'équilibre, il s'appuie contre moi. Son haleine sent le vin et la menthe. Il n'est que onze heures. Comment peut-il être déjà si bourré ?

Je hurle :

— Tu veux de l'eau ?

Il hoche la tête. Je repars vers le bar. À ma grande surprise, je sens sa main qui s'accroche à la mienne. Il a décidé de me suivre.

On s'installe dans le coin le plus éloigné du DJ et des enceintes. Au moins, on peut s'entendre, tant qu'on hurle.

Il sort son T-shirt de sa poche de derrière et l'enfile – mais pas avant que j'aie pu mater ses abdos. Il voit que je le regarde et me sourit, mais il ne commente pas.

— T'es venu ? J'y croyais plus...

— J'ai hésité. Tu sais ce que je pense du Stonewall.

On récupère un verre d'eau, avec deux pailles. Je crie :

— Où est Austin ?

— Quoi ?

— Austin ? Il est où ?

— Ah, oui, répond Ezra. On n'est plus ensemble.

« Il craque pour son meilleur ami. Ce type, là, Felix. »

— Hein ? Pourquoi ?

Il hausse les épaules.

— Je sais pas. On en parle une autre fois ?

— Comme tu le sens...

Je réponds ça, mais c'est le seul truc dont j'ai envie de parler, là, tout de suite... On reste là à siroter notre verre. Ezra me dévisage. Je m'écarte et lui demande :

— Qu'est-ce qui se passe ?

Il n'est pas amoureux de moi. Pas moyen.

Il secoue la tête, sans cesser de me fixer.

— Rien du tout. Je pensais juste que j'ai trop de la chance d'avoir un ami comme toi.

Il est grave bourré.

— Et côté alcool, tu en es à quel niveau, là ?

— Pas si mal, répond-il, sur la défensive.

Puis, comme je fais la moue :

— Bon, j'ai piqué une bouteille de champagne chez mes parents avant de partir...

Tiens donc...

— Je croyais que tu étais chez toi, et malade ?

Il hausse les épaules.

— J'en ai eu un peu marre de Brooklyn. J'avais besoin d'un petit break, je me suis retrouvé chez eux...

Je fronce les sourcils. Quand il dit « marre de Brooklyn », est-ce qu'il ne veut pas dire « marre de Felix » ? J'ai l'impression qu'il m'en a voulu de continuer à parler avec Declan. Et pourquoi ne m'a-t-il pas prévenu qu'il avait rompu avec Austin ?

« Il craque pour son meilleur ami. »

Le morceau change. C'est BTS, maintenant, accompagné par des spots multicolores. Tout le monde hurle de joie. Ezra bondit.

— J'adore ce son ! Tu danses avec moi ?

— Je sais pas...

— Je veux que tu danses avec moi !

— Je danse mal.

— C'est juste que tu n'oses pas te lâcher, répond-il en me tapotant le front.

Il me tend la main, impatient. Je sais qu'il a raison. J'en ai marre d'être toujours là à attendre, à regarder les autres, à rêver de faire comme eux sans oser me lancer. Et peut-être que danser ici, ça n'est pas grand-chose, mais ça compte quand même. Alors je prends sa main, et il m'attire au milieu de la foule. Il se met à sauter en rythme, riant aux éclats, et me fait tourner avec lui. Il pose la main sur ma taille, se colle contre moi. Nouveau morceau. Celui-ci est plus lent, avec une basse sourde. La lumière se fait tamisée. Il se penche et pose la tête sur mon épaule.

— Je peux ? me souffle-t-il dans l'oreille.

Merde. Il est amoureux de moi. Declan a raison. Ezra craque vraiment pour moi.

Alors, de peur que ma voix me trahisse, je réponds par un simple mouvement du menton. Il se colle encore un peu plus, et ce n'est pas comme si on ne se touchait jamais – on se fait plein de câlins, on dort dans les bras l'un de l'autre, on s'embrasse quasiment tous les jours – mais, cette fois-ci, c'est différent. On est si près que mon cœur se met à cogner. Il relève la tête et me mate comme si de rien n'était, comme si tout était normal, comme si ça n'avait rien de gênant de se dévisager. En fait, il me regarde comme s'il avait lu quelque chose dans mon expression, sans vraiment savoir quoi.

La musique change à nouveau. Je le lâche et je m'éloigne vers le bar. Il me suit, les yeux un peu vitreux.

— Tu devrais boire encore un peu d'eau, lui dis-je en lui tendant le verre.

— Ouais, t'as raison.

Ce soir-là, on ne redanse pas. On reste sur nos tabourets, à regarder les autres s'exciter sur les sons, à rire, s'embrasser, voguer sur la piste. Quand il me propose de rentrer dormir chez lui, j'hésite un peu, mal à l'aise. J'ai aimé la façon dont mon cœur cognait dans ma poitrine, ses doigts sur mes hanches... mais soudain, tout est différent.

J'accepte, et nous voilà dehors, dans la chaleur de la nuit d'été. La rue du Stonewall est fermée à la circulation ; des stands y proposent tout et n'importe quoi aux couleurs de l'arc-en-ciel en attendant le défilé. Les touristes se baladent et font des selfies. Nous marchons en silence. En silence, nous prenons le métro. Des gamins crient « C'est la fête ! », mettent de la musique et s'amusent à faire des figures autour des barres d'appui.

On descend du wagon à Brooklyn et on rejoint l'appartement d'Ezra à pied, zigzaguant entre les voitures et les sacs-poubelles entassés, dont la brise emporte les remugles. C'est seulement alors que je trouve le courage de parler.

— Il s'est passé quoi, avec Austin ?

Rien qu'à sa façon de se recoiffer et de jouer avec ses boucles, je vois qu'il n'a pas envie d'en parler.

— Je sais pas. Je le kiffais pas tant que ça, et je me suis dit qu'il valait mieux arrêter là.

— Pourquoi tu ne m'en as pas parlé ? Tu m'en veux vraiment à ce point ?

Ses yeux s'arrondissent.

— Moi, je t'en veux ?

— Euh, oui. Tu vois ce que je veux dire. Avec Declan et tout. Ça t'a mis en colère ?

Il hausse les épaules.

— Pas en colère, non. Mais ça m'a fait mal, c'est vrai.

Nouveau silence, puis il reprend :

— En vrai, j'ai psychoté pendant un bon moment, quand même. Je me demandais de quoi vous pouviez parler. Si tu le préférais à moi. Je me suis senti... trahi, d'une certaine façon.

Il inspire un grand coup, s'étire et continue :

— Mais je me suis rendu compte que c'était débile et immature. Tu ne m'appartiens pas. Je n'ai pas le droit de ressentir ça.

On gravit l'escalier jusqu'à son appartement. Ça fait quelques jours que je ne suis pas venu, alors qu'il y a peu c'était quasiment chez moi. Quand il ouvre la porte, je me

sens accueilli par l'ambiance familière et confortable. Je me déchausse, balance mes baskets... et me fige, ébahi. Les guirlandes de Noël sont toujours là, éclairant les lieux d'un blanc clignotant, mais le matelas a disparu. À la place, un immense canapé trône, face à la télé. Il y a même une table basse sur le côté, avec une lampe dessus.
Ezra se marre en voyant mon expression.
— Je suis passé chez Ikea...
Il referme la porte derrière moi. Sur la pointe des pieds, je m'avance vers le sofa et je m'assieds pour le tester. Il est carrément moelleux.
— Pas mal, hein ? sourit Ez.
— Où tu as mis le matelas ?
— Dans ma chambre. Mais je n'ai pas encore de sommier.
Je caresse le tissu gris, doux comme du velours. Merde. J'ai l'impression d'avoir été absent à une étape cruciale de la vie d'Ezra. Je murmure :
— Tu m'as manqué...
Accoudé au plan de travail de la cuisine, il m'observe.
— Ouais. Toi aussi.
— Tu sais, Declan et moi, on parle de... pas grand-chose, en fait. Juste des conneries, la plupart du temps. Et...
J'hésite à lui raconter l'histoire de Declan et de son père, comment celui-ci l'a désavoué. Mais ce n'est pas à moi de la lui apprendre – c'est à Declan de décider.
— Et, des fois, je lui parle de ma mère. C'est tout.
J'essaie d'ignorer le pincement de culpabilité – je lui mens.
Ezra me rejoint. Les LED blanches se reflètent sur sa peau sombre, font briller ses cheveux noirs. Il s'installe près de moi sur le canapé.

— Austin était vraiment furax quand je l'ai largué.
Que lui répondre ?
— Ah. Ça s'est passé comment ?
Il pousse un grognement.
— Pas bien du tout. Je l'ai invité à l'Olive Garden hier soir. Je pensais que c'était plus cool, un dîner en tête à tête, pour une rupture. J'ai essayé d'être sympa. Je lui ai dit que je le trouvais hyper mignon et que je l'aimais bien, mais que... je ne sais pas, que ça ne le faisait pas, quoi. Et là, il se met à pleurer, à me dire que je me suis foutu de lui, ce genre de trucs. Il m'a même lancé les gressins à la figure.
Je dois me mordre la lèvre pour ne pas rire.
— Les gressins, sérieux ?
Ezra me fusille du regard.
— C'est pas drôle...
Je hoche la tête, l'air le plus sérieux possible.
— Absolument. Désolé. Pas drôle du tout.
On s'observe deux secondes, et un ricanement m'échappe. Il se racle la gorge, luttant lui-même contre un fou rire, puis nos yeux se croisent à nouveau, et on explose. On se tape une énorme barre, pas moyen de s'arrêter. Je hoquette :
— Non, mais les gressins, quand même, ça reste le meilleur, à l'Olive Garden !
— Mais grave ! C'est presque un péché...
Il s'essuie les yeux, enfouit son visage entre ses mains, et j'espère vraiment que ce sont des larmes de rire...
— Je ne sais pas, continue-t-il d'une voix sourde. J'avais l'impression de me forcer à sortir avec lui, parce qu'en vrai je n'en avais pas tellement envie, et je me sens vraiment mal parce que, lui, il m'aimait bien, et...

Il relève la tête et me dévisage sans ciller. Il est amoureux de moi. Oui, c'est carrément possible. Je suis à la limite de lui poser la question directement. Mais une sensation de chaleur, qui remonte vers ma gorge et ma bouche, m'empêche de le faire. Je me contente de détourner le regard.

Un temps. Je respire un grand coup, je lui souris et je lâche :

— Je suis jaloux.

La surprise se peint sur son visage.

— Jaloux ? Pourquoi ?

Je hausse les épaules, un peu embarrassé.

— Je n'ai jamais eu de mec. Je n'ai jamais embrassé personne. J'en ai envie, mais vu que ça ne m'est jamais arrivé... je ne sais pas, j'ai l'impression que tout le monde y a droit, sauf moi.

Il est au courant de ça, je lui en ai déjà parlé. Mais maintenant, depuis que je sais qu'il est peut-être amoureux de moi... tout sonne différemment.

Il me fixe, mâchoires serrées, et on reste comme ça, en silence, pendant un long moment – si long que ça en devient gênant. Je me creuse la cervelle pour trouver une vanne, un truc pour le faire marrer, pour qu'on revienne à notre ancienne amitié, comme quand on se posait au parc, à moitié défoncés, pour parler de tout et de rien. J'ai l'impression que c'était il y a des siècles.

Une voiture passe dehors ; ses phares se reflètent sur le mur, puis disparaissent.

Ezra murmure :

— Je peux t'embrasser ?

Je sursaute.

— Quoi ?

Il ne répète pas.
— T'es bourré, Ezra ?
— Pas du tout.
Il n'a pas détourné le regard. Il attend ma réponse. Incapable de respirer, je hoche la tête. Il n'hésite pas une seconde – il se penche, je tremble presque, ma bouche heurte la sienne ; il s'arrête, se penche à nouveau, plus doucement cette fois. Ses lèvres effleurent les miennes, mon cœur cogne et saute dans ma poitrine comme s'il cherchait à passer directement dans la sienne. J'inspire son odeur, et il s'écarte. Mon premier baiser.
Il n'a toujours pas dit un mot. Ses yeux cherchent une réponse dans les miens.
Cette fois, c'est moi qui me penche vers lui. Il prend mon visage dans sa main, me caresse la nuque de l'autre. Un élan m'emporte, mes dents effleurent ses lèvres. Il recule de quelques millimètres.
— Doucement... murmure-t-il.
Je bafouille une excuse, puis je l'attire à nouveau contre moi. Je sens ses lèvres, ses mains qui se glissent sous mon débardeur, sur mes cuisses, le long de mon dos. Sans trop savoir comment, je me retrouve à califourchon sur lui, sur le canapé, et je sens la bosse dans son pantalon, ce qui me terrifie et m'excite à la fois ; un frisson me parcourt tandis que mes doigts agrippent son T-shirt et...
Il recule. Je tente de le suivre, accroché à sa bouche, mais il rompt notre baiser. Je murmure, hors d'haleine :
— Ça va ?
Il hoche la tête, sans me regarder.
— Oui. C'est juste que...

Il s'agite, mal à l'aise. Je descends de ses genoux, m'installe en tailleur sur le canapé, gêné.

— Je suis désolé, je me suis laissé, euh...

— Non ! se hâte-t-il de me couper. Tu n'as rien fait de mal, au contraire. C'est moi. Ça m'excite un petit peu trop, et...

J'étais gêné ; là, je suis carrément mort de honte. Mes yeux, automatiquement, se dirigent vers l'entrejambe d'Ezra, où une bosse bien visible gonfle encore son jean. Il est aussi embarrassé que moi, je le vois à sa façon d'éviter mon regard pendant qu'il tente de se rajuster. Il se lève, lance « Je reviens » et va s'enfermer dans la salle de bains, où j'entends couler de l'eau.

J'enfouis le visage dans mes mains.

Oh putain.

Ça serait trop le malaise de rester ici cette nuit – je veux dire, je n'arrive même plus à le regarder en face – alors, sans un mot, je me casse. Je sors de l'appartement, dévale les escaliers, me retrouve devant l'entrée, sur le trottoir... et je m'arrête. Je m'assieds sur le perron où j'ai passé tellement de soirées. Appuyé à la rampe, je passe et repasse dans ma tête ce truc énorme qui vient de m'arriver.

Je ne suis pas surpris d'entendre la porte, derrière moi, s'ouvrir et se refermer à nouveau. Ezra s'installe sur une marche.

— Ça va, toi ? demande-t-il d'une voix douce.

— J'en sais rien.

— C'était un peu chelou, non ?

— Carrément chelou, tu veux dire.

Il rit, puis pose le menton sur ses genoux, bras croisés. M'observe en coin.

— N'empêche, ça faisait un bout de temps que j'en avais envie.

— Sérieux ?

— Oui. Ça aussi, c'est chelou, non ?
Je hausse les épaules, incapable de soutenir son regard.
— Je sais pas. Peut-être un peu, oui. On est meilleurs amis, non ?
Il ne répond pas tout de suite. D'abord, il se redresse et s'étire, observe le ciel, où un rayon de lune dessine un halo entre les nuages.
— J'ai un truc à te dire.
Mon cœur chavire. Je sais très bien ce qu'il va me sortir.
— Non, Ezra. Ne fais pas ça.
J'entraperçois son expression peinée avant qu'il baisse les yeux.
— Pourquoi, Felix ?
— On est amis. Je ne veux pas perdre ce qu'on a.
— Qu'est-ce que tu veux dire ?
— Tu imagines, si on se sépare, comme Declan a rompu avec toi ? Si on se fâche, si on se fait la gueule ? Je ne veux pas gâcher notre amitié, Ezra. Parce qu'elle est trop géniale, putain.
Il me répond d'une voix si douce que c'est à peine si je l'entends.
— Je sais. Mais je craque pour toi, je ne peux pas m'en empêcher.
— Tu craques pour moi ? Mais qu'est-ce qui te prend, merde ?
Pourquoi cette colère, soudain ? D'une certaine façon, j'ai l'impression qu'il me trahit. Comme s'il m'avait menti depuis toujours sur notre relation. Mais sous cette colère, il y a de la peur. Ezra et moi, on va si bien ensemble. On se soutient, on s'aime, on a toujours été là l'un pour l'autre.

Ce serait presque logique qu'on sorte ensemble, qu'on se mette en couple, et qu'en quittant la fac, on se marie – ça nous ferait une belle histoire, on raconterait qu'on s'aime depuis le lycée... Un truc tellement parfait qu'immédiatement, la crainte m'envahit et me ronge : et si ça s'arrêtait, s'il se rendait compte qu'il ne m'aime plus, s'il me quittait comme ma mère nous a quittés ?

Il m'observe, sourcils froncés.

— On dirait que tu ne veux pas que je t'aime.

— C'est exactement ça, Ezra.

Il respire un grand coup et se lève d'un bond, si vite que j'ai à peine le temps de le voir se précipiter vers la porte...

— Attends, Ez !

Il s'arrête sur le seuil, se retourne vers moi.

— Tu dis toujours que tu veux tomber amoureux, et que tu as peur que personne ne t'aime. Je suis là, moi. Je t'aime, et je te le dis, putain.

Il lève les mains, puis les laisse retomber en poussant un soupir.

— Je t'aime, Felix. Mais... en gros, je suis la seule personne au monde dont tu refuses l'amour ?

Au-dessus de nous, quelqu'un sort à sa fenêtre et se met à gueuler :

— Vous allez la fermer, putain ?

Ezra s'essuie les yeux et les joues.

— Et merde. Tu avais raison. J'aurais dû fermer ma gueule.

La porte de l'immeuble claque derrière lui.

DIX-NEUF

Ezra ne répond plus à mes textos.
Il ne décroche plus quand je l'appelle.
Je sonne en vain chez lui.
Le lundi suivant, il ne met pas les pieds au lycée.
Et plus ça va, plus je m'en rends compte. Ezra est amoureux de moi. Depuis longtemps. Declan avait raison.
Comment ai-je pu être aussi aveugle, merde ?
Je me repasse sans cesse les images du film. Le moment où je lui ai dit que je ne voulais pas qu'il me parle de ses sentiments envers moi – que je ne voulais pas qu'il m'aime. Carrément nul de ma part, mais je flippais trop, putain ! C'est ce que je lui écris, c'est le message que je laisse sur son répondeur. « Je suis désolé. J'étais en panique. »
Je regrette, maintenant. On aurait dû essayer d'en parler calmement, de comprendre où nous en étions. Sommes-nous encore amis ? Est-ce qu'il me déteste, à présent ? Est-ce qu'il ne veut plus jamais me voir ? Dire que j'avais peur de foutre notre relation en l'air... bravo, c'est réussi.
Et pour couronner le tout, j'ai un peu l'impression d'avoir trompé Declan.
— On est quoi, toi et moi ?
Je lui pose la question au téléphone, enfermé dans ma chambre. J'ai éteint la lumière pour éviter les remarques de mon père.

— Qu'est-ce que tu veux dire ? me demande Declan.

Je lâche :

— J'ai embrassé quelqu'un.

Il reste silencieux, un peu trop longtemps. Je sens l'appréhension monter en moi.

— Bon, reprend-il enfin, on ne sort pas ensemble, de toute façon, et on ne s'est rien promis. Donc, tu peux sortir avec qui tu veux.

— Tu n'es pas fâché ?

— Si, un peu, admet-il. Mais c'est surtout que je ne comprends pas pourquoi tu ne me laisses pas une chance de...

— De m'embrasser ?

— J'allais dire « de te rencontrer », mais oui, ça me dirait bien d'essayer, aussi. Enfin, si ça te tente.

— Tu ne sais même pas à quoi je ressemble.

— Pas sûr d'avoir besoin de ça.

Je suis sur le point de lui avouer qu'il ne sait rien de moi ou de mon genre, que je suis peut-être quelqu'un comme Bex, mais j'hésite. Je suis le premier à ignorer mon identité de genre. Je demande :

— Et si je ne te plais pas... physiquement ?

— Qu'est-ce qui pourrait m'en empêcher ?

— Tu ne peux pas être attiré par tout le monde sur terre...

— Non, sans doute.

Captain est endormie à côté de moi. Son oreille s'agite quand je la caresse.

— Et si je te disais que je questionne mon identité ?

— Je dirais que ça me va.

— Ça te va ?

— Pourquoi, c'est le cas ?

Je gratte l'oreille de la chatte qui ouvre un œil paresseux. Je soupire.

— C'est bizarre, en fait. Je croyais avoir déjà tout compris... et puis non.

— Mais c'est normal, je pense, répond Declan. Au début, quand je me suis rendu compte que j'étais plus attiré par les garçons, je me suis posé des tas de questions. En fait, j'avais l'impression que ça changeait chaque semaine. Ça me rendait dingue.

— Et finalement, tu as compris ?

— Pas vraiment. Mais j'ai lu quelques trucs sur Internet. Les questions que d'autres se posent. Je me suis rendu compte qu'on était nombreux à les partager. Du coup, j'avais moins la pression, moins besoin de les résoudre, tu vois ?

Oh oui. Moi aussi, j'aimerais avoir moins la pression sur certaines questions. Par exemple, maintenant qu'Ezra m'a avoué qu'il m'aimait, j'ai l'impression d'être obligé de m'interroger sur ce que je ressens pour lui. Je l'aime – bien sûr que je l'aime ! Mais est-ce que je l'aime en tant que petit ami ? La question est tellement dingue, tellement énorme, que j'essaie de l'esquiver. Chaque fois qu'elle me vient à l'esprit, je la repousse : j'ai trop peur de ma réponse.

Je reviens à Declan.

— Tu as la pression, toi ?

— Oui, pour des tas de trucs. Mon avenir, d'abord, je suppose. Si je suis pris à la fac, comment je vais faire pour payer mes études ? Il y a des fois où je me demande si ça vaut vraiment le coup de m'endetter à vie pour ça.

— Je comprends complètement. Moi, c'est pareil. Je suis à fond sur mon objectif, entrer dans une grande école – il me semble que je dois y arriver, que j'ai un truc à prouver... mais en fait, je ne sais pas si je vais réussir, et je me demande surtout si ça vaut la peine d'essayer.

— Tu as l'impression d'avoir quelque chose à prouver ?

L'ironie de la situation me frappe soudain. Je parle de Brown – l'université où nous rêvons tous les deux d'entrer, et pour laquelle nous sommes en concurrence.

— Oui, un peu. Je crois que beaucoup de gens pensent que je ne suis pas au niveau. Je veux leur montrer qu'ils se trompent.

J'ai l'impression de l'entendre carrément hausser les épaules dans le téléphone.

— Peut-être que ça n'a aucun rapport, dit-il, mais je trouve que ce n'est pas une mauvaise chose de vouloir démontrer des trucs aux autres, prouver tes capacités. C'est même plutôt positif, non ?

On finit par se dire bonne nuit – il n'est que trois heures du matin, alors qu'en général on ne raccroche pas avant cinq heures – et je sors mon ordinateur portable. Je ne dors plus beaucoup de toute façon, depuis ce qui s'est passé avec Ezra. J'ouvre Google et je tape : « Pas envie d'aller à la fac. Que puis-je faire d'autre ? »

Les possibilités sont infinies. Stages, voyages avec des organisations de bénévoles, travaux d'intérêt général – sauf qu'au lieu de me remplir d'excitation, ça m'angoisse. Trop de choix, trop de solutions. Tout à coup, je comprends ce qu'Ezra ressent quand il pense à son avenir. Et dire qu'aveuglé par ma jalousie, je l'ai jugé pour ça... J'ai envie de lui envoyer un texto d'excuses, et de lui demander ce

qu'il penserait si je renonçais à Brown. Son avis compte tellement pour moi.
Au même moment, mon téléphone se met à vibrer. Je suis surpris et ravi à la fois. Est-ce qu'il a senti que je pensais à lui, décidé de me pardonner ? Quelques jours se sont écoulés, il a peut-être avancé...
Sauf que ce n'est pas Ez qui m'écrit.

Tu essaies de me zapper ?
Tu ne peux pas.
On m'a dit que ta mère t'avait abandonnée.
Je la comprends. J'aurais fait pareil,
avec une fille qui fait semblant d'être un garçon.

Les larmes jaillissent de mes yeux. La poitrine me brûle, je ne peux plus respirer. Je ne devrais pas laisser cette ordure me blesser – sauf que mon point le plus sensible a été touché, la douleur est insoutenable. Mon index hésite un instant au-dessus du bouton « bloquer ». J'aurais dû l'utiliser depuis longtemps. Mais je ne le fais pas. J'ai besoin de répondre, de me défendre, de montrer à Grandequeen69 que je ne mérite pas d'être traité comme ça – que je suis un être humain.
Je tape : *Tu prends ton pied à m'attaquer comme ça ? Ce n'est pas parce que tu ne comprends pas mon identité que je ne suis pas réel. J'existe.*
Sa réponse ne se fait pas attendre.

C'est ça que tu piges pas : tu n'existes pas.
Tu n'es rien du tout.
Tu crois que tu comptes pour quelqu'un ?

Mais non. Personne ne s'intéresse à toi.
Même pas ta mère.

La douleur est carrément physique, cette fois, comme un poison qui me brûle le cœur et s'insinue partout sous ma peau. Je ne trouve rien à répondre. Que dire à quelqu'un qui vous explique qu'au fond, vous n'êtes pas humain ? Qui vous traite comme un moins que rien ? Soudain, le chagrin devient de la colère et je balance mon portable à l'autre bout de la chambre. Il cogne contre le mur, retombe sur le parquet. Dérangée dans son sommeil, Captain bondit en crachant.

— Merde !

Je me lève de mon lit et je vais ramasser mon téléphone. Il y a une petite fissure dans le coin de l'écran.

— Putain de merde...

J'essuie mes larmes d'un revers de la main. Non, je ne devrais pas laisser cette personne me toucher à ce point, je le sais. Mais je sens ses mots qui s'enfoncent en moi, à m'en asphyxier.

Le mercredi, en arrivant à Sainte-Cath, je n'imagine pas croiser Ezra – zéro chance, vu qu'il sèche depuis la semaine dernière et qu'il ne répond à aucun message. Alors, le voir sur le parking, ça me prend complètement par surprise. Mon cœur se met à cogner, et le souvenir de notre baiser – du moment où il m'a avoué qu'il était amoureux de moi – me donne l'impression que je vais de nouveau péter un câble. Mais, quand il passe près de moi sans un regard, un éclair de douleur me traverse. C'est juste qu'il ne m'a pas vu, sans doute – mais les mots de Grandequeen69 me reviennent. Je n'existe pas. Je ne compte pour personne.

J'appelle :

— Ez !

Il ne s'arrête pas. Le voilà déjà devant les portes vitrées, puis dans le hall. Il ne m'a jamais traité comme ça, alors je me dis qu'il ne m'a pas entendu, qu'il est trop dans ses pensées. Je le suis à l'intérieur.

— Hé, Ezra !

Là, il me jette un coup d'œil – mais son regard est glacé. J'hésite un instant, puis je tente de le rejoindre – lentement d'abord, puis j'accélère, et l'écho de mes pas résonne dans le couloir, jusqu'à ce que je parvienne à sa hauteur. Vu la taille de ses jambes, il me faut presque courir pour le rattraper.

— Oh, Ezra !

Je me suis planté devant lui. Il lâche un soupir impatient, regarde mes chaussures avant de lever les yeux sur moi.

— Écoute, je suis désolé. Je regrette toutes les conneries que j'ai sorties.

Il hausse les épaules, mais ne répond pas.

Qu'est-ce que je peux ajouter ? Je ne l'ai jamais vu aussi furieux contre moi.

— Tu ne veux... Tu ne veux pas qu'on en parle ?

Nouveau haussement d'épaules, à peine perceptible, comme si même ça lui coûtait trop d'efforts.

— Qu'est-ce qu'il y a à dire ?

Je laisse passer quelques secondes, puis :

— Tu m'en veux tant que ça pour l'autre fois ?

— Non, j'imagine.

— Alors, pourquoi tu es en colère ?

— Je ne suis pas en colère, Felix.

Il a les yeux un peu vitreux, comme si lui non plus n'avait pas assez dormi ; mais derrière, son expression est vide, évoquant la froideur, ou peut-être l'ennui. L'indifférence. Je me force pourtant à soutenir son regard, même si je suis au bord des larmes. Il a dit qu'il m'aimait – enfin, il a essayé – mais, apparemment, en quelques jours, il s'est rendu compte qu'en fait, il s'en foutait.

— Alors, c'est quoi le problème ?

Encore un haussement d'épaules. Un putain de haussement d'épaules.

— Je crois que j'ai besoin d'un peu de temps. Pour réfléchir à tout ça.

J'ai beau tenter de le regarder dans les yeux, il ne cesse de détourner le visage.

— J'ai besoin d'espace, Felix.

— D'espace ?

Il ne répond pas, se contente de fixer le mur. Sa pomme d'Adam monte et descend.

— D'accord. Je vais te laisser de l'espace.

Je n'ai même pas fini ma phrase qu'il s'éloigne dans le couloir. Quand j'arrive en cours d'acrylique, il a déménagé ses affaires à une autre table, là où Tyler s'installe en général. Tyler, lui, roupille tranquillement sur le tabouret à côté du mien.

Pour la première fois, dans cette période, j'ai du mal à me concentrer sur mon book. J'adorerais me plonger dans les autoportraits et débrancher carrément, mais je n'arrête pas de penser à ce baiser. À Ezra. Ça tourne et retourne dans ma tête, même quand j'essaie de me focaliser sur autre chose, sur quelqu'un d'autre qu'Ezra. Même quand je ferme les yeux, inspire à fond, tente de faire le vide. Ezra. Chaque fois, mon cerveau y revient, encore et encore. Ezra.

Il ne m'aime plus. C'est clair, vu le regard qu'il m'a jeté dans le hall. Il ne lui a fallu qu'une seule dispute pour arrêter de m'aimer, et se mettre à me détester à la place. D'une certaine façon, Grandequeen69 a raison. Je ne compte pour personne – plus pour Ezra, et pas pour Declan, qui est amoureux de Chance, pas de moi. Mon autoportrait m'observe avec un sourire en coin. Je me la suis un peu trop pétée, récemment – qu'est-ce qui m'a pris de croire qu'on pouvait tomber amoureux de quelqu'un comme moi ?

Le pinceau dans ma main plonge dans le violet et se met à danser, indépendamment de moi, sur ce sourire, sur mes yeux, sur mon visage. J'appuie si fort sur la toile que je finis par la crever, en plein milieu.

— Felix ?

Je me retourne. Jill m'observe, inquiète. Je me rends compte qu'autour de moi, la moitié de la classe me fixe aussi. Ezra, lui, est à l'autre bout de la salle. Il me tourne le dos. Il n'a pas bougé et reste là, figé, comme si lui aussi était tendu dans ma direction, même s'il refuse de regarder.

— Tout va bien ? demande Jill.

— Oui. Je crois que je me suis juste laissé emporter.

Elle hoche la tête en observant mon tableau détruit, puis s'avance d'un pas, pendant que les autres se remettent au travail.

— Tu as décidé que celui-là ne fonctionnait pas ?

— Il était trop... arrogant, je crois.

Elle se frotte le menton.
— Je le trouvais intéressant. Mais au final, ce que je pense, ça ne compte pas.
Elle fait mine de s'éloigner, puis s'arrête à nouveau et me lance :
— Tu sais, Felix, l'appel à projets pour l'expo de fin d'été est lancé.
— Oui, j'ai vu passer l'info.
— Tu devrais envisager de te présenter, dit Jill. Tes autoportraits, si tu arrives à en terminer un certain nombre… ils sont puissants, Felix. Peut-être plus que tu ne le soupçonnes.
Elle dit ça parce qu'elle voit que je galère. Je sais bien que ça n'a aucun sens de postuler pour cette expo. La compétition est rude. En fait, pratiquement tous ceux qui participent au programme d'été posent leur candidature. Les œuvres du gagnant apparaissent dans la newsletter de l'école – très lue par les anciens élèves, ce qui ouvre pas mal d'opportunités. Beaucoup de ceux qui ont été choisis les années précédentes ont obtenu une bourse – et ça ne sera pas mon cas. À quoi bon postuler, si c'est juste pour échouer ?
Je réponds à Jill que je vais y réfléchir, et elle me retourne un sourire satisfait.

VINGT

Quand les cours se terminent, à la fin de la journée, je me sens bizarre, désorienté. Normalement, j'accompagnerais Ezra chez lui à pied, mais il s'en va par le parking sans me calculer. Je pourrais aussi rentrer chez moi et parler à Declan en tant que Chance, mais je ne le sens pas trop – d'une certaine façon, j'ai un peu peur qu'il découvre soudain qu'il ne m'aime pas, lui non plus. Heureusement, en quittant le campus, je me rends compte qu'on est mercredi. Le groupe de parole sur le genre se tient au centre LGBT à vingt heures, c'est-à-dire dans peu de temps. Ça devrait me terrifier de me repointer là-bas, mais je suis encouragé par le souvenir du sourire rassurant de Bex qui m'offrait de revenir quand je voulais.

Il ne me faut pas longtemps pour rejoindre le centre, pas plus d'une demi-heure. Je suis en avance pour la réunion, alors je m'installe dans l'espace café aux murs blancs, avec des tables et des chaises design et, dans l'odeur de caramel et de croissants, je sors un carnet de croquis sur lequel je me mets à dessiner les gens autour de moi. Je me rends peu à peu compte que, tout comme Bex, chaque individu assis ici pourrait être non-binaire. Peut-être que, lorsque je dessine, je ne devrais pas considérer le genre des autres comme acquis. Il y a cette personne avec des rides, une veste, au rire contagieux ; une autre, plus jeune, avec des cheveux verts et un piercing au nez, dont le sourire me dévoile un appareil dentaire. À mesure que je travaille, mon trait s'améliore – peut-être parce que je regarde les gens. Je les regarde *vraiment*, au lieu de voir ce que je pense qu'ils sont.

J'aimerais rester là, à bosser sur mes esquisses pendant des heures, mais je suis venu dans un but précis. Quelques minutes avant vingt heures, je remballe mon carnet de dessin et je monte l'escalier, les yeux rivés à mes chaussures comme si j'avais peur de trébucher sur les marches. Mon cœur tambourine dans ma poitrine ; j'ai l'impression de devoir monter sur une scène devant une foule. Je me répète intérieurement : « Aujourd'hui. C'est aujourd'hui que je trouve le courage de parler. De poser mes questions pour trouver les réponses que je cherche. »

Bex attend à nouveau devant la porte, et iel semble réellement content·e de me voir arriver et signer la feuille de présence posée sur une table.

— C'est chouette que tu sois là !

Je lui rends son sourire, même si je suis trop nerveux pour répondre. Je m'installe comme la dernière fois, le plus à l'écart possible. Je retrouve les mêmes personnes : Tom, son journal posé sur ses genoux, qui discute avec Sarah, toujours avec son rouge à lèvres écarlate. Zelda vérifie avec son portable si elle est bien coiffée. Wally porte un T-shirt Miles Morales. Il me sourit et me salue d'un geste de la main, que je lui rends – mais tellement gauchement que c'est limite si je ne me foule pas le poignet.

Il est temps de commencer. Bex démarre par les présentations, même si nous nous connaissons déjà tous – une question de protocole, je suppose –, puis lance la discussion :

— Nous sommes le 14, le défilé de la Gay Pride a lieu dans quinze jours. Pourtant, il n'est pas toujours simple d'être fier de soi-même. Il n'y a que très peu de visibilité pour les personnes situées dans certaines parties du spectre du genre, et beaucoup d'individus cisgenres considèrent que les personnes trans et non-binaires ne méritent pas les mêmes droits qu'eux. C'est encore plus compliqué pour les personnes de couleur, et tout particulièrement pour les femmes trans noires. C'est pourtant en partie à elles que nous devons les émeutes de Stonewall et la première Gay Pride. N'empêche qu'elles sont souvent invisibilisées et ignorées, y compris par d'autres personnes queers au sein de la communauté LGBTQI+. Comment s'assumer dans un monde qui, apparemment, ne veut pas de notre existence ?
Je ne m'attendais pas à ce que la thématique de la discussion me touche d'aussi près. Les mots de Grandequeen69 me reviennent comme des coups de poignard. « Tu crois que tu comptes pour quelqu'un ? Mais non. Personne ne s'intéresse à toi. Même pas ta mère. » Avec un frisson de honte, je me rends compte que j'ai commencé à y croire, moi aussi. Comment me sentir fier de ce que je suis alors que le reste du monde me rejette ?
Apparemment, le sujet est également sensible pour les autres personnes présentes. Sarah semble au bord des larmes.
— Les hommes gays cis, en particulier blancs, souvent, on dirait qu'ils se sentent, comment dire ? « Normaux à un détail près ». Et ils nous le montrent bien. Ils jouissent de leurs privilèges et de leur pouvoir dans leur petit groupe élitiste, ils nous chassent. Ils nous traitent comme des

chiens. La semaine dernière, je suis entrée dans un bar et des mecs comme ça se sont mis à rire. J'ai failli leur demander s'ils avaient déjà entendu parler de Sylvia Rivera. S'ils se rendaient compte qu'ils réagissaient comme les gays blancs qui se moquaient d'elle.

— Attends, intervient Zelda, j'ai une question : pourquoi tu cherches leur approbation ? Qu'ils aillent se faire foutre. On s'en tape, de ces petits branleurs...

— Je ne cherche pas leur approbation, rétorque Sarah, visiblement agacée par la question. Je me sens blessée, c'est tout. C'est dur de ne pas être incluse, d'être rejetée – tout particulièrement par des gens qui devraient m'accepter. Tu peux comprendre que ça fait mal, non ?

— Parfois, intervient Wally, je me demande s'il ne vaudrait pas mieux que je ne fréquente que des gens comme moi. Pour éviter la transphobie, le racisme, les préjugés contre les personnes queers. M'entourer d'une centaine de Wally et en rester là. Créer mon propre monde, ma petite bulle, pour ne plus être rejeté.

— Le problème avec ça, rappelle Tom, c'est que tout le monde n'a pas la chance, ni la possibilité, de créer cet univers protégé. Même si nous en avons très envie.

— Alors, on fait quoi ? reprend Sarah. On les force à arrêter de nous traiter comme de la merde ? On leur fait comprendre que, sans des femmes comme moi, ils n'auraient jamais acquis le moindre droit ?

Tom hausse les épaules, l'air plus calme.

— Tu as vraiment envie de gâcher ton énergie là-dedans ?

— Tu voudrais que je la consacre à quoi, sinon ?

— À toi, suggère-t-il. À t'aimer, à t'accepter, à te réjouir de ton existence, à faire de même pour les jeunes femmes qui marcheront dans tes pas. Changer la société, c'est bien – il faut se battre pour nos droits, pour la justice. Mais, tu sais... créer notre monde, pas seulement pour nous-mêmes dans notre bulle, mais aussi pour tous ceux et celles qui en ont besoin – un monde plein d'histoires, de nos histoires, d'amour et de fierté –, c'est très beau, aussi. Et c'est tout aussi nécessaire. Sans ça, on s'oublie nous-mêmes. On se laisse abattre par l'isolement et le rejet sans réaliser que, par-dessus tout, on doit commencer par s'aimer et s'accepter soi-même.

Je suis venu dans l'intention de parler, de me joindre à la discussion, de poser mes questions. Mes pensées tourbillonnent et j'ai l'impression que mon cœur va bondir de ma poitrine, mais je me force à intervenir.

— Excusez-moi...

Toutes les têtes se tournent vers moi. Ma voix tremble.

— Comment... euh, comment avez-vous déterminé votre identité de genre, au départ ?

Sarah s'agite sur son siège, l'air impatient – peut-être que j'ai posé une question débile ? Ils ont des années-lumière d'avance sur moi, et c'est un thème hyper bateau. Je devrais m'excuser de les avoir interrompus et de leur faire perdre leur temps... Mais Bex me sourit à nouveau. Je m'éclaircis la gorge.

— C'est juste que... j'ai l'impression qu'il y a tellement d'options, tellement de genres. Comment avez-vous su quel était le bon ?

Zelda prend la parole.

— Oui, il y a beaucoup de choix. Beaucoup d'étiquettes. Trop. Pourquoi cette obsession de tout mettre dans des cases ?
— Je ne sais pas, tempère Wally. Dans un monde parfait, un monde sans transphobie ni aucune forme de rejet de l'autre, on n'aurait sans doute pas besoin d'étiquettes. Mais voilà, on est dans un monde imparfait, et quand je suis face à des cons, ça me fait du bien de savoir que je ne suis pas le seul mec trans au monde.
— OK, répond Zelda. Mais pourquoi toutes ces étiquettes ? Garçon et fille, ça ne suffit pas ? Homme trans, femme trans ?
Bex incline la tête et sourit.
— Si j'avais pu, j'aurais choisi l'un ou l'autre. Ce serait beaucoup plus simple que de devoir m'expliquer chaque fois que je passe un portique à l'aéroport ou que je dois utiliser des toilettes publiques non-neutres. Sauf que, voilà, je ne me reconnais dans aucune de ces deux catégories.
— Alors, comment on sait qu'on a trouvé la sienne ?
Quelques sourires accueillent mon intervention, et je me demande si j'ai dit une connerie.
— C'est différent pour chaque personne, explique Bex. Pour moi, c'était un sentiment. Le sentiment que mon identité non-binaire explique tout ce que je suis, que j'ai toujours été, mieux qu'aucune autre étiquette.
Je me recroqueville sur ma chaise.
— Et si je n'éprouve jamais ce genre de sentiment ?
— C'est une éventualité, répond Bex. Certaines personnes passent leur vie à se questionner, et c'est très bien aussi.

Mais quand le moment sera venu, tu sauras. Ça te donnera une confiance nouvelle, parce que tu auras tes réponses.
Zelda secoue la tête.
— Ah, les jeunes, soupire-t-elle. Toujours à se poser des questions. Toujours à tout remettre en cause, juste pour le plaisir.
— Moi, ces jeunes, objecte Tom, je les envie. Ils ont enfin la possibilité d'explorer qui ils sont, de s'interroger et de se découvrir. Tu sais, quand j'étais ado, jamais je n'aurais cru voir à la télé ou dans un film un homme transgenre. Et maintenant...
Il se tourne vers moi et poursuit :
— Quand je te vois, toi, je me dis que j'aimerais redevenir adolescent. Je sais bien que tout n'est pas parfait, et que vous rencontrez encore des difficultés, mais crois-moi : profite de ces années. Vis. Vis au nom de celles et ceux qui n'ont pas pu jouir de leur adolescence. Ceux pour qui l'existence s'est arrêtée là.
La conversation se poursuit. Iels parlent de leur adolescence, de ce qu'ils auraient voulu, de ce qui a changé. Je suis trop timide pour intervenir à nouveau, mais les mots de Tom résonnent en moi.

Dans ma chambre, où le réveil m'indique 00 h 06, je consulte un Tumblr qui recense des centaines d'identités transgenres. Non-binaire. Agenre. Bigenre. Transmasculin. Transféminine. Genderqueer. Genre Non Conforme... Tant de termes, tant d'identités que je me sens à nouveau dépassé. Aucune de ces définitions ne semble me convenir.

Je lis encore et encore, faisant défiler les pages à m'en dessécher les yeux, jusqu'à ce qu'un mot arrête mon regard. « Demiboy ». « Personne qui s'identifie comme principalement ou en partie masculine (Je me redresse et ajuste mon ordinateur sur mes genoux), mais qui peut à l'occasion s'identifier comme non-binaire, voire féminine. » Là, ça fourmille dans ma tête, dans ma nuque, puis dans mon cœur. La plupart du temps, je ne me pose même pas la question – je suis un mec, sans le moindre doute. Mais parfois... ça ne me va pas qu'on me traite comme un homme, presque comme quand on me traite comme une fille.

J'essaie de prononcer le mot à haute voix.

— Demiboy.

Demiboy. Demiboy.

Je souris. Un peu, d'abord, puis en grand. Et je me mets à rire, peut-être même à pleurer, parce que je comprends ce dont parlait Bex. La confiance qui se répand en moi. Je sais que c'est vrai. Étonnant comme ce mot explique exactement mon ressenti, chasse mes doutes, mes questions, mes hésitations – c'est un mot qui signifie que je ne suis pas seul, que d'autres ressentent exactement les mêmes choses que moi. J'éprouve une étrange forme de déception, de trouver ainsi, presque par hasard, la réponse à une question qui me tourmente depuis des mois. J'aimerais hurler ce mot, ou juste – oh, oui, voilà – l'envoyer par SMS à Ezra, lui raconter le groupe de parole de ce soir, ma recherche sur Internet. Je voudrais lui dire que le mot « demiboy » me convient à merveille – et qu'il me manque, aussi. Il y a une autre question que j'évite soigneusement depuis le soir où il m'a avoué ses sentiments. « Qu'est-ce que je ressens pour lui ?

Est-ce que je suis amoureux, moi aussi ? » Et le simple fait de penser à lui éveille en moi une étincelle – le souvenir de notre baiser m'embrase.

Je prends mon téléphone et j'ouvre Instagram. Je me redresse sur le lit et je prends un selfie, avec la légende : « Devinez qui est un demiboy ?... »

J'ajoute quelques hashtags et émoticônes, puis je le poste. Trop dommage qu'Ezra et moi, on ne se parle plus, mais il verra peut-être la photo. Ça l'intriguera, il m'écrira, et on pourra enfin dépasser ce truc pourri qui nous arrive. Je scrolle sur mon compte, mais je suis surpris des images que j'y trouve, qui ne sont pas celles de d'habitude...

Mon regard remonte sur le coin de l'écran, et mon cœur se met à palpiter, comme si je m'éveillais d'un cauchemar. Je suis connecté au profil de Chanceliquide95.

Je bondis de mon lit, si bien que, entravé dans les draps, je manque me casser la figure.

— Putain de meeeeeeerde !

Tout à coup, mes doigts sont trop gros, trop fébriles, pour remonter sur le post. Je parviens à l'effacer, les mains tremblantes.

Puis je reste là à fixer mon téléphone. Quelles sont les chances pour que Declan soit réveillé et qu'il ait regardé mon Insta pile au mauvais moment? Qu'il ait vu mon selfie ?

Le portable ne sonne pas, ne vibre pas. Personne ne m'appelle ou ne m'écrit. Je me rassieds sur mon lit, sans quitter l'écran des yeux. Mon Dieu, faites qu'il n'ait pas vu le post...

C'est le mantra que je me répète tout au long de mon insomnie et jusqu'au lendemain matin, pendant mon trajet en métro entre Harlem et Sainte-Cath. « Faites que Declan n'ait pas vu le post. Faites que Declan n'ait pas vu le post. »

J'entre en classe, et je consulte à nouveau Instagram, comme si le fait de fixer les images me donnait le pouvoir de remonter le temps. Il est encore tôt, Jill n'est pas arrivée, mais Tyler est déjà installé au premier rang tandis que Hazel discute avec Leah. La porte s'ouvre puis se referme, et avant que j'aie le temps de lever la tête, Declan s'est planté devant moi.

Il me dévisage, les yeux rougis. Mon cœur chavire. Il a vu le post.

Il sort son téléphone et, sans me regarder, touche l'écran. À l'envers, je vois qu'il est dans sa liste de contacts. Il sélectionne mon nom – Chance. Inspire un grand coup. Appuie sur l'icône.

Je ferme les yeux. Mon portable se met à vibrer dans ma main.

Mes paupières sont toujours closes quand j'entends des pas qui s'éloignent, puis un grand bruit. Quand je relève la tête, tout le monde est en train de fixer, ébahi, la porte qui vient de claquer sur Declan.

Je saute de mon tabouret et me précipite derrière lui. Je regarde d'un côté du couloir, avant de le voir disparaître de l'autre. Je me mets à courir.

— Declan !

Il dévale les escaliers. Je tente de sauter des marches pour le rattraper.

— Declan, s'il te plaît…

Il s'arrête tout à coup, si bien que je manque le percuter. Il se retourne vers moi d'un seul bloc, les yeux mouillés de larmes. Putain. Il pleure.

Qu'est-ce que je pourrais dire ? J'ouvre la bouche, je remue la tête, j'attends que les mots viennent.

— Pourquoi ? demande-t-il.

— Désolé...

J'ai parlé si bas que je ne suis pas sûr qu'il m'ait entendu.

— Dis-moi pourquoi, bordel !

Il hurle. Sa voix résonne dans la cage d'escalier. Je n'arrive même pas à le regarder.

— Au début, je voulais te piéger...

— Me piéger ? répète-t-il d'une voix glacée.

— Pour me venger. Je croyais que c'était toi, l'exposition, et...

— Ce n'était pas moi, putain !

— Je sais. Maintenant, je le sais, parce que tu m'as dit que tu n'aurais jamais...

Il ferme les yeux comme s'il souffrait de m'entendre lui rappeler que la personne avec qui il parle depuis des semaines, à qui il a avoué son amour – c'était moi.

À toute vitesse, je tente de lui expliquer :

— Mais même quand j'ai compris que tu n'avais rien à voir avec ça, je n'ai pas pu arrêter. J'adorais nos conversations. J'avais l'impression de découvrir quelqu'un d'autre...

— Non. C'était moi.

Je secoue la tête et, d'une voix faible :

— Tu as dit que tu craquais pour moi. Que tu étais amoureux de moi.

Il ne me quitte pas des yeux – ses yeux marron, étincelants. Je termine :

— Je crois que moi aussi, tu sais.

Il déglutit, respire plus fort. J'ai l'impression qu'il essaie de retenir ses larmes, pour pouvoir me dire quelque chose.

— Ne m'adresse plus jamais la parole, déclare-t-il. Ne me regarde même pas. Je ne veux plus rien avoir à faire avec toi.

Il passe devant moi et s'éloigne. J'entends ses pas dans l'escalier, puis dans le hall, la porte du lycée qui se referme sur lui.

VINGT ET UN

Chère maman,

Ça fait un bout de temps qu'on n'a pas parlé, mais je voulais te dire que ma vie, en ce moment, c'est la merde. J'ai perdu deux personnes à qui je tenais beaucoup. L'un et l'autre me détestent. Quelqu'un me harcèle. Je ne sais pas qui c'est, mais cette pourriture me répète que je ne vaux rien, que le fait que tu m'as abandonné le prouve. Au fond, peut-être que c'est vrai. J'ai 477 brouillons de mails où je fais semblant de prendre ça à la légère, comme si je t'avais pardonnée et que j'allais de l'avant… mais en vrai, tu m'as bien foutu en l'air. Tu le sais, hein ? Tu m'as foutu en l'air en décidant que tu ne m'aimais plus, en nous quittant, papa et moi, pour entamer une nouvelle vie. Il y a des questions que j'aimerais te poser depuis des années sans en trouver le courage. Pourquoi tu es partie ? Est-ce que tu m'aimes encore ? J'ai 477 brouillons – mais celui-ci, je vais te l'envoyer. Je ne sais pas si tu répondras. Je l'espère.

Ton demiboy de fils,
Felix

Je fixe le message, une minute, cinq, dix – je lis et je relis avec la tentation de tout effacer –, et puis, enfin, j'appuie sur la touche « envoi ». Mon cœur se serre, je regarde l'écran. Je n'arrive pas à croire que je l'aie fait. Putain, ça y est ! Elle a dû recevoir mon mail. Tout le monde consulte en permanence son téléphone ou son portable. Elle a dû voir le nom Felix Love apparaître dans sa boîte de réception, décider de lire ce que j'avais à lui dire – ou de l'envoyer direct à la corbeille. Ça me tue de ne pas savoir quelle a été sa réaction. Et puis, six heures plus tard, je me dis que, clairement, elle ne va pas me répondre. Je ne veux plus sortir de l'appartement. Plus sortir de ma chambre. Je me roule en boule avec Captain, lampes éteintes, dans l'obscurité à peine dissipée par l'écran de mon ordinateur où passe une émission de téléréalité que je ne regarde même pas. J'ai ouvert Insta, les iris du chat reflètent la lumière de mon portable, et je consulte sans cesse les profils d'Ezra et de Declan pour voir s'ils ont posté quelque chose. Rien du tout. Voilà quelques jours que j'ai arrêté d'envoyer des SMS à Ez. J'essaie de téléphoner à Declan, je tombe sur sa messagerie. Quelques secondes plus tard, un texto arrive :

Arrête de m'appeler.

Qu'est-ce qui s'est passé pour que tout merde à ce point ?

Mon père frappe à la porte, puis passe la tête dans la chambre.

— Ça va, trésor ?

Je lui ai dit que je ne me sentais pas bien pour qu'il me laisse rentrer plus tôt à la maison – pas moyen de rester au lycée, où je pourrais croiser Declan –, mais, là, il est dix-huit heures et je n'ai avalé, de toute la journée, qu'un bol de soupe qu'il m'a apporté vers midi.

Je réponds en grommelant un truc, je ne sais même pas quoi.

Il allume la lumière, qui m'aveugle – j'ai l'impression d'être un vampire. J'enfouis ma tête dans les draps avec un grognement. Ça dérange Captain, qui se débat un instant avant de sauter par terre.

— Qu'est-ce qui se passe ? demande papa.

— Rien.

— Pour quelqu'un de malade je ne t'ai pas beaucoup entendu éternuer.

Je fais semblant de tousser, et il se met à rire. De sous les draps, je l'entends s'avancer dans la chambre. Il vient s'asseoir sur le lit, me caresse le dos.

— Il t'est arrivé un truc ?

Avec un soupir, je sors la tête.

— On s'est disputés, avec Ezra.

Une expression de compréhension apparaît sur son visage.

— Ah, d'accord.

— Et puis...

Comment lui expliquer le bordel dans lequel je me trouve ?

— Et puis, la personne que j'aime bien m'en veut aussi.

— Donc, la personne que tu aimes bien, ce n'est *pas* Ezra ?

Il y a quelques jours encore, je l'aurais jeté parce qu'il n'arrête pas d'insinuer que je craque pour mon meilleur ami. Sauf que, maintenant...

— Bon, en vrai, ce n'est pas que je n'aime *pas* Ezra...

Il a un petit sourire satisfait, genre « Je m'en doutais ». Je lève les yeux au ciel, me cache la tête dans l'oreiller, qui étouffe ma voix.

— Y a plus rien qui va, papa ! Ils ne me parlent plus, ni l'un ni l'autre. J'ai tout foiré.

Tout en douceur, il prend l'oreiller, l'écarte de mon visage.

— Tu sais, murmure-t-il, je comprends que tu aies cette impression. Mais souvent, les choses finissent par s'arranger toutes seules.

J'hésite un instant avant de lui demander :

— C'est ce que tu t'es dit quand maman est partie ?

La question le prend de court – je sens qu'il retient sa respiration.

— Pour être honnête, je ne me suis pas dit grand-chose. Son départ m'a pris par surprise. J'ai juste essayé de continuer, sans réfléchir. Pour toi.

— Ah bon ?

Je fronce les sourcils. Bien sûr, j'ai senti que c'était difficile pour lui, mais pas à ce point... Comme il ne dit plus rien, je mentionne le mail que j'ai envoyé ce matin. Il m'observe, un peu perplexe.

— Tu veux qu'on en parle ? Tu veux me dire pourquoi tu as fait ça ?

— Ben... c'est ma mère, non ? Je trouve normal de lui écrire, de demander de ses nouvelles. Pas toi ?

Il hoche la tête, mais pas forcément pour dire oui.

— Quand Lorraine est partie, je l'ai appelée tous les jours, en la suppliant de revenir. Elle m'a dit qu'elle ne se sentait plus amoureuse, qu'elle avait besoin de prendre ses distances. Je ne comprenais pas comment elle pouvait abandonner tout ce qu'on avait construit ensemble. Je souffrais – je n'avais jamais eu aussi mal de ma vie, pour être franc. Je l'aimais. Je l'aime encore. Pour toujours, je pense. Il m'a fallu du temps pour comprendre que, malheureusement, ça ne voulait rien dire – que ce n'était pas forcément un amour positif. Je te l'ai déjà dit mais, parfois, c'est presque plus facile de tomber amoureux de quelqu'un qui ne partage pas tes sentiments. Au moins, tu sais comment ça va finir. Je me dis qu'on accepte plus facilement le chagrin et la douleur que l'amour et l'écoute. Qu'au fond, ce qui fait le plus peur, c'est une vraie relation amoureuse.

Qu'est-ce qu'il essaie de me dire ? Que je devrais cesser d'aimer ma mère ? Je ne peux pas m'en empêcher ! Et je veux qu'elle m'aime aussi. Pourtant, j'acquiesce, les yeux fixés sur mes mains posées sur les draps.

— C'est peut-être juste l'occasion de se concentrer sur autre chose, conclut papa. Tu sais, ça ne fait jamais de mal de ne penser qu'à soi, de temps en temps.

Je continue à me répéter ces mots le lendemain matin, en arrivant à pied à Sainte-Cath (j'ai tenté de sécher un deuxième jour, mais papa n'a pas suivi). Quand j'ai vu Ezra qui parlait avec Leah et qu'il a tourné la tête sur mon passage ? « Je pense à moi. » Quand Declan s'est assis à côté de moi en classe, mais ne m'a absolument pas calculé ? « Je pense à moi. » Et je me le redis en recevant une notification Instagram – Grandequeen69, encore. Par réflexe, je me prépare à lire – mais je m'arrête. À quoi bon ? Je sais très bien que son seul but est de me blesser. Je me souviens de ce qu'a dit mon père – « On accepte plus facilement le chagrin et la douleur que l'amour et l'écoute ». Alors, je supprime carrément l'appli. Plus de notifications. Plus de Grandequeen69. Je pense à moi, bordel !

Je me remets au travail sur ma série d'autoportraits. Au début, je n'ai pas voulu croire Jill, mais plus ça va, plus je me dis que je pourrais postuler à l'expo de fin d'été. Ça me fait un truc sur lequel me concentrer et... d'une certaine façon, j'aime l'idée de réinvestir l'espace du hall, celui-là même qui a servi à me faire tant de mal. Oui, ça me plairait bien. Je suis heureux d'avoir un projet et – peut-être parce que ma vie en ce moment est un bordel sans nom – j'arrive de mieux en mieux à me plonger dans la peinture et les couleurs, à ne penser à rien, à laisser ma main et mon pinceau courir sur la toile. Ce jour-là, j'abats dix fois plus de travail que jamais. Les cadres installés devant moi, je passe d'un tableau à l'autre, sans m'arrêter.

Enfin, je recule d'un pas pour les examiner. C'est moi, là. Moi en feu, moi sous l'eau, moi et ma peau comme une galaxie qui danse et file dans l'espace, moi couché dans l'herbe, moi assis dans le noir, un tourbillon de couleurs autour de la tête, une guirlande de fleurs sur le front... Cette série d'autoportraits me révèle une évidence : voilà les œuvres qui doivent figurer dans mon book pour Brown. Je n'étais pas sûr de le terminer, et je ne sais même plus si j'ai réellement envie de candidater – mais ça ne coûte rien de tenter le coup, n'est-ce pas ? Je n'ai plus besoin de me prouver (ni de prouver aux autres) que j'ai le niveau. Ma seule motivation, dorénavant, c'est les débouchés géniaux qu'offre cette fac. Mais il y a d'autres écoles, sans parler de la possibilité d'une année sabbatique. Oui, il faudra que je me décide à un moment – mais jusque-là, je garde toutes mes options ouvertes.

Quoi qu'il en soit, il faut encore plusieurs autoportraits pour compléter la série, aussi bien pour Brown que pour l'expo de fin d'été. Jusqu'à présent, l'idée d'un book m'inquiétait et me stressait ; désormais, elle me remplit d'enthousiasme.

Je pense à moi.

Au milieu du cours d'acrylique, pendant que je suis en train de nettoyer mes pinceaux dans l'évier constellé de taches de peinture, Leah s'approche de moi, souriante.

— Hello, Felix.

Je connais ce sourire – c'est celui de quelqu'un qui a de mauvaises nouvelles. Elle s'appuie sur la paillasse et se mord la lèvre, jetant un coup d'œil pour s'assurer que personne ne peut nous entendre.

— Bon, j'ai checké le smartphone de Marisol.

J'évite son regard – je sais déjà ce qu'elle va dire.

— Et tu n'as rien trouvé, c'est ça ?

Elle soupire.

— Je suis désolée. Je pensais vraiment qu'il y aurait un truc dans ses textos, mais...

Je ferme le robinet.

— Y a pas de mal, Leah. De toute façon, on avait presque zéro chance de trouver qui a fait ça. Mais je te remercie de ton aide, sincèrement.

— Attends, Felix ! Je peux encore vérifier d'autres téléphones, d'autres personnes...

Je secoue la tête.

— Je ne sais pas. En ce moment, j'essaie de me concentrer sur moi, et j'ai l'impression que, le mieux, c'est qu'on passe à autre chose.

Elle répète :

— Qu'on passe à autre chose ?

Je hausse les épaules.

— Oui. Je te suis vraiment très reconnaissant, tu sais. Mais maintenant, je pense que ça ne vaut plus le coup.

Elle semble un peu déçue, mais répond :

— D'accord. C'est toi qui décides, après tout.

Je fais mine de m'éloigner, mais elle se redresse, comme pour dire quelque chose. Je m'arrête, et je vois qu'elle a du mal à me regarder dans les yeux.

— Tu sais, je me demandais si... On peut quand même se voir ? Discuter, traîner ensemble, tout ça ?

Elle a l'air à la fois si sincère et inquiète que je ne peux pas m'empêcher de rire.

— Mais grave ! J'adorerais, oui !

Voilà plusieurs jours qu'en cours d'acrylique, je me débrouille pour ne calculer ni Ezra ni Declan – d'ailleurs, je ne parle quasiment à personne, je me contente de bosser sur mes tableaux. Du coup, ça me surprend quand, quelques minutes avant le déjeuner, Declan vient se planter devant moi.

— On peut discuter ?

On se retrouve dans le couloir. Mes mains sont constellées de traces de peinture – mon short aussi, d'ailleurs. Allez savoir pourquoi, ça me met mal à l'aise. Je les cache dans mon dos, les yeux baissés. Je fixe le parquet sous mes pieds. Declan, bras croisés, s'appuie contre le mur.

J'ai les nerfs en pelote. Une ou deux fois, je lui jette un coup d'œil, mais il reste là, sans parler, à me regarder. C'est peut-être sa façon de me punir ? Ça me rend dingue, ce silence.

Je finis par craquer.

— Je suis désolé.

Ma voix est trop faible. Je m'éclaircis la gorge et reprends :

— Pardon, Declan. Je suis désolé.

Enfin, il réagit. Il cligne des yeux, se redresse, bras toujours croisés.

— Je t'en veux à mort.

— Je sais.

— Tu m'as menti.

— Je sais. Pardon.

— Tu voulais juste me faire passer pour un con, c'est ça ?

— Mais non ! Juré que non.

— Alors, pourquoi ? répète-t-il. Et ne me ressors pas cette histoire d'expo merdique. Je te parle d'après, quand tu as su que ce n'était pas moi. Tout ce qu'on s'est dit, tous les trucs perso. Quand j'ai écrit que j'étais...

Il ferme les paupières, l'espace d'un instant, puis reprend à voix basse :

— Tu m'as laissé t'écrire que je t'aimais. À quoi ça te servait, tout ça ?

Je me mords les lèvres.

— Mais j'aimais parler avec toi ! Et j'aime toujours ça. Tu me manques. Ta voix me manque.

— Comment tu veux que je te croie ? demande-t-il. Peut-être que tu es toujours en train de te foutre de moi...

— Non. Absolument pas.

Il me dévisage, l'air suspicieux.

— Et Ezra ?

Ce nom me fait tressaillir.

— Quoi, Ezra ?

— Il est amoureux de toi, répond Declan. Je te l'ai dit. C'est lui que tu as embrassé ?

Je m'oblige à hocher la tête.

— Oui, c'est lui.

Il prend un long moment avant de se remettre à parler.

— Tu craques pour lui aussi ?

J'hésite. Je n'ai pas le droit de lui mentir à nouveau. Je ne sais pas exactement ce que je ressens pour Ezra, mais une chose est sûre : si Declan m'a manqué, Ez me manque encore plus. Il y a tant de trucs que je voudrais lui dire et, même maintenant, le souvenir de notre baiser me met en feu. Je réponds :

— Aucune importance. Ezra ne me calcule plus du tout, alors...

Declan inspire longuement, puis :

— Ça te dit qu'on déjeune ensemble ?

Je relève la tête. Il me fixe toujours, mais dans ses yeux je découvre une expression inattendue, autre chose que de la haine ou du mépris. On dirait une certaine chaleur. Peut-être de l'attente. Je hoche la tête.

— Oui. Carrément.

Au même moment, la sonnerie retentit et tout le monde sort de la classe. Je me sens un peu mal à l'aise en accompagnant Declan dehors. On sort du lycée et on traverse le parking. C'est peut-être dans ma tête, mais j'ai l'impression qu'on nous regarde bizarrement – non, c'est bien ça, James et Marc nous observent avec des yeux comme des soucoupes depuis leur coin habituel – et, franchement, je peux comprendre. Tout le monde sait que Declan et moi, on se déteste cordialement. On se prend le bec à la moindre occasion. Alors, bien sûr, nous voir marcher côte à côte comme deux potes, même sans parler, sans sourire, ça doit leur faire bizarre. C'est seulement au moment où je croise le regard d'Ezra, en train de discuter avec Leah sous un arbre, que je me dis : « Merde, j'aurais dû réfléchir... »

— T'es pas déjà en train de regretter de te montrer avec moi ?

Je me tourne vers Declan. Lui aussi a vu Ezra. Je me hâte de secouer la tête.

— Pas du tout. Aucun regret.

Comme toujours, le White Castle est bondé, entre les élèves de Sainte-Cath et les hipsters de Brooklyn en panoplie casque de VTT / salopette et Crocs. On fait la queue en silence, et je me creuse la cervelle pour trouver un sujet de conversation qui rendrait la situation ne serait-ce que dix pour cent moins gênante... Sauf que rien ne vient. Declan est juste là à attendre, bras croisés, comme si ça ne l'embêtait pas, comme s'il se foutait qu'on soit ensemble, lui et moi – vraiment *moi*, pour une fois, et pas Chance.

On se prend des mini burgers et on va les manger sur le trottoir, sans parler. La brise décoiffe les boucles châtains de Declan ; il les écarte de son visage et sourit à des élèves de Sainte-Cath qui passent devant nous et nous saluent. Sans prévenir, il se lance :

— Plus j'y réfléchis...

Je me tourne vers lui, si vivement que j'entends presque ma nuque craquer.

— Plus j'y réfléchis, plus je me dis que c'était évident. Les indices, quoi. Tu vas à Sainte-Cath. Ce que tu disais sur l'art – c'est le genre de trucs que tu sors en classe aussi.

Tout ce que tu m'as raconté sur tes identités. En plus, t'étais franchement bizarre...

— Pas à ce point, quand même...

— Mais si, grave ! Tu me reluquais tout le temps et, des fois, ça tombait du ciel, tu venais taper la conversation avec moi. Et puis, sur les messages, tu posais toutes ces questions sur Ezra et moi. J'avais peur que tu sois lui, d'ailleurs. Peur, et un peu envie en même temps...

Un peu surpris, je répète :

— Tu aurais voulu que je sois Ezra ?

— D'une certaine façon, oui, répond Declan. C'était pas genre « Je ne rêve que de ça » mais il me manque, parfois. Toi aussi, d'ailleurs, tu me manques.

Une sensation de chaleur se répand en moi. J'ai envie de lui demander pourquoi, si on lui manque, il nous a traités comme de la merde – on aurait pu rester copains... Mais je me souviens de ce qu'il m'a dit. Timidement, je me lance :

— Une fois, tu m'as dit que tu avais cassé avec lui parce qu'il était amoureux de moi...

— Je me suis senti trahi. Jaloux. C'était plus facile de rompre que de subir la douleur. En plus, c'était le moment où mon père me faisait chier, il m'avait viré de la maison – on était en train d'essayer de savoir comment mon grand-père pouvait devenir mon tuteur légal, c'était le bordel dans ma vie.

— Je suis vraiment désolé, Declan. Je ne me suis rendu compte de rien.

— Je sais. En même temps, je ne vous ai rien dit...

— Pourquoi ?

— Je n'avais pas envie de vous faire pitié.

— Tu sais, des fois, ça fait du bien de compter sur ses amis...

— Merci pour cette belle leçon de vie.

Je lève les yeux au ciel et je lâche, en rigolant :

— Ça fait plaisir de voir que tu peux toujours être un connard !

— Je crois que t'as pas trop le droit de me traiter de connard, là.

C'est sorti cash, et le ton de sa voix me surprend. À nouveau, il écarte une mèche de ses yeux et bat des paupières face au soleil. Je hoche la tête.

— Tu as raison. Je suis désolé, sincèrement. Tout est parti en vrille. À un moment, je me suis rendu compte que j'étais... bon, que je t'aimais bien, quoi. Je n'ai pas su comment réagir, alors j'ai continué. J'aurais dû tout arrêter. T'avouer la vérité.

Il reste longtemps silencieux. Enfin, il rejette la tête en arrière et lance :

— Le plus évident, c'était ta voix. Elle me disait quelque chose, mais je n'ai jamais fait le lien. Peut-être que je ne voulais pas, inconsciemment.

— Et ça t'a déçu, que ce soit moi ?

Question débile. Je tends le bâton pour me faire battre. Mais je ne peux pas m'en empêcher. Je dois savoir.

Il me regarde un moment sans un mot – et je repense à ce qu'on s'est dit. Il voulait me rencontrer, pour avoir une chance de m'embrasser. Je me sens à la fois hyper gêné et effrayé. Et si j'avais raison ? Si, en vrai, je ne l'intéressais pas du tout ?

Enfin, il répond :

— Pas déçu, non. Ça m'a surpris. Je n'aurais jamais imaginé que ce serait toi. Il m'a fallu un peu de temps pour m'habituer à l'idée, mais plus j'y réfléchissais, plus ça paraissait logique. Plus je...

Il ne termine pas sa phrase. Dans ses yeux se rallume cette étincelle d'espoir qui me réchauffe tout entier.

Mais il se racle la gorge et détourne le regard.

— Ce week-end, je rentre chez mon grand-père, annonce-t-il. À Beacon.

Comment passer du coq-à-l'âne... Je réponds :

— Super.

— Tu veux venir ?

— Quoi, avec toi ? À Beacon ?

Il ne dit rien, se contente de me fixer – mais son expression a changé, il a retrouvé ce côté froid que je lui ai vu si souvent. Soudain, je comprends que c'est une armure, une façon de se protéger – il a peur que je le blesse une nouvelle fois. Dans ma tête, j'entends la voix de mon père. Parfois, c'est plus facile d'aimer sans retour. Est-ce que c'est vraiment sain, ce qu'on est en train de faire, pour lui comme pour moi ?

Mais au fond, même si je ne suis sûr de rien, je n'ai pas envie de le perdre – pas à nouveau. Je hoche la tête.

— Ouais. J'adorerais venir à Beacon.

VINGT-DEUX

J'ai vécu à NYC toute ma vie, mais je n'ai jamais – pas une seule fois – visité le reste de l'État. Je ne sais pas du tout à quoi m'attendre.

Sac au dos, je retrouve Declan le samedi après-midi à la gare de Grand Central, sous l'immense plafond bleu où sont peintes des constellations. Gros malaise : en fait, on n'a jamais vraiment parlé autrement qu'au téléphone, à part cette semaine au White Castle ; du coup, on est là à chercher tous les deux comment communiquer en face à face. On commence par des petits riens – « Ton trajet jusqu'ici s'est bien passé ? » « J'espère qu'il ne pleuvra pas, il y a eu des orages récemment. »

Puis on grimpe dans le train et on s'installe, avec nos sacs entre nous. Quand on sort des tunnels, je regarde par la fenêtre les immeubles de grès ocre qui peu à peu cèdent la place au vert – de l'herbe, des champs, et enfin le fleuve, d'un bleu étincelant sous le soleil. C'est magnifique. J'aimerais qu'Ezra soit là pour le voir.

Je jette un coup d'œil à Declan.

— Tu as grandi dans ce coin, donc ?

— Jusqu'à mes dix ans. Ensuite, mon père a acheté un appartement en ville.

Ses yeux sont voilés et, subitement, j'ai envie de prendre sa main – le toucher, pour la première fois. J'effleure ses doigts, et il se tend un instant avant de prendre ma main. Il sourit doucement.

— J'ai tellement pensé à ça. Je me demandais ce que ça ferait de te tenir la main, si on se rencontrait un jour.

Il caresse ma peau du bout du pouce. Même si c'est moi qui ai commencé, je me sens soudain un peu inquiet – cette intimité me rend nerveux. Je demande :

— C'est tout ? Tu n'imaginais pas aller plus loin ?

Ses yeux se posent sur mes lèvres, avant de remonter vers les miens.

— Peut-être que si...

Sans réfléchir, je me penche vers lui – le souvenir de mon baiser avec Ezra reste si doux... Mais il secoue la tête et lâche ma main.

— Non, pas ici. Les gens sont moins ouverts qu'en ville.

Il se remet à contempler le paysage, et je l'imite – mais plus on reste là sans parler, plus je sens le désir grandir dans mon ventre. L'envie de le toucher – de l'embrasser, comme j'ai embrassé Ezra – se lève en moi comme une tempête. Je n'arrive plus à penser à autre chose.

Le train suit le fleuve jusqu'à la gare de Beacon. Un nuage gris a envahi le ciel, et une averse nous accueille. Nous traversons le parking vide en courant. Declan m'indique une vieille BMW, un modèle qui doit dater des années 1970. Un homme aux cheveux blancs et à la silhouette voûtée attend à côté, une cigarette au bec. Un sourire chaleureux apparaît sur son visage quand Declan s'approche de lui. Il le prend dans ses bras. C'est drôle, mais il a quelque chose de familier, comme si on s'était déjà rencontrés...

Declan s'écarte de lui, me présente en vitesse – il n'a qu'une envie, c'est de se mettre à l'abri dans la voiture, mais son grand-père me dévisage et m'adresse un sourire éclatant.

— Tiens, c'est toi ?

J'échange un regard surpris avec Declan.

— Mais oui, c'est toi, répète le vieil homme d'un ton convaincu. C'est toi que j'ai croisé dans le métro. Tu te souviens ? Tu étais avec ton ami, et je vous ai parlé de mon petit-fils. Et mon petit-fils...

Il se tourne vers Declan :

— C'est lui !

Incroyable ! Je me rappelle, oui. J'étais avec Ezra et ça me saoulait parce qu'il nous regardait, mais il s'est mis à nous parler du coming out de son petit-fils, et de sa femme...

Apparemment, le grand-père de Declan n'a pas oublié que j'étais avec un autre garçon, mais il n'insiste pas, il se contente de sourire.

— Je t'avais dit que mon petit-fils te plairait...

On grimpe à l'arrière de la voiture. L'habitacle sent le cuir et l'eau de toilette, et, avant de démarrer, le grand-père de Declan – Tully, se présente-t-il – se retourne pour lui décoiffer les cheveux dans un geste plein de tendresse. Il lui demande comment s'est passée sa semaine, puis nous quittons le parking.

Ça fait drôle de ne plus être en ville. Plus d'immeubles en pierre ocre, plus de buildings – rien que des arbres, la ligne des montagnes au fond, et le ciel bleu, immense.

— C'est sauvage, hein ? s'amuse Declan, comme s'il pouvait lire dans mes pensées. Il faut que je me réhabitue chaque fois que je rentre.

À mesure qu'on roule, les habitations se font de plus en plus vastes, jusqu'à ce qu'on ne croise plus qu'une maison de maître de loin en loin. Declan fait bien attention à ne pas trop me regarder. Son grand-père tourne à gauche dans une allée pavée entourée de haies et d'arbres. Elle remonte vers une colline ; quand la végétation s'éclaircit, je découvre une grande bâtisse bleue sur deux étages. Je me souviens de ce que Declan m'a dit : son grand-père a envisagé de la vendre pour payer ses études, mais il a refusé.

La voiture s'arrête. Nous en sortons. Le gravier crisse sous nos pas. Nous entrons – la porte n'est pas fermée à clé. Dans l'entrée, il y a un casier pour ranger les chaussures, près d'un portemanteau. Sur une tablette d'angle, un écriteau indique le nom de la villa : *Tête de cochon*. C'est la première fois que je mets les pieds dans une maison qui porte un nom...

Tully déclare qu'il a des trucs à lire, et adresse à Declan un clin d'œil complice. Un peu gênant – je vois bien qu'il veut juste nous laisser tranquilles... Mais Declan le prend bien. Il me fait visiter. Cuisine immense, digne d'un chef, tout en marbre blanc et acier poli, avec un coin repas ; la bibliothèque, où un vaste bureau en chêne trône au milieu des étagères de livres ; le grand salon et, à côté, plus cosy, un living avec une gigantesque télé écran plat ; la salle à manger, où la table est décorée de chandeliers et de sets ; la chambre d'amis, pour moi, avec sa salle de bains attenante où j'aperçois une baignoire ancienne sur pieds.

Ça me rappelle Ezra et l'appartement luxueux de ses parents sur Park Avenue. Dire que je lui en ai voulu pour ça – j'étais jaloux et en colère, parce qu'il ne voyait pas à quel point il était privilégié. Alors que tout ce qu'il voulait, c'était partager avec moi ses craintes et ses faiblesses. Il me demandait mon soutien. Je ne me rendais pas compte de ma chance – l'avoir comme ami, c'était génial. Maintenant, je découvre à quel point il me manque. J'espère qu'il ne va pas décider qu'il ne veut plus jamais me voir. La question que je tente d'éviter – « Qu'est-ce que je ressens pour lui ? » – ne cesse de me revenir, malgré tous mes efforts pour la chasser.

Nous restons un moment dans la chambre d'amis. C'est tellement classe, ici, que je me sens intimidé, au point que j'ose à peine marcher ou toucher les objets. Mais ça va, Declan ne se la pète pas. Je pose mon sac à dos par terre. Il me regarde depuis le seuil.

— Ça m'embête un peu d'être là, Declan. J'ai peur que ton grand-père ne puisse pas profiter de ta présence autant qu'il aimerait.

Il hausse les épaules.

— Ne t'en fais pas. On dînera avec lui.

Assis au bord du lit, je hoche la tête. Je kiffe Declan, je ne peux pas m'en empêcher. C'est compliqué, limite chelou – parfois, j'ai l'impression que ce qu'on ressent l'un pour l'autre n'est pas franchement sain –, mais ça ne change rien au fait que là, tout de suite, j'ai envie de l'embrasser.

Declan a un petit sourire, et je comprends tout à coup : il le fait exprès. Ce chacal sait que j'ai envie de l'embrasser ! Il est là, à attendre sans bouger, avec un air de défi. Alors je me lève, je marche jusqu'à lui, approche ma bouche de la sienne, comme tout à l'heure dans le train... et il détourne la tête.

Tentant d'ignorer le pincement de douleur, je murmure :

— Là, personne ne nous regarde, si ?
— C'est pas faux, mais je n'ai pas le droit de flirter avec les invités. C'est la règle, ici.
— Ah bon ?
Il s'écarte, espiègle.
— Oui. Et laisse-moi savourer ma petite vengeance.
— Ta vengeance ? Je vois. Et ça va durer jusqu'à quand, alors ?
— Je ne sais pas encore... répond-il en laissant son regard s'attarder sur mes lèvres.
Puis il se redresse et lance :
— On va à la piscine ?
Parce que, bien entendu, il y a une piscine. Je referme la porte, enfile un short, puis je traverse la maison – je me perds entre la bibliothèque et la cuisine, je rebrousse chemin vers la salle à manger puis le couloir, où je trouve un vestibule qui donne sur une baie vitrée. Par celle-ci, je vois Declan qui se baigne dans l'eau turquoise. Il remonte à la surface, secoue la tête pour chasser ses cheveux de son visage. Lorsque je m'avance vers lui, il me regarde – et ses yeux s'arrêtent sur mon torse.
Ah, oui. Mes cicatrices. Immédiatement, je regrette de ne pas avoir enfilé de T-shirt. D'un autre côté, je n'ai jamais éprouvé le besoin de les dissimuler – qu'est-ce qui me rend si timide devant Declan ?
— Salut, toi, lance-t-il.
— Salut.
Je m'assieds sur le rebord de la piscine, les pieds dans l'eau ; il se hisse à côté de moi, l'eau ruisselle sur son corps et le dallage.

— Tu t'es fait opérer quand ? me demande-t-il en se penchant vers moi.

Nos épaules se touchent. Sur ma peau, les gouttes sont froides. Je réponds à voix basse :

— Ça va faire un an.

— Est-ce que je peux...

Sa main s'approche de mon ventre, effleure mes côtes. Je hoche la tête, et il laisse ses doigts glisser sur les cicatrices, tout en douceur. Comme je me raidis, il me regarde dans les yeux, paupières mi-closes. Je me penche vers lui, si près que je sens son souffle sur mes lèvres et... il me pousse. Je lâche un glapissement ridicule avant de tomber à l'eau, du chlore plein les yeux et le nez. Quand je refais surface, suffoquant à moitié, il est *mort de rire*. Je l'arrose, il rigole encore plus, mais il s'arrête quand je chope son pied pour le tirer dans l'eau à mon tour.

On passe des heures à faire les cons dans la piscine, jusqu'à ce que le soleil décline et que les petits points lumineux des lucioles s'allument dans la pelouse. Un peu fatigués, on s'allonge, le dos sur les dalles chaudes. Dans un moment pareil, je ne peux pas m'empêcher de penser à quel point tout a changé, et si vite – j'ai tant haï Declan, et voilà, maintenant, je suis peut-être amoureux de lui. J'ai espéré ça si longtemps : connaître l'amour véritable, savoir ce que c'est qu'aimer et être aimé. J'en ai toujours rêvé... alors, pourquoi cette impression, encore, qu'il me manque quelque chose ?

— C'est quand même dingue, dit Declan. Il y a cinq ans, je n'imaginais absolument pas que je pourrais inviter quelqu'un comme toi, assumer ce que je suis... Tu sais, mon père est un catho pur jus. J'ai longtemps cru qu'il arriverait à changer d'avis – à m'accepter parce que je suis son fils. Mais c'était ridicule, en fait. Limite arrogant de ma part, non ? Ça revenait à lui demander de m'aimer plus qu'il n'aime Dieu...

Je ne suis pas croyant, j'imagine mal ce qu'il ressent.

— Mais il peut quand même vous aimer l'un et l'autre, non ?

— C'est ce que j'espérais, répond Declan en levant les yeux au ciel. J'ai même écrit une dissertation pour tenter de lui démontrer qu'il pouvait accepter que je préfère les mecs. J'avais tout un argumentaire, où j'expliquais que, longtemps, les Blancs se sont servis de la Bible pour justifier l'esclavage. Je voulais le convaincre que c'est une question d'interprétation, que la religion est souvent une excuse pour maltraiter les autres. Je pensais qu'il changerait d'avis, vu que ma mère est noire, mais ça n'a pas vraiment marché. En fait, je ne sais même pas s'il a lu mon truc. Quant à maman... je l'adore, mais elle est complètement soumise à ce gros manipulateur. Il la maltraite. Elle a accepté qu'il me chasse de la maison. C'est ça qui m'a fait le plus mal – elle n'a même pas essayé de me défendre. Elle a dit oui – elle l'a laissé me foutre dehors.

La voix de Declan flanche, et je me tourne vers lui. Est-ce qu'il pleure ? Il s'essuie les yeux en hâte et regarde ailleurs.

— Je suis désolé, Declan. Sincèrement.

Il secoue la tête, recoiffe ses boucles. Mouillées, elles sont plus sombres.

— Ce n'est pas ta faute. Et finalement, je suis aussi bien comme ça, non ? Heureusement que mon grand-père est là. Tout le monde n'a pas cette chance.

Le vent fraîchit et nous rentrons. À peine arrivés dans le vestibule, nous entendons la voix de Tully qui nous annonce le dîner pour bientôt.

Merde. Tout à coup, ça me rend nerveux, de dîner dans une maison de maître. Je n'ai pas apporté de fringues vraiment classes. J'enfile mon T-shirt le moins froissé, celui avec des fleurs, un short, puis j'emprunte le couloir en direction de la salle à manger, où Declan et son grand-père m'attendent. Tully, visiblement, est fan des câlins – il nous prend dans ses bras avant de nous faire signe de nous installer.

Il nous sert une salade de chou kale au vinaigre balsamique accompagnée de pain maison, puis des pâtes au pesto et au parmesan.

— J'adorais cuisiner, avant, m'explique-t-il. Maintenant que je suis tout seul, c'est moins amusant...

Tout en nous servant du vin, il me pose un tas de questions. Comment j'ai rencontré son petit-fils, comment je trouve Sainte-Cath, quelle fac m'intéresse... J'hésite un instant. Coup d'œil à Declan, qui respire fort et détourne la tête. C'est vrai qu'on n'en a pas parlé : on postule tous les deux à Brown, et surtout, à la bourse... Je sais que Tully est à la retraite et qu'il n'a que ses économies pour vivre. Il a proposé de vendre la maison pour payer la scolarité de son petit-fils, mais Declan a refusé. Je le comprends. J'aurais sans doute fait la même chose à sa place.

— Bon, ça suffit, l'interrogatoire... finit-il par lancer, un peu gêné.

— Il me faut m'assurer que ce jeune homme est assez bien pour toi, répond son grand-père en souriant.

Néanmoins, il lâche un peu l'affaire et se met à nous raconter sa jeunesse à Dublin, comment il nageait dans les lacs, comment il est tombé amoureux pour la première fois...

— C'était bien longtemps avant de rencontrer ta grand-mère, explique-t-il à Declan. Elle s'appelait Kathleen. Je l'aimais, plus fort que je n'ai jamais aimé quiconque. Plus fort que ta grand-mère, oui. Oh, pas la peine de me regarder comme ça ! Kathleen a été mon plus grand amour, je n'ai pas honte de le dire. J'ai ressenti pour elle un feu unique, que je n'ai jamais retrouvé, que je ne retrouverai jamais. Mais ce n'est pas parce qu'on s'aimait qu'on pouvait vivre ensemble. On se prenait le bec aussi souvent qu'on...

— Par pitié, le coupe Declan, ne le dis pas !

— ... aussi souvent qu'on faisait l'amour, continue Tully, imperturbable.

Declan se cache le visage entre les mains.

— On était amoureux, mais pas faits pour vivre ensemble. Et ce n'est pas parce qu'on aime quelqu'un qu'on ne peut aimer personne d'autre, n'est-ce pas ?

Il nous regarde tour à tour, mais semble se contenter de notre silence.

À la fin du repas, j'avoue, nous sommes tous les trois un peu ivres, et prêts à aller nous coucher. Tully embrasse Declan et le garde longtemps dans ses bras, puis lui murmure quelque chose à l'oreille et lui caresse la joue. Il se tourne ensuite vers moi et me serre à mon tour. Son contact est chaud, son parfum poivré.

— Sois gentil avec mon petit, me souffle-t-il avant de s'écarter.

Avec un sourire, il nous souhaite une bonne nuit et nous laisse seuls dans le salon.

Je remarque que les yeux de Declan sont humides, même s'il les essuie d'un revers de la manche.

— Ça va ?

Il hoche la tête.

— Oui. Il est super, hein ?

Il m'accompagne jusqu'à ma chambre. Dans le couloir aux murs recouverts d'acajou, le parquet est froid sous mes pieds nus. Cette fois, Declan ne reste pas appuyé au chambranle, comme tout à l'heure : il entre et s'installe sur le lit, à côté de moi.

— Merci de m'avoir invité, Declan. Je ne m'en rendais pas compte, mais j'avais bien besoin de quitter un peu la ville. La ville et...

Je retiens tout juste le nom d'Ezra. Sauf que ça ne sert à rien. Declan enchaîne :

— J'ai eu l'impression que vous ne vous parliez plus ?

— Oui, il y a un malaise entre nous.

— Parce que vous êtes embrassés ? me demande-t-il d'une voix douce.

Je hoche la tête et je détourne le regard, un peu coupable. D'accord, avec Declan, on ne s'est rien promis, on n'est pas ensemble, mais je vois bien qu'il est blessé, qu'il se sent trahi. On dirait que ma spécialité, depuis le début, même avant qu'il m'avoue ses sentiments, c'est de lui faire du mal. J'acquiesce.

— C'est un peu tendu en ce moment...

— Je ne vais pas te dire que ça me rend triste, répond Declan. C'est dur de ne pas être jaloux.

— On n'est pas ensemble. Ezra et moi, je veux dire.
— Non, répond Declan. Mais il est amoureux de toi.
Il me regarde comme s'il attendait que j'avoue que la réciproque est vraie. Je ne sais pas, je n'en suis pas sûr, mes sentiments sont confus. Bien sûr que j'aime Ezra – c'est évident ! Mais en tant qu'ami... ou autre chose ? Alors, je me contente de dire :
— Je pense que ton grand-père avait peut-être raison...
— T'as vraiment envie qu'on parle de lui maintenant ? lance Declan.
Il me fixe à nouveau, d'un regard que personne n'a jamais porté sur moi – un regard sans complexe, sans remords, un regard qui dit « Je te veux et tu le sais », un regard presque moqueur parce qu'il sait que, moi aussi, j'ai envie de lui. Pourtant, je me force à continuer, en murmurant presque :
— Je dis juste que c'est possible d'être amoureux de plus d'une personne à la fois. Et que parfois, on peut aimer quelqu'un sans pour autant vouloir être avec lui.
Il ne m'a pas vraiment écouté ; il demande juste :
— C'est ça, alors ? Tu es amoureux de moi ?
Il attend. Je m'approche de lui, en me disant qu'il va peut-être s'éloigner à nouveau sur une pirouette et un éclat de rire, mais je vois seulement ses lèvres trembloter. Je me souviens des mots d'Ezra – doucement, pas si fort – et je me contente d'effleurer sa bouche. Il me sourit, et je l'embrasse, je l'embrasse encore, puis on s'allonge sur le lit. Declan se retrouve sur moi, il m'enlève mon T-shirt avant d'ôter le sien. Ses lèvres parcourent mon cou, mes épaules, courent sur mes cicatrices. Je ne suis pas allé aussi loin avec Ezra, et tout mon corps se met à vibrer. Je souffle :

— Pas si vite...
Ça sort comme un cri étranglé, mais je répète :
— Moins vite, d'accord ?
Il hoche la tête, sans cesser d'embrasser mes cicatrices et ma bouche.
— C'est ta première fois ?
— Ma première fois de quoi ?
— Le sexe, je veux dire.
J'en reste ébahi. Je n'ai même pas pensé qu'il pouvait envisager d'aller aussi loin ce soir.
— Euh, oui, je n'ai jamais...
Il hoche la tête, avec une expression qui dit « C'est pas grave ». Mais si, justement.
— Et toi ? Tu as déjà couché avec quelqu'un ?
Il se relève, étonné.
— Ben, oui. Ez et moi, on a...
Je détourne le regard.
— Évidemment.
— On n'est pas obligés, tu sais.
Ça tombe bien. Après tout, mon premier baiser ne date que de quelques jours...
— Je crois que je ne suis pas prêt.
— D'accord.
— Je veux dire, j'ai envie, mais...
— Oui. Moi aussi, j'ai envie, me coupe-t-il en s'asseyant en tailleur sur le lit. Est-ce que tu es nerveux à cause de... Enfin, je veux dire, j'ai regardé sur Internet comment coucher avec un garçon trans...
La vache ! Dire qu'on n'a même pas parlé du fait que je m'identifie désormais comme demiboy...

— Oui, ça fait partie du truc. Mais en vrai, je suis juste pas prêt.
— Tu n'as pas à avoir peur, tu sais.
Je ne réponds rien. Je me contente de soutenir son regard – toujours aussi clair, sans complexe. Puis :
— Tu me mets la pression, là.
Il s'écarte, l'air gêné.
— D'accord. Désolé. Je ne m'en rendais pas compte.
Et tout à coup, je comprends – dans un éclair de colère et de honte mêlées. C'est à peine si je parviens à sortir les mots.
— Tu m'as invité ici juste pour coucher avec moi ?
— Non ! s'écrie-t-il, avec un peu trop de virulence. Je voulais qu'on soit ensemble, et je me suis dit que tu aurais peut-être envie qu'on aille plus loin, alors j'ai regardé sur Internet, et voilà, quoi.
Il détourne les yeux, inspire un grand coup.
— On n'est pas obligés de le faire.
— Ça, je sais, merci.
Il quitte le lit, ramasse son T-shirt et l'enfile rapidement.
— Tu coucherais avec moi si j'étais Ezra ?
— Pardon ?
— Je me dis juste que tu hésiterais moins si c'était lui.
C'est peut-être vrai, je m'en fiche. Là, en tout cas, je déteste carrément Declan.
— Tu me laisses tranquille, maintenant ?
Il se fige.
— Oui. Merde. Désolé.
Il se rassied sur le lit, le plus loin possible de moi.
— Je suis vraiment désolé, tu me crois ?
Je hoche la tête.

— Je ne sais pas si j'en aurais plus envie avec lui.

— Mais tu l'aimes ?

— Je ne sais pas.

C'est un mensonge, bien sûr. J'aime Ezra, je l'ai toujours aimé. J'avais juste peur de me l'avouer. Et je sais que ce qui se passe, là, maintenant, ne va pas marcher. Ça n'a jamais eu aucune chance. Je me souviens des mots de mon père : parfois, c'est plus facile de choisir la douleur, le genre d'amour qui existe entre Declan et moi. C'est moins effrayant. Au moins, je suis sûr que cette relation-là se terminera un jour ou l'autre.

— La seule raison qui fait que tu n'es pas avec lui ce soir, c'est qu'il te fait la gueule.

Declan a sans doute raison. Quand je le lui confirme, il ferme les yeux.

— C'est trop tordu, merde, lance-t-il en se recroquevillant. Je t'aime, moi. Je n'ai jamais aimé quelqu'un comme j'ai aimé Chance. Et quand j'ai découvert qui tu étais vraiment, je n'ai pas voulu que tu disparaisses de ma vie. J'ai voulu tenter le coup, courir le risque, et...

— Ça ne marchera pas.

Je sais ce qu'il va dire, parce que je l'ai compris avant tout ça, avant qu'il m'invite chez son grand-père, dès le jour où j'ai décidé de continuer à parler avec lui en tant que Chance. Ça ne le fera pas entre nous.

Il secoue la tête.

— Je n'ai pas voulu te mettre la pression, désolé. Je me disais juste que si on couchait ensemble, tu tomberais amoureux de moi autant que je le suis de toi. Enfin, de Chance. Que tu me préférerais à Ezra... Bon, c'était pourri, pardon.

Je tressaille. « Enfin, de Chance. » En d'autres termes, il ne m'aime pas en tant que Felix. Mais je ne peux pas le lui reprocher. Je n'ai pas le droit de lui en vouloir. D'une voix blanche, je réponds :

— Je suis désolé, moi aussi. J'ai déconné avec toi. Je t'ai manipulé. Même quand tu as commencé à me parler de tes sentiments, j'ai continué. Je n'aurais pas dû te mentir. Pardon, Declan. Sincèrement, je te demande pardon.

Je me mets à pleurer, ce qui est hyper gênant – mais on nage dans le malaise, de toute façon, non ? Declan hoche la tête et déglutit comme s'il tentait lui-même de retenir ses larmes.

— Tu veux savoir le plus dingue ? murmure-t-il. C'est que je crois que ça ne m'empêche pas de t'aimer. Sauf que je ne te pardonnerai jamais, à mon avis.

Ses mots sont des coups de poignard dans ma poitrine. Il sourit tristement, pour lui-même.

— En fait, j'espérais qu'en t'invitant ici, je pourrais oublier tout ça et aller de l'avant, par magie. Genre le conte de fées, tu vois ?

J'ai espéré la même chose. Mais non – je me rends compte que j'ai toujours *cru* le vouloir, à tort. Je voulais tomber amoureux, mais surtout pas prendre le risque d'un amour qui rend heureux, qui remplit de joie. Cet amour-là, je le connais. C'est celui que je ressens quand je pense à Ezra – Ezra avec son rire trop fort, Ezra défoncé qui se tape un délire, Ezra quand il me prend dans ses bras pour s'endormir. J'aime Ezra. Je l'aime si fort que ça me fait peur.

Je souris tristement à Declan.

— Tu penses qu'on peut rester amis ?

Parce que, malgré tout, je ne peux pas oublier ce garçon avec qui j'ai tellement parlé, jour et nuit, pendant des heures. Je ne peux pas l'aimer comme je l'aurais voulu, mais il compte beaucoup pour moi.

— Pas la moindre idée, me répond-il en secouant la tête. Je t'aime, mais là, tout de suite, je te déteste aussi.

— Ben, tu vois, rien n'a changé, quoi...

Il lâche un petit rire, puis reste pensif un instant. Enfin, il répond :

— Laisse-moi un peu de temps, d'accord ?

— Bien sûr.

— Qui sait ? Brown nous accordera peut-être une bourse à chacun, et on y sera ensemble.

Ça n'arrivera jamais, on le sait très bien, lui et moi.

— Ce serait vraiment cool...

Il hoche la tête.

— Bon, c'est chelou, mais d'une certaine façon, je te suis reconnaissant. Je n'aurais jamais espéré tomber amoureux comme ça. Maintenant, je sais que c'est possible. Même si ce n'est pas de toi – de Chance, je veux dire –, je sais que ça reviendra.

Il se penche, peut-être dans l'espoir secret que je le repousse – puis m'embrasse sur la joue et s'écarte, souriant. Il sort de ma chambre et, le lendemain matin, Tully m'attend pour me ramener à la gare. Je n'ose même pas le regarder dans les yeux. De toute façon, il porte des lunettes de soleil, donc pas facile de savoir ce qu'il pense de moi.

— Querelle d'amoureux, hein ? me lance-t-il au moment où je referme la portière de la voiture.

Je hoche la tête, je fixe mes mains. Je suis crevé. Après le départ de Declan hier, je n'ai pas fermé l'œil. Je suis resté collé à mon téléphone, à écrire des textos à Ezra. La dernière fois que j'ai mis autant de cœur dans un message, c'était pour le mail à ma mère. C'était il y a des jours, et elle ne m'a toujours pas répondu. J'ai peur qu'il fasse de même.

À côté de moi, Tully soupire.

— Ah, les premières amours... Qu'est-ce qu'on peut y faire ?

VINGT-TROIS

La marche des Fiertés se tient le dernier dimanche de juin, dans quelques jours, donc. « C'est dingue tout ce qui peut changer en un mois... » Voilà à quoi je pense, installé avec Leah dans le labo photo déserté. J'ai accepté sa proposition de passer du temps ensemble, et j'en suis bien content. Mieux vaut avoir quelqu'un à qui parler que de déprimer tout seul dans son coin, à me répéter que j'ai perdu à la fois Ezra et Declan et que je n'ai aucun ami... Et, surtout, même s'il m'a fallu du temps pour m'en rendre compte, Leah est vachement cool.

— Alors, tu vas candidater pour l'expo de fin d'été ? me demande-t-elle.

— Ouais. J'y réfléchis, en tout cas.

— Tu devrais, à fond. Tes autoportraits sont carrément dingues. Non, sérieux, ils sont excellents, Felix. Tout le monde est d'accord là-dessus.

Je sens le rouge me monter aux joues.

— Si tu le dis...

La porte s'ouvre. Nous nous retournons pour découvrir Austin, qui jette un coup d'œil dans la salle depuis le seuil. Je tressaille. La dernière fois que je l'ai vu, il sortait encore avec Ezra. Depuis, je l'ai juste aperçu de loin, avec Tyler, Hazel et les autres – comme avant, quoi. On n'a rien à se dire.

En m'apercevant, il a un mouvement de recul.

— Ah, pardon, je pensais qu'il n'y avait personne...

— Pas de problème, viens avec nous, lance Leah avant de mordre dans son sandwich beurre de cacahuète / confiture.

Mais il ne bouge pas. Il me dévisage toujours, se force à sourire.

— Euh, non, en fait, je vais juste...

Leah fronce les sourcils.

— Tu es mal à l'aise à cause de l'histoire avec Ezra ? Je veux dire, si c'est le cas, OK, mais...

— Non, ça va.

— Alors viens t'asseoir !

Il pousse un soupir, puis referme la porte derrière lui et s'approche. Il tire une chaise et pose sur un pupitre sa part de pizza empaquetée dans un sachet graisseux.

— T'es reloue, des fois, Leah...

— C'est ça, la famille, mec ! s'amuse-t-elle. Tu sais, c'est pas grave si tu es encore mal par rapport à Ezra...

— Non, ça va. J'ai décidé de passer à autre chose.

Oui mais, moi, je suis carrément gêné. Je n'arrive pas à détacher mes yeux de mon bol de ramen, avec le nuage de vapeur qui se forme au-dessus. Je tente un :

— Je suis désolé que ça n'ait pas marché entre vous...

— Mon cul, oui, marmonne-t-il.

Je le regarde, étonné.

— Austin ! s'écrie Leah, aussi surprise que moi.

— Ben quoi ? répond-il avec un haussement d'épaules. Il s'en fout, maintenant, il a Ezra pour lui tout seul. Ils sont amoureux, tout le monde le sait. Même toi, tu l'as dit.

Leah rougit un peu et me jette un coup d'œil. J'avoue, le sujet me trouble depuis longtemps... mais plus ça va, plus ça me semble évident. En fait, je me sens presque idiot – tout le monde était au courant avant moi, visiblement... Mais, bras croisés, je déclare :

— De toute façon, peu importe, parce que là, il me déteste. Il fait tout pour m'éviter, il ne me calcule même plus.

On reste silencieux quelques secondes, puis Leah murmure qu'elle est triste pour moi.

— Mais peut-être que ça va s'arranger. On ne sait jamais, n'est-ce pas ?

L'ambiance est plutôt gênante – forcément, avec Austin en face, qu'est-ce que je croyais ? – mais, au bout d'un moment, on se met quand même à discuter des dernières séries qu'on a matées, des films qu'on a envie d'aller voir, de ce qu'on fera à la fin du programme d'été. Avant, je ne me serais même pas posé la question : j'aurais passé tout mon temps avec Ezra. Maintenant, je ne sais pas – sans lui, ma vie ne ressemble à rien. J'ai beaucoup de choses à reconstruire, à recréer... mais je ne suis pas sûr d'en avoir envie. Je l'aperçois dans les couloirs, sur le parking, à l'autre bout de la salle de classe. Il m'ignore, encore et toujours, et je n'ai pas trouvé le courage d'aller lui parler, de lui avouer la vérité. De lui dire qu'il avait raison sur toute la ligne. Que je suis amoureux de lui.

— Au fait, Austin, demande Leah, tu veux toujours aller au concert d'Ariana Grande en juillet ?

Mes pieds, qui se balançaient sous ma chaise, s'immobilisent tout à coup. « Grande ». Je me fige. Austin hésite, les yeux rivés sur sa part de pizza quatre fromages à peine entamée.

— J'aimerais bien, oui.

— Maman est d'accord pour que j'achète les billets !

— Super.

— On pourra y aller ensemble, du coup...

— Leah, tu ne sens vraiment pas quand quelqu'un n'a *pas* envie de parler d'un truc ?

Elle se retourne vers moi, morte de rire, et m'explique :

— Il a honte de l'avouer, mais en fait il est grave fan d'Ariana Grande. En mode obsessionnel, quoi.

— Pas du tout, marmonne Austin, les yeux baissés.

— Un peu, quand même. Ça va, c'est pas la mort. C'est une star, après tout, tu as le droit de la kiffer...

Austin ne répond rien. Il me jette un coup d'œil avant de baisser la tête. Et même si je le regarde, ce n'est pas lui que je vois. Ce sont les messages de Grandequeen69. La colère, la haine de ce troll. L'exposition de mes vieilles photos, avec mon deadname, et moi qui devenais dingue à force de me demander quel enfoiré avait osé faire ça, s'il était dans la même classe que moi...

— C'était toi.

Leah me scrute, surprise puis inquiète.

— Pardon ? Quoi ?

Austin ne me regarde toujours pas. Il sait très bien de quoi je parle.

Je secoue la tête. La sidération. Le choc. La rage – tout me revient, d'un seul coup, si fort que je ne sais pas quoi faire, comment réagir. J'ai envie à la fois d'éclater de rire, de pleurer, de hurler, de me jeter sur lui pour lui casser la gueule. Mais tout ce que je trouve à faire, c'est lui demander :

— Pourquoi ?

Il garde les yeux baissés.

— Pourquoi tu m'as fait ça ?

L'inquiétude de Leah se transforme en panique. Elle nous observe tour à tour et, sur son visage, je lis qu'elle est en train de comprendre – même si, comme moi, elle a du mal à y croire.

Austin avale sa salive, tripote sa pizza.

— Pourquoi t'as fait ça, Austin, bordel ?

Il marmonne :

— Pas la peine de crier.

Je ferme les yeux et j'inspire un grand coup, pour ne pas dégoupiller. Si je le frappe, je me fais virer de Sainte-Cath.

— J'ai fait une bêtise, lâche-t-il. Juste une bêtise.

— Une « bêtise » ? Pirater mon Insta, me piquer mes photos, révéler mon deadname à tout le monde ? Et tes messages de merde, tous ces trucs transphobes – c'était « juste une bêtise » ?

Il ne répond rien.

— *Pourquoi ?*

C'est la seule question qui compte, celle que je me répète encore et encore. Il finit par y répondre :

— Je ne pensais pas que c'était si grave. Je croyais que tu étais fier d'être trans...

— Non, mais t'es sérieux, là ?

— Arrête tes conneries ! s'écrie Leah. Toi ? C'était toi, Austin ? Dis-moi que tu blagues...

J'ai les poings serrés, si fort que mes mains tremblent.

— Je suis fier d'être trans, oui ! Mais ça, c'était privé. Ces photos, mon deadname. Tu n'avais pas le droit d'y toucher.

Ma voix enfle de plus en plus, mais je m'en fous.

— Tu n'avais pas ma permission, tu ne l'as jamais eue. C'était violent. C'était une agression, putain !

Il ne répond rien, baisse encore la tête. Les cheveux lui tombent sur les yeux, il les ramène derrière son oreille.

— Dis-moi que c'est des conneries, supplie Leah.

— Tu m'avais trop mis la rage, lâche enfin Austin. Tu le sais, au moins ?

— Pardon ? Comment ça ?

— Je voulais parler à Ezra, mais avec toi, c'était juste pas possible. T'étais tout le temps scotché à lui, et il craquait pour toi, mais c'était de la merde, parce qu'il aime les garçons et toi, toi, tu n'es même pas...

— Arrête, le coupe Leah. Arrête tout de suite.

Ses yeux sont brillants de larmes et ses joues empourprées.

— T'as pas intérêt à dire ça, Austin.

Il a la décence d'avoir l'air un peu honteux.

— Je trouvais ça injuste, explique-t-il. C'est déjà pas simple d'être gay, même ici, à Brooklyn, à New York. Et maintenant, il y a des gens qui nous piquent notre identité, notre espace !

Je proteste :

— Les personnes trans ne piquent rien à personne !

— Non, mais j'y crois pas... murmure Leah, les yeux écarquillés. C'est pour ça que tu voulais voir mes programmes de hacking ?

Sans lui répondre, Austin poursuit :

— Et ça me faisait chier que tu te la pètes d'être trans. À nous montrer que tu assumes et tout. Mais tout le monde ne peut pas être comme toi, tu comprends ? Moi, je ne peux pas faire mon coming out. Mes parents ne l'accepteront jamais. Toi, tu te la joues en permanence.

— Je ne me la joue pas. J'existe, c'est tout. C'est moi. Je ne peux pas me cacher, je ne peux pas disparaître. Et même si je le pouvais, il n'en est pas question. J'ai le droit d'être ici, le même droit que tout le monde !

Il fixe toujours la table, refusant de croiser mon regard.

— Je voulais juste qu'Ezra voie l'expo, se rappelle que tu es transgenre et arrête de s'intéresser à toi. Voilà, c'est tout.

Je répète, abasourdi :

— Qu'il se rappelle que je suis trans, et qu'il arrête... Parce que, quoi, tu crois qu'on ne peut pas aimer une personne trans ? Ben tu te trompes, Austin. Tu te trompes carrément.

— Putain de merde ! s'écrie Leah, dont la colère monte. Tu sais quoi, Austin ? Ton vrai problème, c'est pas que tu es jaloux de Felix, ni que tu craques pour Ezra – parce qu'au fait, ça ne se fera jamais avec lui, alors oublie ! Le vrai problème, c'est que tu es habitué à tout avoir. T'es un mec blanc à Brooklyn, alors tu as tous les droits – d'accord, t'es gay, mais je m'en fous, Felix est queer *et* trans *et* noir, et les gens comme lui ont vachement plus de soucis que toi ou moi. Alors, OK, tu es marginalisé en tant qu'homo, mais au lieu de t'allier aux autres minorités, tu en reviens toujours aux mêmes conneries racistes et patriarcales, tu te crois mieux que les autres parce que tu es un mâle blanc, tu fais comme si on te prenait ton espace, comme si le monde t'appartenait, et quand tu n'as pas ce que tu veux, tu te comportes comme une merde. Alors, putain, Austin, *va chier* !

Elle hurle carrément. Sa voix résonne dans la classe, et ça me surprend que personne n'ouvre la porte pour voir ce qui se passe. Austin reste sidéré, comme si elle venait de le frapper en plein visage. Il pleure. Je pleure. On pleure tous les trois.

— Je suis désolé... croasse enfin Austin.

Leah secoue la tête, essuie ses yeux.

— Ça ne suffit pas. Dire qu'on est désolé, ça ne suffit pas.

Il ne peut carrément plus me regarder. Il se contente de répéter :

— Désolé. Je ne sais pas quoi te dire d'autre. Pardon.

Putain, c'est vraiment de la merde. C'est nul. C'est lamentable. Mais peu à peu, tandis que je reste là sans rien dire devant lui qui baisse la tête, ma colère se dissipe, ne laissant plus qu'une vague trace derrière elle. Oui, il m'a fait du mal, et oui, j'ai encore la rage – mais ce que je vois, surtout, c'est qu'il ne connaît rien à rien. Il a créé sa bulle de privilèges, où n'entrent que les gens comme lui, et à cause de ça il ne peut rien comprendre au monde autour de lui – il ne *veut* rien y comprendre, parce qu'il en a trop peur, parce qu'il n'a pas le courage. Je commence à le plaindre, en fait. Je pense au groupe de parole sur l'identité de genre, avec Bex et les autres – à la clinique Callen-Lorde, au centre LGBT, à tous ces gens différents dans leur genre, leur âge, leurs origines, ce kaléidoscope d'identités qui nous unissent. Des gens qu'il ne rencontrera jamais, qu'il n'apprendra jamais à écouter et à aimer. Même si c'est un homme blanc, et qu'il a bien plus de privilèges que moi, je me rends compte qu'il ne pourra jamais vivre et expérimenter le monde comme moi. Comment continuer à lui en vouloir, alors ? Je ne veux rien garder de cette colère qui me rongeait de l'intérieur. Leah lui annonce qu'honnêtement, elle ne sait pas si elle pourra lui pardonner – elle n'aurait jamais cru que quelqu'un de sa famille puisse faire quelque chose comme ça. Austin répète ses excuses, encore et encore. Je le crois sincèrement désolé – même s'il le dit parce qu'il s'est fait prendre. Mais je sais aussi que j'ai le droit de refuser ses excuses. De ne pas lui pardonner. Je n'ai rien d'autre à lui dire. Je me lève, repousse ma chaise, et Leah m'accompagne. Elle me tient la main pendant que je me rends dans le bureau de la principale, comme j'aurais dû le faire dès le début.

VINGT-QUATRE

La marche des Fiertés a lieu aujourd'hui. La dernière fois que j'ai voulu assister au défilé, je n'ai rien vu tant les rues étaient bondées – une foule de corps compacts, les gens sur la pointe des pieds ou sur les épaules les uns des autres, qui criaient, applaudissaient, sifflaient chaque char qui passait. Tout ce que je déteste. Tout ce qu'Ezra adore.

Dans son texto, Leah me demande si je suis sûr de ne pas vouloir venir. Elle doit rejoindre Ez. Apparemment, elle lui a raconté pour Austin – tout le monde est au courant, j'imagine, vu qu'il s'est fait virer de Sainte-Cath. Elle m'a dit qu'Ezra se sent presque responsable pour l'expo et le harcèlement – selon lui, il aurait dû s'en rendre compte à l'époque où il sortait avec.

Mais c'est pas sa faute du tout !

Tu devrais peut-être venir
au défilé pour le lui dire toi-même.
Il n'en parle jamais,
mais je suis sûre que
tu lui manques.

L'idée de le retrouver me rend hyper nerveux. Pire que ça – j'ai peur. La dernière fois qu'on s'est vus, après notre dispute, il m'a dit qu'il avait besoin d'espace. On n'a pas échangé un mot depuis. Je l'aime, ça, j'en suis sûr. La révélation m'est venue graduellement, depuis qu'il m'a avoué ses sentiments – oui, je suis amoureux de lui, sans doute depuis aussi longtemps qu'il l'est de moi. Comment je l'aime ? C'est simple, cet amour-là me remplit tout entier. Je pense à lui tout le temps. J'ai envie de le toucher, de le prendre dans mes bras, de l'embrasser encore. Cet amour-là me donne l'impression de dépasser ce que nous sommes l'un et l'autre, pour créer une connexion unique, comme si nos esprits s'étaient mêlés en un seul... Cet amour-là me fout une trouille d'enfer.

Je découvre des choses sur moi-même. J'avais trop peur d'aimer Ezra, mais je voulais plaire à Marisol. Je me répétais qu'à force, elle verrait que j'étais digne d'amour et de respect, tout en sachant très bien que ça n'arriverait jamais. J'étais prêt à tomber amoureux de Declan, sauf qu'il n'aimait qu'une idée de moi-même – il aimait Chance. Je savais que notre relation n'irait nulle part, mais je me suis quand même laissé embarquer. J'ai voulu parler avec ma mère, conscient qu'elle ne répondrait pas. Aucun mail de sa part à ce jour – et il n'y en aura pas, je le sais. En fait, c'était comme si je cherchais le bâton pour me faire battre, parce qu'il m'était plus facile de vivre avec l'idée que, même si je rêvais d'amour, je n'étais pas de ceux qui le méritent.

Je suis installé au salon, en tailleur sur mon fauteuil préféré avec Captain roulée en boule sur l'accoudoir. Papa est sur le canapé, avec ses mots croisés, devant une émission de téléréalité qu'il ne regarde pas plus que moi. Sur mon ordinateur, je suis en train de passer en revue les centaines de brouillons de mail que j'ai écrits à ma mère. À quoi bon continuer, puisque je sais qu'elle ne m'aimera jamais, en tout cas pas comme je le souhaite ?

Je clique sur « tout sélectionner ».

Instant d'hésitation. Puis, j'appuie sur « effacer ».

Il y en a tellement qu'il faut près d'une seconde pour que la page se rafraîchisse. Je vois carrément les messages disparaître, ligne après ligne, et je me sens devenir plus léger. Ce poids familier sur ma poitrine, ce fardeau de colère, de peine et de douleur, s'estompe peu à peu. Ces sentiments n'étaient pas dirigés vers ma mère ; même si je lui en veux – vraiment –, c'était surtout moi que je détestais, ce moi qui écrivait tous ces mails, qui demeurait incapable de lâcher prise.

Est-ce qu'aller au défilé, comme le propose Leah, me ferait autant de bien ? Je m'imagine avancer dans les rues, retrouver Ezra couvert de peinture arc-en-ciel et de paillettes, et m'excuser, lui dire qu'il avait raison. Que je l'aime aussi. Soudain, une bulle d'angoisse : et s'il rejetait mes excuses ? S'il m'annonçait qu'il ne m'aime plus ?

Bordel, mais qu'est-ce je dois faire ?

— Qu'est-ce qui t'arrive, trésor ? me demande papa.

Je relève la tête. Il m'observe par-dessus ses mots croisés, sourcils froncés.

— Pardon ?

— Tu es bien silencieux...

Je ne réponds pas – preuve qu'il a raison, sans doute. Il me sourit.

— C'est toujours compliqué avec Ezra ?

C'est gênant quand il lit dans mes pensées comme ça...

— Un peu, oui. Ça fait presque dix jours qu'il ne m'adresse plus la parole.

Et dire qu'on était tout le temps en train de discuter – en mangeant notre poulet, en buvant du vin, blottis l'un contre l'autre sur son matelas, quand on fumait de l'herbe sur l'escalier de secours, quand on se poursuivait entre les jets d'eau dans le parc, quand on s'écroulait sur la pelouse... Je suis amoureux de lui, et même si ce n'est plus réciproque, il me manque tellement que j'ai comme une crampe, une vraie douleur dans le ventre.

— Tu as essayé d'en discuter avec lui ?

— Il ne répond pas à mes textos...

Il n'a jamais répondu à mes textos depuis notre engueulade. D'après Leah, il aurait envie de s'excuser, mais il est trop gêné pour le faire. Peut-être que si je lui écrivais maintenant...

— Ça arrive qu'on se dispute, tempère papa. Et puis, ça passe. Il a peut-être juste besoin d'un peu de temps pour se calmer.

On se tait à nouveau. Et là, va savoir pourquoi – je n'avais aucune intention de reparler de mon identité avec mon père –, ça sort, tout à coup, sans prévenir :

— Je suis allé au centre LGBT l'autre soir.

Il ne répond rien, griffonne quelque chose sur sa grille de mots croisés.

— Il y avait un groupe de parole sur l'identité de genre.

— Super !

Il gomme une lettre, évacue les pelures du tranchant de la main.

— C'était une discussion super intéressante.

OK, je sais, je fais traîner, parce que je ne suis pas sûr d'avoir envie de continuer. Soudain, j'ai l'impression de recommencer mon coming out. Et s'il me répondait que je suis juste confus, ou que je délire ? Peu de gens connaissent le terme « demiboy ». La fois où je lui ai annoncé que j'étais trans, il n'a pas réagi super bien. Pourquoi ça changerait maintenant ?

Mais je me souviens du sourire rassurant de Bex et, va savoir pourquoi – peut-être parce que j'ai subi la transphobie d'Austin pendant un mois, et que j'ai plus que jamais besoin d'être honnête sur ce que je suis –, j'ai envie de lui dire la vérité.

— J'ai parlé de mon genre, parce que depuis quelques mois, je questionne mon identité.

Le regard de papa se braque sur moi.

— Tu te questionnes ? Tu te demandes si tu es transgenre ?

— Non ! Non, ça, j'en suis sûr...

Il attend que je continue, perplexe.

— C'est juste que, parfois – souvent, même, je... Je ne sais pas, c'est comme si je ne me sentais pas garçon à cent pour cent. J'ai du mal à le décrire, mais ça arrive. On me parle comme à un garçon, et ça ne me va pas complètement, mais je ne me sens pas fille non plus et... Bon, c'est une impression, quoi.

Papa hoche la tête, lentement.

— D'accord. Je ne suis pas sûr de comprendre.

Frustré, je rétorque :

— Il y a plein de trucs que tu ne comprends pas !

Il se redresse, referme son magazine de mots croisés.

— Tu as raison. Ça m'arrive, oui.

— Tu ne fais pas d'efforts, aussi !

Il cille, blessé.

— Ça, c'est dur.

Je baisse les yeux et me concentre sur l'oreille de Captain, que je gratouille pour qu'elle l'agite, pendant qu'il continue :

— J'essaie, tu sais ? J'essaie de comprendre. J'en ai envie. Il y a plein de trucs que j'ignore, et je suis lent. Je m'en rends compte, il me faut du temps pour avancer, et je sais que c'est très frustrant pour toi. Je suis désolé. Vraiment. Si je t'ai blessé, je te demande pardon. Je te demande pardon, surtout, si tu as cru que tout ça changeait ce que je ressens pour toi. Parce que je t'aime, trésor. Ça, il faut que tu le saches.

— Si tu m'aimes, pourquoi tu ne dis jamais mon nom ?

Il pince les lèvres, avale sa salive, puis :

— Felix.

Mon nom prononcé dans sa bouche, par sa voix, c'est un électrochoc dans mon cœur, une onde qui résonne en moi.

— Je te voyais d'une certaine façon – je voyais ce que tu étais censé être, continue-t-il. Et ton prénom, oui, c'est le dernier morceau de toi que je ne pouvais pas laisser partir – je n'étais pas prêt, tu as raison.

Il hoche la tête et conclut :

— Mais maintenant, je sais que tu es Felix. Tu t'appelles Felix.

Les larmes me montent aux yeux – je les essuie en vitesse.

— Désolé. C'est gênant.

— Felix, répète-t-il, souriant. Ça te va vraiment bien. Je t'aime. Je t'interdis d'imaginer le contraire. J'avoue, au début, j'ai eu du mal. Mais tu sais quoi ? Je ne t'ai jamais vu aussi heureux. Je sais que c'est dur avec Ezra et tout, mais j'ai l'impression que tu irradies. Il y a cette lumière en toi. Tu étais triste, tu ne l'es plus, et c'est tout ce que je veux, tout ce dont je rêve, pour toi, pour moi. Tu es heureux. Et courageux. C'était super brave de ta part de t'affirmer comme tu es, même si le monde n'est pas toujours prêt à l'accepter. Tu refuses d'être autre chose que toi-même, quoi qu'il advienne. Je respecte ça. Je l'admire.

J'enfouis mon visage dans mon T-shirt pour qu'il ne voie pas les dégâts. J'ai l'impression que les larmes coulent par tous les pores de ma peau. Je sens une main ferme sur mon épaule.

— Même si tu ne te sens pas toujours garçon, me demande papa, tu restes mon fils, non ?

Je sors la tête de sous mon T-shirt. Mon père me fixe d'un œil inquiet ; je sens qu'il se demande s'il m'a posé la bonne question, s'il ne m'a pas choqué. J'acquiesce :

— Oui. Oui, je crois.

Il se rassied, souriant, et reprend son magazine de mots croisés.

— Tu verras, avec Ezra, tout va s'arranger.

Je soulève Captain et la repose par terre, je me lève du fauteuil, brosse ses poils sur l'accoudoir, puis je vais récupérer mon sac à dos dans l'entrée.

— Je sors, papa !

— D'accord, me répond-il sur un ton satisfait.

J'ai l'impression qu'il a encore lu dans mes pensées...

Tout en fonçant vers la gare, j'envoie un texto à Leah : *Je viens au défilé.*

SUPEEEEEEEEEER !

On sera au coin de la 14e et de Greenwich.

Je ne le dis pas à Ez.

Pourquoi ?

On lui fait la surprise !

Sauf que je ne suis pas sûr que ce soit la vraie raison. Peut-être que si elle annonce que je viens, il va se tirer. J'essaie de repousser cette crainte tandis que je traverse la rue au feu rouge ; je dévale les escaliers du métro, une rame arrive à quai, j'ai juste le temps de bondir à l'intérieur avant que les portes se referment. Je transpire et suis à bout de souffle – tant pis pour les gens qui me regardent de travers ! Je descends à l'arrêt de la 14e Rue. Depuis les couloirs du métro, j'entends déjà, étouffés, la musique, les cris, les rires, les applaudissements. Il y a les gens qui se dirigent vers le cortège, ravis et excités, qui rigolent entre copains ; et ceux qui en reviennent, descendant les escaliers couverts de sueur et de paillettes. Je sors de la station et la lumière éblouissante de l'été m'accueille. Une foule de corps joyeux sous une pluie de confettis – tout va si vite que j'ai du mal à enregistrer les détails, les visages maquillés aux couleurs de l'arc-en-ciel, les drapeaux qu'on agite, les danseuses et les danseurs qui défilent au milieu de l'avenue, sur les chars – la dentelle, les chemises à jabot, les orchestres qui jouent si fort, le rythme qui fait trembler jusqu'à l'asphalte sous nos pieds – et puis voilà un autre char, où des couples queers célèbrent leur mariage, se lancent dans leur première danse, encore un autre où des enfants, avec leurs parents, nous saluent… Au-dessus de moi, à leur balcon, les gens applaudissent et agitent des banderoles.

Il doit y avoir des centaines de milliers de personnes ici. Je suis en train de me dire que j'ai zéro chance de retrouver Leah et Ezra dans cette foule, lorsque quelqu'un me hurle dans l'oreille. Je me retourne, et Leah est là – elle me saute au cou, manquant me faire tomber sur le trottoir.

— T'es venu, t'es venu, t'es venu !

Elle porte un short moulant et un tank top qui ne cache rien, ses boucles rousses s'agitent dans tous les sens.

— C'est trop coooooool !

Je suis tellement nerveux que je n'arrive même pas à lui répondre. Je regarde dans tous les coins, guettant Ezra. Le sourire de Leah s'efface un peu.

— Bon, m'explique-t-elle, le truc, c'est qu'on était ensemble il n'y a même pas dix minutes. Il m'a dit qu'il voulait s'acheter une bouteille d'eau au magasin du coin de la rue, et je devais l'attendre ici. Sauf qu'entre-temps, la police a installé ce couloir de sécurité…

Elle me montre une série de barrières, le long du trottoir, qui empêche de traverser.

— Il m'a crié qu'il allait faire le tour, mais ça fait déjà un moment.

Merde. Il y a quelques semaines, voire quelques jours, ça m'aurait presque soulagé. J'aurais lâché l'affaire, tout simplement, et je serais rentré chez moi, bien content de me répéter que, de toute façon, ça n'aurait pas marché – je ne mérite pas l'amour dont je rêve. Sauf que je suis venu ici dans un but bien précis. Je veux voir Ezra. Je veux tout lui dire. Je n'abandonnerai pas, pas maintenant. Je ne me sens pas de lui parler par textos – je veux le voir en face à face. Et je ne peux pas attendre lundi, trop d'amour brûle en moi. Alors, je lance à Leah :

— Je vais le chercher !

Elle me sourit.

— J'espérais que tu dirais ça. J'attends ici, au cas où, d'accord ?

Je hoche la tête.

— Tu me préviens par SMS s'il revient, alors.

— Bien sûr.

On hésite une seconde, puis Leah me prend dans ses bras, un peu émue. En fait, je le suis aussi.

— Bonne chance ! me lance-t-elle tandis que je m'éloigne.

Je tourne dans une ruelle perpendiculaire. Même là, à l'écart du défilé, les trottoirs et la chaussée sont envahis de passants et de marchands. J'oblique à nouveau pour rejoindre l'avenue, et la foule est comme un fleuve dont le courant me repousse, jusqu'à ce que j'aperçoive une issue – là, sous le soleil, près des barrières, il y a un endroit libre. Je m'y glisse. C'est le spot idéal pour admirer les chars, mais je ne suis pas là pour ça. Tout ce que je veux, c'est pouvoir scruter le public, repérer Ezra parmi la masse de gens qui m'entoure. Mais rien.

Je tente de replonger dans la cohue, sauf que, désormais, il y a tant de monde que plus personne n'arrive à bouger. C'est comme un mur et, devant moi, les policiers interdisent aux gens de sauter les barrières pour rejoindre le défilé. Je suis pris au piège.

Merde. Tout à coup, je suis moins sûr de réussir à retrouver Ezra. Tant pis : quitte à être là, autant en profiter ! Je m'appuie à la barrière et j'admire le spectacle. Après tout, c'est pas tous les jours... En plus, si Ez était là, il me reprocherait de ne pas m'y intéresser, alors que ça se passe juste sous mon nez !

Dans un grondement de moteurs, un groupe de bikers passe devant moi, agitant des drapeaux. Ils sont suivis par un char entièrement décoré de ballons de baudruche sur lequel une drag-queen est en train de chanter. La foule reprend l'air avec elle. Puis vient une fanfare qui joue à pleins tubes un morceau de Sia, et une voiture de sport conduite par une vedette de la téléréalité, qui envoie des baisers par la fenêtre. Tout ça dans un concert de cris et de hurlements. D'habitude, je déteste ça – j'ai du mal avec le bruit, avec la foule – mais, quand je vois passer le char de Callen-Lorde, j'ai envie de crier à mon tour. Et puis je *crie*, vraiment, devant celui du centre LGBT, où j'aperçois Bex qui salue, un drapeau jaune, blanc, violet et noir accroché autour de son cou comme une cape.

Une fois que j'ai commencé à hurler, je ne m'arrête plus. Je crie si fort que j'en ai mal à la gorge, que mon cœur cogne entre mes côtes. Je hurle de joie. Je hurle de douleur. Je hurle mon émerveillement d'être ici, avec tout le monde, grâce aux personnes qui se sont battues avant nous et ne pouvaient pas crier leur bonheur. Je hurle pour moi, aussi. Je hurle, je siffle et je pleure, un peu. Je m'essuie les yeux, je fais semblant que c'est juste de la poussière, mais la personne à côté de moi me sourit – les larmes aux yeux, elle aussi. Je ne sais pas comment iel s'appelle et je ne lae reverrai sans doute jamais après ce défilé, mais, l'espace d'une seconde, c'est un·e ami·e, on est de la même famille, et c'est juste extraordinaire. Je me suis toujours demandé pourquoi Ezra trouvait la Pride si géniale, mais je crois que je commence à comprendre…

Il y a une pause entre deux séries de chars. On entend la fanfare qui s'éloigne, le *boum boum* des basses et les cris de la foule. Je relève la tête, regarde de l'autre côté du trottoir – et c'est comme si je l'avais fait se matérialiser, comme si mes pensées avaient suffi à le faire apparaître. Ezra, tout de noir vêtu, lunettes de soleil sur le nez, boucles qui volent dans le vent, grand sourire.

Je l'appelle.

— Ezra !

Quelques têtes se tournent vers moi, mais il ne m'entend pas. Un autre char arrive. J'agite les mains.

— Ezra !

Il pivote dans ma direction. Malgré ses lunettes, je sais qu'il m'a vu, qu'il me regarde.

Je n'ai rien préparé, rien réfléchi à l'avance. Le char est là, avec la musique à fond et une armada de danseurs dessus.

— Pardon !

De plus en plus de gens me fixent. Ezra n'a pas bougé, pas parlé, pas réagi. Je répète :

— Pardon ! Tu avais raison.

Il secoue la tête – est-ce qu'il m'entend, seulement ?

Le char s'est arrêté. Tout le monde nous observe, désormais ; les regards des gens vont de lui à moi.

— Je t'aime !

Mon cri est salué par des acclamations nourries. Les spectateurs applaudissent, crient, soufflent dans leur sifflet. Ezra baisse ses lunettes et, l'espace d'une seconde, mon cœur s'arrête – et si, soudain, il tournait les talons, s'il disparaissait dans la foule ? Mais d'un mouvement vif, il enjambe la barrière et saute dans la rue. Il se précipite entre les chars, ignorant les cris des policiers. Il court vers moi – je l'attends, juché sur la grille. Mon cœur bat la chamade, si fort que j'ai du mal à respirer ; je veux juste le prendre dans mes bras, le tenir, l'embrasser... Il m'a tellement manqué !

— Désolé, fait-il, tout essoufflé mais souriant. T'as dit quoi ? J'ai pas bien entendu.

Je me mords les lèvres pour ne pas rire.

— J'ai dit : je t'aime.

Il plisse les yeux.

— Tu peux répéter ? Juste une fois...

— Je t'aime.

Il prend mon visage entre ses mains et on s'embrasse. Autour de nous, les cris de joie sont encore plus forts. J'entends leurs acclamations et la musique du char devant nous – je sens tout ça, mais au loin, à distance. Ezra escalade la barrière, me prend par la main, et nous fendons la foule – les gens nous jettent des confettis dessus, par paquets entiers, nous applaudissent et nous tapent dans le dos. On finit par déboucher à l'air libre dans une rue parallèle un peu moins bondée que les autres. Ezra se tourne vers moi, et là... mort de rire. On dirait qu'une bombe de paillettes a explosé sur lui. À son sourire, je comprends que je dois avoir la même tête. Il se penche sur moi et, d'un geste tendre, essuie le coin de mes yeux, mes joues. Je regrette presque quand sa main retombe. Je ne lui ai pas parlé, je ne l'ai pas touché, je n'ai pas été aussi proche de lui depuis presque deux semaines, et...

— T'es sérieux ? demande-t-il.

Nouvelle bouffée de musique, nouveaux applaudissements.

— Carrément. Je suis carrément sérieux.

Il me prend dans ses bras et me serre contre lui, son menton posé sur ma tête. Il me tient si fort que je sens son cœur battre dans sa poitrine, et c'est réciproque, je le sais. Il sent mon cœur qui cogne, fort et vite d'abord, puis de manière plus apaisée à mesure que l'étreinte se prolonge. Avant, je ne faisais pas très attention à nos câlins ; désormais, je les savoure, avec un mélange d'excitation et de légère nervosité. De la joie, aussi. Et je me dis, stupéfait, que nous aurions pu être ensemble tout ce temps si j'avais seulement écouté mes sentiments, et les siens. Si je n'avais pas eu peur de ressentir un amour aussi vrai.

VINGT-CINQ

D'habitude, Ezra reste à la Pride toute la journée. Là, il me prend par la main et m'entraîne vers le métro pour retourner chez lui à Brooklyn. Par texto, je préviens Leah que je l'ai retrouvé, qu'on s'est réconciliés et qu'on s'en va tous les deux. Elle me répond par des cœurs et des émojis qui pleurent de joie.

Dans la rame, nous nous taisons – un silence tendu, presque gêné, mais pas forcément désagréable. En fait, on est juste trop excités d'être ensemble, de pouvoir parler à nouveau ; on a tellement de trucs à se dire, mais on attend le moment où on sera enfin seuls. Il prend ma main et ses doigts caressent les miens.

— Ça va si je fais ça ?

Je hoche la tête, retenant un sourire.

— Oui, ça va.

On descend à Bedford-Nostrand, toujours main dans la main. On sort de la station, on traverse la rue, on longe le parc vers son immeuble – main dans la main. J'aurais cru que ça deviendrait bizarre, au bout d'un moment, de se tenir comme ça, que je me demanderais s'il veut que je le lâche, ou que j'aurais envie d'arrêter sans savoir le lui dire, mais en vrai, j'espère un peu que ça ne s'arrêtera jamais. Comme s'il lisait dans mes pensées, comme pour me dire

qu'il sent la même chose, il serre mes doigts un peu plus fort.
Il faut quand même que nos mains se séparent le temps qu'il sorte ses clés et ouvre la porte de l'immeuble. On monte l'escalier jusqu'à son appartement. Une fois à l'intérieur, on reste là, sans rien faire, juste à se regarder. Ç'aurait pu être gênant, avant, mais non. J'ai juste envie de peindre ce moment dans ma tête, de garder cet instant comme un souvenir, pour toujours. Je le dévisage pour mémoriser chaque ombre sur sa joue, la couleur de ses yeux, son sourire qui tremble.
— Je peux t'embrasser ? demande-t-il.
— Pas qu'un peu...
Il rit et se penche sur moi, tout en douceur. J'ai l'impression que nous avons toute notre vie pour nous embrasser comme ça, pour être ensemble, pour nous aimer. Je le prends par la main et je l'entraîne vers le canapé. Il pose la tête sur mes genoux et je reste là, à jouer avec les boucles de ses cheveux.
— J'arrive pas y croire... murmure-t-il, les yeux fermés, la main sur mon bras.
— Moi non plus. Je pensais que tu m'en voulais pour toujours. Que tu me détestais.
— Je ne t'ai jamais détesté. C'est juste pas possible.
— Malgré tout ce que j'ai sorti ?
Avec une pointe de honte, je me souviens de ce que j'ai dit cette nuit-là devant l'entrée – que je refusais qu'il m'aime. J'avais trop peur de mes sentiments. J'ai l'impression que des siècles se sont écoulés.
— Ça m'a fait du mal, admet-il. Mais je ne pouvais pas t'en vouloir.

— Tu sais, ces derniers jours, c'était l'enfer, pour moi. Tu me manquais tellement.

— Toi aussi, tu m'as manqué.

Je murmure :

— Tout a changé tellement vite...

— Qu'est-ce que j'ai raté ? me demande-t-il.

J'hésite un instant. Puis :

— Tu te souviens que je me posais des questions sur mon identité de genre ?

Il ouvre les yeux, hoche la tête.

— Bon, je suis allé à un groupe de parole au centre, j'ai fait des recherches, et j'ai trouvé cette définition... OK, c'est rien qu'un mot mais, d'une certaine façon, il résume ce que je suis mieux qu'aucun autre.

— Quel mot ? demande Ezra, avec tant de chaleur que mon cœur chavire.

— « Demiboy ».

— « Demiboy », répète-t-il, comme pour goûter le terme sur sa langue. J'adore. Ça me fait penser à « demi-dieu », ou un truc comme ça.

— Bon, je ne suis pas vraiment un dieu, quand même...

— Faut voir. Ça dépend à qui tu demandes.

Je ne peux pas m'empêcher de rire. Je suis si bien avec lui. Un moment s'écoule, puis il reprend :

— Tu sais, j'avais pas mal honte de la façon dont ça s'est passé l'autre fois. Je me suis comporté comme un salaud, et je pensais que tu ne voudrais plus jamais me voir. Je voulais trouver le courage de te demander pardon, mais je t'ai vu avec Declan, et je me suis dit que tu m'avais zappé...

Le prénom de Declan provoque en moi une bouffée de gêne.

— Je ne sais pas ce qui m'a pris de vouloir me... me mettre avec lui, quoi.

— Je ne te juge pas. Perso, je ne sais pas pourquoi je suis sorti avec Austin.

Une ombre passe sur son visage, et je sais qu'il pense à lui, à sa putain d'expo et à ses messages pourris. Il continue :

— Si j'avais su que c'était lui... Merde, quand j'y repense, c'était évident. Il me posait plein de questions sur toi, je lui racontais des trucs sans me méfier. Je pensais qu'il s'intéressait juste à mes amis.

— Pas de problème. Tu ne peux pas te reprocher de n'avoir rien vu. Même Leah n'était pas au courant, et pourtant c'est sa cousine.

— Le pire, c'est qu'il me plaisait pas tant que ça. J'étais amoureux de toi, je le savais, mais... bon, je me sentais seul, alors je me suis rabattu sur lui. Je me suis dit que ça valait le coup d'essayer, que c'était pas grave.

— J'ai pensé pareil pour Declan, mais j'ai vite compris que ça ne marcherait pas – oui, je l'aime bien, j'espère qu'on redeviendra potes un jour, mais... mais c'est pas toi, Ezra.

— Je veux, que c'est pas moi ! dit-il en souriant.

Je lève les yeux au ciel et je ris à mon tour.

— Je t'aime, me souffle-t-il, si doucement qu'on dirait qu'il se parle à lui-même. Je suis amoureux de toi depuis un bout de temps...

Je me souviens tout à coup d'une phrase de Declan – il a quitté Ezra parce qu'il savait qu'il craquait pour moi. C'était, donc, pendant notre première année à Sainte-Cath.

Je murmure :

— Depuis quand, exactement ?

Il plante ses yeux dans les miens, et je me sens étrangement bien, à soutenir son regard comme ça.
— Depuis la fois où tu as trouvé ce chaton et que tu l'as ramené chez toi.
— Quand on a adopté Captain ? Vraiment ?
C'était juste quelques semaines après notre rencontre...
— Je t'ai toujours aimé. Je te trouves super drôle, à la fois pince-sans-rire et sensible. Tu le montres peu, mais tu t'intéresses vraiment aux gens. Je te remercie de m'avoir fait confiance, de m'avoir révélé ça. J'ai de la chance.
À mon tour de tout lui avouer :
— Je ne sais pas vraiment quand je suis tombé amoureux de toi. Je pense que c'est venu progressivement. En fait, je me suis rendu compte que je t'aimais quand j'ai cru que je t'avais perdu.
— Moi aussi, j'ai cru te perdre, murmure-t-il. Je suis tellement désolé, Felix. Je n'aurais pas dû réagir comme ça. J'aurais dû respecter tes sentiments. C'était ton droit, ton choix, de ne pas m'aimer...
— Sauf que je t'aime, en vrai. J'avais juste trop peur de... je ne sais pas, de l'assumer. De goûter à ce bonheur-là. C'est tellement flippant en même temps... Souvent, je crains de ne pas te mériter, je crains que ça ne dure pas...
Il se redresse, appuie son front contre le mien.
— Tu mérites d'être aimé, déclare-t-il avant de m'embrasser. Tu mérites tout mon amour.
Encore un baiser. Je le lui rends, et on s'allonge sur le canapé, enlacés, bouche contre bouche, doucement, tendrement, comme si le temps s'arrêtait, comme si nous allions rester là toute notre vie.

Un mois, ça peut passer très vite – en un battement de cils, juillet est venu et reparti. On est en août depuis quelques jours. Le programme d'été s'achève, nous allons avoir droit à deux ou trois semaines de vacances avant la rentrée, en septembre. J'ai pratiquement terminé mon book. Il compte désormais une demi-douzaine d'autoportraits finalisés, quelques-uns que j'ai abandonnés, et d'autres dont je peaufine les détails. J'ai aussi commencé d'autres toiles, au gré de l'inspiration. Et puis, j'ai travaillé sur mes dossiers de candidature – pour Brown, bien entendu, mais également pour d'autres écoles, au cas où. L'idée de ne pas être pris à Brown me tétanise moins qu'avant. Bien sûr, j'ai toujours autant envie d'y aller pour suivre un double cursus en design, mais si ça ne se fait pas, tant pis, ma vie ne s'arrêtera pas. Parfois, d'un bout à l'autre de la classe, on échange avec Declan un regard complice, l'ombre d'un sourire, mais il ne m'adresse toujours pas la parole. Je l'accepte. J'ai merdé, c'est clair. Mais tout le monde fait des erreurs – l'important, c'est d'aller de l'avant et de s'améliorer.

En y réfléchissant, pas grand-chose n'a changé dans ma vie. Je suis tout le temps fourré avec Ezra, comme avant, sauf que... bon, on s'embrasse davantage. Au début, je trouvais ça un peu chelou, mais ça va de mieux en mieux. C'est quoi, le malaise, avec les baisers ? Est-ce qu'on s'embrasse parce que les mots ne suffisent pas à exprimer tout l'amour qu'on ressent ? Du coup, ce qui met mal à l'aise, ça ne serait pas les baisers eux-mêmes, mais le fait d'aimer quelqu'un aussi fort... Sauf qu'aimer, c'est une belle chose, non ?

Deux semaines avant la fin des cours, une annonce dans les haut-parleurs du lycée nous remémore que l'appel à projets pour l'exposition se termine bientôt. Au fond du ventre, je garde chevillée la peur que quelqu'un profite de l'occasion pour me blesser à nouveau, mais Ezra me rassure – il dit que c'est impossible, maintenant que tout le monde a vu comment Austin s'était fait virer. Il ajoute que tout le lycée sait qu'on sort ensemble, et qu'il cassera la gueule de quiconque essaierait de me faire du mal.

— Tu ne peux pas casser la gueule à tout le monde, Ez...

— Tu paries ?

Bref, maintenant, je prie pour que personne ne s'en prenne à moi – parce qu'Ezra se ferait sans doute expulser de Sainte-Cath... J'ai déjà décidé que je postulerais pour l'expo, tout en sachant que je ne serai peut-être pas choisi et que ça me fera mal – mais j'ai aussi compris que, quoi qu'il en soit, le résultat ne mesurera pas ma valeur.

Pas mal d'élèves ont cessé d'assister aux cours, moins importants à l'approche des vacances, mais moi, je viens tous les jours, tôt le matin et jusqu'au soir, pour bosser sur mes autoportraits. Je retravaille certaines touches de couleur, la texture des arrière-plans. Ces toiles me rappellent qui je suis – ma force, ma beauté intérieure, ma détermination et mon courage. À la fin de l'heure d'acrylique, Jill s'approche de moi. Je suis en train d'ajouter des teintes jaunes sur un fond. Son sourire me surprend.

— Elles sont vraiment fantastiques, Felix.

Je me sens rougir.

— Merci...

Elle continue à fixer la toile, ce qui m'intimide un peu, mais je suis content qu'elle ne me demande pas d'aller déjeuner pour qu'elle puisse fermer derrière moi. Ezra a rangé ses affaires, il est en train de discuter avec Leah.

— Tu as pris ta décision, pour l'appel à projets ? m'interroge-t-elle.

Je hoche la tête.

— Oui, je crois que je vais candidater.

En vrai, ça me terrifie. Déjà, la compétition est rude. Mais ça va plus loin : autant je peux accepter l'idée que mes toiles soient jugées par un groupe de profs de Brown, autant, quand il s'agit de mes pairs, des gens que je vois tous les jours, c'est une autre histoire.

— Super, répond Jill. Ce serait une chance pour l'école d'exposer ton travail.

La date approche et, peu à peu, ça devient le centre de mes pensées : pouvoir montrer mes œuvres, les installer dans le hall pour me réapproprier ce lieu ; me montrer, afficher mon vrai moi, les nuances de ce que je suis, comment je me vois, et comment le monde doit me voir. Ainsi, j'aurai le dernier mot face à des gens comme Marisol ou Austin. C'est un énorme bras d'honneur à tous ceux qui, à travers le monde, s'imaginent que je n'ai pas le droit d'être là, d'exister, à leurs côtés.

La veille de la clôture, je me connecte au site de l'école, j'ouvre le formulaire de candidature. J'ai pris quelques photos de mes toiles avec mon téléphone ; j'y joins la présentation en 250 mots de mon projet, qui explique pourquoi, selon moi, il doit être choisi pour l'expo de fin d'été. J'appuie sur « envoyer » avant de changer d'avis. Je n'en parle à personne, ni à mon père ni à Leah, pas même à Ezra. Je me sentirai trop mal si ça ne marche pas. Ils voudront me consoler, me dire que je suis bon et tout. Le truc, c'est que... je le sais. J'ai compris que j'ai du talent. Je n'ai besoin de personne, pas même de ce concours, pour me le dire. Mais si j'ai l'opportunité d'exposer des portraits de moi – du vrai moi – à Sainte-Cath, alors là, pas question de passer à côté !

Je suis sincèrement surpris quand, quelques jours plus tard, je reçois le mail de la principale. Mme Fletcher me félicite : c'est moi qui ai été sélectionné pour l'expo de fin d'été. Il y aura un vernissage avec toute l'école, et je devrai prononcer un discours basé sur ma lettre de motivation. Cette perspective – parler devant tout le monde, expliquer mon travail – me tétanise, mais j'ai signé pour ça. Je ne peux pas reculer maintenant.

Je sélectionne mes meilleures toiles et les apporte à la directrice. Elle les observe une à une, les yeux brillants et souriante, comme si c'étaient de vrais trésors. Le soir, on effectue l'accrochage dans le hall. Lorsque j'y entre avec Ezra, j'examine longuement les tableaux – ils se trouvent juste là où étaient exposées les vieilles photos de moi, il y a deux mois. Et ils portent tous mon vrai nom. Je me sens terriblement ému en repensant au jour où j'ai vu ici, comme tout le lycée, les images avec mon deadname. La honte, le chagrin et la colère sont toujours là, gravés en moi.

Ezra serre ma main et murmure :

— Je suis tellement fier de toi...

Le vernissage aura lieu à l'heure du déjeuner. En général, tous les élèves en profitent pour sortir – en tout cas, c'est ce que je me répète pour calmer ma nervosité... Sauf que le jour dit, quelques minutes avant l'ouverture, on dirait bien que tout le lycée est venu s'entasser dans le hall. Avant, si j'avais pu, je me serais caché ; je me serais réfugié chez Ezra en faisant semblant de croire que ce n'est pas mon travail qui est exposé. Mais je veux saisir ma chance, dire ce que j'ai à dire devant tout le monde – même si ça peut ressembler à ce genre de cauchemar où, au moment de parler en public, on s'aperçoit qu'on est à poil.

Le hall est bondé. Ça discute, ça rigole. J'attends dans un couloir sombre, avec Ezra. On dirait qu'il sait exactement ce qu'il me faut. Il n'essaie pas de remplir le silence avec des formules creuses comme « Tu vas assurer » ou « Ça va bien se passer ». Il se contente de me sourire quand nos regards se croisent et, quand je m'approche de lui pour un câlin, il me serre fort. Je me laisse aller contre son torse. Dire que j'aurais pu faire ça depuis des mois...

Jill ouvre la porte, passe la tête dans le couloir.

— C'est l'heure. Tu es prêt ?

Je souffle un grand coup, et j'acquiesce. Ezra dépose un baiser sur ma joue. Je le prends par la main pour qu'il me suive dans le hall. Wow. Il y a tellement de monde que c'est à peine si je peux apercevoir mes tableaux. Mais je distingue quand même certains éléments – cette force dans mes yeux, même sur la toile où je suis sous l'eau. La puissance de mon regard fixé sur le spectateur, ma peau en feu. La couronne de fleurs sur ma tête et mon sourire qui dit : « Je suis digne d'amour et de respect. »

Mme Fletcher réclame l'attention des spectateurs.

— Silence ! lance-t-elle en frappant dans ses mains.

Les discussions se muent en murmures, puis s'éteignent.
— Comme vous le savez, à la fin du programme d'été, nous mettons en valeur le travail d'un de nos étudiants. Cette exposition est particulière car, pour la première fois depuis la fondation de Sainte-Cath, le jury a fait son choix à l'unanimité. Je suis fière de l'évolution de ce jeune artiste, et je suis convaincue qu'il a un grand avenir.
Puis elle se tourne vers moi et m'invite :
— Felix ?
Ezra serre ma main. Une grande inspiration, et je m'avance.
— Euh...
Ma voix tremble. Tous les élèves de Sainte-Cath – une bonne centaine – me regardent, attendant que je m'exprime. Leah est au premier rang, j'entends le déclic de son appareil photo en mode rafale. Marisol est tout au fond, bras croisés, en train de marmonner quelque chose à l'oreille de Hazel. Il y a longtemps, ça m'aurait angoissé de la voir là – désormais, je me demande seulement pourquoi j'ai eu tant besoin de son attention, de son approbation.
J'ai écrit et répété mon texte depuis des jours mais, au moment de me lancer, j'ai un grand trou. Je me tourne vers Ezra, qui me sourit et m'encourage d'un signe de la tête. Et tout me revient.
— Bon, comme vous le savez sans doute, il y a eu au début de l'été une... expo sur moi. Une expo qui s'est faite sans ma permission, avec de vieilles photos. Je ne voulais pas que d'autres les voient. Ça m'a fait énormément de mal, si bien que pendant un temps, j'ai tout fait pour savoir qui était responsable. Je voulais... je ne sais pas. Me venger. Faire payer ma souffrance.

Je regarde l'auditoire et ma respiration se fige quand j'aperçois Declan, appuyé contre le mur du fond, qui m'observe. Mais je reprends :

— Et puis j'ai commencé ces tableaux. Ce n'était pas prémédité, j'avoue. Quelqu'un m'a suggéré d'essayer, et je lui en suis très reconnaissant...

Jill hoche la tête, sourit.

— Parce que ça m'a aidé bien plus que je ne l'imaginais. Ça me donne une vraie force d'exposer ces œuvres, ma création, à la place de l'image que quelqu'un avait de moi. Je suis Felix. Personne d'autre que moi n'a le droit de me définir.

« Cet été, j'ai eu très mal, bien plus que je ne l'aurais imaginé. Ce serait facile de se dire que j'ai souffert parce que je suis trans, parce que quelqu'un m'a outé, a contesté mon identité. Mais ce n'est pas tout à fait juste. Mon identité n'est pas la cause de ma douleur. Au contraire. Être trans, pour moi, c'est ce qui me donne la force d'aimer, d'être heureux, d'être là. »

Ezra m'adresse un sourire radieux. Je hausse les épaules.

— Être trans, pour moi, c'est me sentir comme un dieu. Je ne changerais ça pour rien au monde.

Silence. Tous les regards sont rivés sur moi. J'ai même l'impression de voir briller des larmes dans les yeux de Jill, je me trompe ? J'hésite un instant, puis je conclus :

— Bon, voilà, quoi...

Les applaudissements retentissent – une véritable explosion, qui me surprend. Je retourne auprès d'Ezra en tâchant de garder un air détaché, mais j'ai les jambes qui tremblent. Avant que j'aie pu le rejoindre, les gens m'interceptent. Ils me félicitent pour mon courage, pour mes tableaux, pour tout. On ne va pas se mentir, c'est super agréable ; mais tout ça, je l'ai fait pour moi et pour personne d'autre. Quand, enfin, j'arrive au niveau d'Ezra, il me prend dans ses bras et m'enlace longuement.

— T'es tellement cool, murmure-t-il dans mon cou, riant à moitié.

Franchement, c'est le meilleur moment de ma vie.

Leah nous rejoint au parc, Ezra et moi, pour pique-niquer. Il n'est pas complètement impossible qu'il y ait quelques space cakes au menu. Elle prend des photos de nous, allongés dans l'herbe, en train de se bourrer doucement la gueule à la bière au soleil, sur un fond de reggaeton que balance une enceinte à côté de nous. La fumée des grillades me pique les yeux.

— Vous êtes géniaux, les mecs, lance Leah, qui a l'alcool sentimental. J'ai trop de la chance d'être amie avec vous. Je vous adore, vous savez ?

— Moi aussi, je t'aime, répond Ezra en l'enlaçant.

Il y a quelques mois, ce genre de grande déclaration en mode fleur bleue m'aurait fait mourir de honte. Aujourd'hui, ça me remplit de joie. C'est très bien, l'amour ! Ça n'a rien de gênant.

— Tu es géniale, Leah, dis-je à mon tour.

Je repense au jour où elle a jeté Austin, à comment elle nous a aidés à la Pride. Ça mérite bien une attaque de chatouilles, non ? On se jette sur elle, Ezra et moi, et elle se tortille en hurlant de rire pendant qu'on la plaque au sol. Sur un banc, un vieux couple nous sourit.

Je pourrais rester comme ça des heures, des jours entiers, à juste profiter de la vie, de ces deux formidables êtres humains. Sauf que je vois soudain l'heure sur mon téléphone...

— Oh, bordel, Ezra, on est en retard !

Papa nous a invités à dîner. Ezra est déjà venu à la maison, il trouve ça cool d'être en famille. Il est même resté dormir une ou deux fois – sur le canapé, bien sûr. Même si, dans son appart, on partage le même lit, chez nous, mon père refuse carrément que je lui montre ma chambre !

On dit au revoir à Leah, on ramasse nos déchets et on les jette à la poubelle puis, sur le trottoir, on pique un sprint pour choper le métro pile au dernier moment. À moitié essoufflés et couverts de sueur, on s'assied sur les sièges orange. Il fait trop chaud, mais je vois bien qu'il est aussi heureux que moi d'être là, ensemble. Soudain, une inscription sur la vitre accroche mon regard.

« R + J FOREVER ».

Non, mais quelles sont les chances qu'on ait pris la même rame, les mêmes sièges que quand tout ça a commencé ? Ou alors, R et J ont tagué tout plein de vitres... Avant, j'aurais levé les yeux au ciel et ravalé ma jalousie. Aujourd'hui, je souris, et je montre le graffiti à Ezra.

— Tu crois que R et J sont toujours amoureux ? Qu'ils sont en lune de miel, quelque part aux Fidji ou aux Bermudes ?

Il se marre.

— Tu veux mon avis ? R et J sont des espions en fuite qui mènent une vie secrète à Cuba.

— D'accord, mais c'est pas juste qu'ils mettent leurs initiales partout, alors. Il n'y a pas qu'eux qui sont amoureux.

J'hésite un instant. C'est débile, bien sûr – mais tout à coup, je comprends ce que font R et J, pourquoi ils éprouvent le besoin de clamer leur amour au marqueur noir. Dans mon sac à dos, je prends un des miens, et en gros caractères, j'écris sur la paroi de la rame : « F+E = FOREVER ».

Ezra sourit, m'embrasse sur le coin de la bouche.

— C'est grave cucul...

— Je sais.

— J'adore.

— Moi aussi.

Il se renfonce dans son siège.

— Tu sais quoi ? Hier soir, je glandais sur Internet, je faisais des recherches à la con, et j'ai trouvé un truc marrant. Tu te souviens, tu m'avais dit que Felix, en latin, ça veut dire « chanceux » ? Eh ben, apparemment, ça veut aussi dire « heureux ».

— Pardon ?

— Exactement. Je suis tombé sur un site qui explique que le terme signifie l'un et l'autre. OK, c'est pas incroyable, comme nouvelle, mais j'ai trouvé ça cool.

Pas incroyable ? Pendant des années, j'ai cru que Felix ne voulait dire que « chanceux ». Je me retrouve avec une toute nouvelle définition à penser, à creuser, à explorer... et tant mieux. Ça me va bien. En ce moment, je suis carrément heureux, c'est vrai. Je regarde Ezra, le coin de ses lèvres tressaille, il me sourit et se penche pour m'embrasser. Il me prend la main et la serre entre ses doigts comme s'il ne voulait jamais la laisser partir. Et ça aussi, ça me va bien.

UN MOT DE L'AUTEUR

C'est seulement autour de vingt-cinq ans que j'ai découvert ma transidentité. Pourtant, quand je repense à ma vie, les signes et les indices ont toujours été là. J'avais été assigné femme à la naissance, mais je rêvais souvent d'un autre corps, semblable à celui qui est le mien maintenant. Je me souviens qu'à l'école, j'étais jaloux des garçons de mon âge, que je rêvais d'être leur copain, sans vraiment comprendre d'où venait cette jalousie ni pourquoi je tenais tant à ce qu'ils m'acceptent. Je me rappelle clairement avoir dit un jour à ma mère que je pensais être un garçon (oui, c'était quand même clair, comme indice). Sauf qu'à l'époque, j'ignorais qu'il était possible d'en être un. J'étais persuadé d'être prisonnier de ce corps de femme pour le restant de ma vie – je pensais que je n'avais tout simplement pas d'autre choix. J'espérais que la réincarnation existe, et je priais pour être un garçon dans ma prochaine vie.

Dans les livres, les films et les émissions de télé de mon enfance, j'ai pu voir des comédien·nes et des héros / héroïnes trans, mais je n'ai jamais compris ce que signifiait réellement le fait d'être transgenre. Je n'avais jamais entendu le terme « non-binaire ». Un jour, j'ai eu envie de revoir *Degrassi : Nouvelle Génération*, de me replonger dans l'univers de la série. Adam m'a particulièrement marqué. C'est le premier personnage transgenre qui parle explicitement de son identité. Grâce à ça, soudain, j'ai compris qu'il avait été assigné au genre féminin à la naissance, mais qu'il avait pu devenir qui il était vraiment.

Cet épisode a changé ma vie. J'ai commencé à remettre en question mon identité de genre. Au cours de mes recherches, j'ai découvert qu'il y avait d'autres options que la dichotomie femme / homme ; ça m'a rappelé que, dès l'enfance, j'aimais l'idée que les gens ne puissent pas présumer de mon genre à partir de mon apparence. Grâce à mes ami·es et ma famille, j'ai entamé ma transition sociale et physique de personne non-binaire et transmasculine. J'utilise les pronoms « iel » ou « il / lui ». J'ai eu de la chance de découvrir Adam – c'est lui qui m'a aidé à me comprendre et permis d'envisager ma transition. Je voulais être réincarné dans un autre genre et, d'une certaine façon, j'ai l'impression d'y être parvenu, de m'être réincarné dans un nouveau corps, une nouvelle vie, un nouveau moi.

J'espère que les lectrices et lecteurs auront vibré à la lecture de *Felix Ever After*, qu'elles et ils y auront trouvé autant de rires que de larmes, autant de romance que d'affirmation de soi et de validation ; et j'espère qu'elles et ils auront aimé l'histoire. Mais par-dessus tout, je souhaite que ce roman puisse toucher ne serait-ce qu'une personne comme l'histoire d'Adam m'a touché, moi – qu'à la lecture, elle en apprenne plus sur elle-même et son identité, qu'elle comprenne qu'il est possible de devenir qui on est vraiment.

Pour des informations ou du soutien sur les identités de genre, l'auteur conseille quelques ressources en anglais :

translifeline.org
thetrevorproject.org
glbthotline.org
http://www.transstudent.org/definitions
genderqueerid.com
teentalk.ca/learn-about/gender-identity/
https://www.refinery29.com/en-us/lgbtq-definitions-gender-sexuality-terms
https://www.plannedparenthood.org/learn/sexual-orientation-gender

En français, Anakin Pochon conseille ces ressources :

https://outrans.org/
http://bddtrans.fr/accueil/
https://www.acceptess-t.com/
http://www.lgbt-paca.org/annuaire/transat
https://www.chrysalide-asso.fr/
https://nondiscrimination.toulouse.fr/clar-t/i
https://wikitrans.co/
https://federation-lgbt.org/

REMERCIEMENTS

Felix Ever After est une histoire profondément personnelle, dans laquelle j'ai mis mon âme et mon cœur – ainsi qu'une bonne dose de vulnérabilité. Comme je suis immensément attaché à mon personnage et à son aventure, je veux remercier toutes celles et tous ceux qui ont participé à ce livre et l'ont aidé à exister par leur amour et leur soin.

D'abord, Beth Phelan, pilier de ma carrière et amie véritable. Je ne suis pas certain d'avoir les mots pour dire à quel point j'apprécie tout ce qu'elle fait, pour la remercier pour son soutien permanent et ses conseils. Merci également à toute l'équipe Gallt & Zacker, et tout particulièrement à Marietta Zacker.

Merci, Alessandra Balzer, pour ta patience et tes idées géniales. Tu as donné à Felix toute sa force.

Merci, aussi, à l'équipe Balzer + Bray / HarperCollins : Caitlin Johnson, Ebony LaDelle, Mitch Thorpe, Michael D'Angelo, Jane Lee, Liz Byer, Laura Harshberger, Patty Rosati, Mimi Rankin, Katie Dutton, Veronica Ambrose, Chris Kwon, Kathy Faber, Andrea Pappenheimer, Kerry Moynagh, et à toutes celles et tous ceux qui ont concouru à la naissance de ce livre. Et merci, Alex Cabal, pour la couverture sublime !

Je remercie les premier·es lecteur·ices : Gabe Jae, Elijah Black et Gaines Blasdel. Merci également aux auteur·ices qui ont donné en premier leur avis sur le roman : Mason

Deaver, Jackson Bird, Justin A. Reynolds, Becky Albertalli et Nic Stone.
Toute ma reconnaissance à ma famille, qui soutient en permanence ce que j'écris et ce que je suis : papa, maman, tata Jaqui, Curtis, Memorie, Lisa, Martha – merci !
Et merci, enfin, aux enseignant·es, libraires et lecteur·ices de tous les âges qui m'ont témoigné tant d'amour : je vous sais gré, du fond du cœur, d'accepter mon histoire et mes mots. Je continue grâce à vous.

L'AUTEUR

© Ashley Cain

Kacen Callender vit à Philadelphie. Iel a déjà été de nombreuses fois récompensé en tant qu'auteur. *Felix Ever After* est son premier texte traduit en français, c'est aussi le plus personnel : « Enfant, j'ai toujours voulu être un garçon, je souhaitais me réincarner dans un corps de garçon. Je n'imaginais pas que ça puisse être possible dans cette vie. [...] J'espère que ce roman aidera les lecteurs à explorer leur identité, c'est pourquoi j'ai créé un personnage qui est trans mais s'interroge encore sur lui-même, comme beaucoup de personnes queers et trans. Je voulais écrire un roman amusant et romantique sur un garçon trans sans évoquer de coming out. [...] Mais surtout, je voulais montrer que les gens comme Felix méritent l'amour, celui des autres comme le leur. » (*Publishers Weekly*)

Une collégienne face à la grossophobie dans une ode à l'acceptation de soi touchante et drôle.

#Harcèlement
#AcceptationDeSoi
#Humour

Comme beaucoup de Chinoises de sa génération, Xinxin est fille unique et tous les espoirs de ses parents reposent sur ses épaules. Sa vie est une course à l'excellence jusqu'au jour où elle apprend que sa meilleure amie va être grande sœur. Cette annonce ouvre en elle un incompréhensible gouffre d'émotions. Lorsque Xinxin aborde le sujet avec sa famille, elle se heurte à un mur de silence et de gêne. Se pourrait-il que ses proches lui cachent quelque chose ? Elle choisit de se battre pour lever le voile sur ces non-dits et comprendre enfin ce manque qui la hante.

Une correspondance inattendue, une grave maladie, les débuts d'une histoire d'amour sur fond d'humour, d'espoir et de littérature.

#Maladie
#Humour
#Amour

Axel vient de trouver une bouteille à la mer. Elle appartient à Charline qui s'ennuie sur son île d'Ouessant. Un échange par mail commence entre les deux adolescents. Le ton léger de leur correspondance prend une autre dimension lorsque la jeune fille apprend qu'elle est atteinte de leucémie. Sa mère est effondrée, son père absent, sa seule bouée de sauvetage : Axel. L'humour est leur meilleure arme face au protocole de chimio, aux médecins parfois maladroits, à la vie ascétique à l'hôpital... Et entre des parents auteur-illustrateur totalement immatures et une grand-mère anarchiste qui perd la tête, Axel a de quoi puiser assez d'inspiration pour soutenir Charline !

Un road trip thérapeutique sur fond de musique nostalgique, le récit touchant et enjoué d'une renaissance.

#Adolescence
#RuptureAmoureuse
#GirlPower

Mara, 17 ans, est un cœur d'artichaut. Elle vit de fantasmes, d'idylles et de coups de foudre à répétition jusqu'au jour où elle rencontre Jeremy. Jeremy, c'est LE bon. La preuve, dès qu'elle le voit, elle a des papillons dans le ventre. Mais quand Mara découvre que Jeremy lui ment, l'amour tourne à l'obsession dévorante. Elle perd pied au point de se faire peur à elle-même. Est-elle une *love addict*, comme sa mère qui vit recluse et sous médicaments chez ses parents ? Mara devra trouver son propre chemin pour se libérer et guérir, aux côtés d'alliées plutôt inattendues...

Un roman fantastique de haute volée qui vous plonge dans les ténèbres de la Ville Lumière.

#Paris
#MondeParallèle
#Pouvoirs

Sur les traces de son grand-oncle Théobald, Léo, 17 ans, s'égare dans les catacombes et bascule dans le Périmonde, une réplique négative de Paris. Auréolé d'un soleil noir, ce lieu hors du temps est gouverné par des clans aux pouvoirs surnaturels. Léo n'a d'autre choix que de les affronter lors de la Chasse Sauvage, une épreuve de survie où tous les coups sont permis. Heureusement, l'énigmatique Alma est là pour l'aider... Mais peut-il vraiment lui faire confiance ?